BEATRIZ ABAD

PROMESA DEL PASADO

GROUP EDITION WORLD

MÉRIDA, MÉXICO, 1924

Amaia creyó morir cuando la puerta de su habitación se cerró de golpe. Pegada a ella, la joven permaneció llorando amargamente y las lágrimas rodaban por sus mejillas perdiéndose en las brillantes losas de cerámica que revestían el suelo de la amplia habitación. Ese portazo pretendía poner fin a una bella, pero imposible, historia de amor.

En poco tiempo, Amaia debería tomar un barco que la trasladaría a Bermeo, una bonita localidad de la costa vasca vizcaína, la tierra de sus antepasados. Era una decisión firme tomada por sus padres que no admitía réplica. Sin embargo, no era esta la manera en que se habían imaginado que regresarían al pueblo de sus tatarabuelos. Y distaba mucho de que se vieran cumplidos sus deseos, los avatares de la vida les iban a trastocar todos los planes preconcebidos.

Nada iba a suceder tal como estaba previsto.

Amaia era una joven de dieciocho años, hija única de la familia Ortiz de Urquiza y Alvarado, poseedores de una de las haciendas más poderosas e importantes de la península del Yucatán. La hacienda, conocida por el nombre de "Ortiz de Urquiza" en memoria del tatarabuelo Koldo, había pasado de padres a hijos desde hacía un siglo, cuando en el año 1820 emigró desde tierras españolas a dominios mejicanos en busca de un clima más benevolente y, sobre todo, un trabajo menos sacrificado.

Desde entonces, el mayor de los hijos varones recibía como herencia la hacienda, con el compromiso de hacer de ella la más hermosa y rica de toda la península. Siempre había sido así y nadie osaba discutir ni llevarle la contraria al abuelo, hombre de mar acostumbrado a pelear con mares embravecidos, pestes y piratas. El resto de los hijos que tuvieran podían quedarse en la hacienda, cultivando una parte de los terrenos del hermano mayor o bien adquirir nuevos patrimonios.-

Parte I
BERMEO, 1812

Koldo Ortiz de Urquiza había nacido y vivido siempre en el pueblo vizcaíno de Bermeo. La villa marinera se caracterizaba por poseer un clima templado, donde los inviernos no eran demasiado fríos y los veranos no muy calurosos, aunque llovía bastante. El terreno era accidentado, por un lado se encontraba el monte Sollube cuya ladera descendía progresivamente hacia el mar, por otro el suelo formado de materiales duros daba origen a una línea de costa con abundantes acantilados y a grupos de rocas aisladas en el mar. La costa presentaba entrantes como el del puerto pesquero y cabos como el Machichaco. En la lonja del puerto, todos los días, sin excepción, se subastaba el pescado recién capturado por las embarcaciones ligeras que echaban el aparejo cerca de la costa.

Bermeo se encontraba irremediablemente ligada al mar, sin embargo, desde el punto de vista económico existían tres grupos, los pescadores, que incluían a patrones, armadores y marineros; los terrestres, entre los que se encontraban artesanos, comerciantes, médicos, religiosos, abogados y empleados, entre otros; y los labradores, quienes vivían en los caseríos que habían construido tras la venta y adquisición de terrenos públicos. El mar con su costa era el principal reclamo de la villa, y en casi todas las familias había algún varón que se dedicaba a la pesca, unos a pesca de bajura, una de las más importantes de la costa vasca, y otros a la pesca de altura, éstos se pasaban meses faenando en el Atlántico norte y estaban tiempo sin regresar a casa. Quienes no se dedicaban directamente a la pesca, lo hacían en las industrias derivadas de la misma; había importantes conserveras en toda la zona, así como talleres para la reparación de los barcos. Poseía mucha importancia el papel que desempeñaban las mujeres en las familias arrantzales, eran quienes reparaban las redes, se dedicaban a la venta del pescado y trabajaban en las fábricas de conservas.

Los bermeotarras se lanzaron al mar, sin miedo, desde siglos atrás, luchando contra galeras y temporales, llegando incluso hasta Terranova siguiendo el rastro de las ballenas, aunque era una actividad que se había abandonado hacía ya mucho tiempo. Desde su puerto se había comerciado con las potencias marítimas europeas y partieron naves para explorar el nuevo mundo, haciendo frente a corsarios y armadas enemigas. Un bermeotarra, Juan de Acurio, fue una de las primeras personas en dar la vuelta al mundo junto a Juan Sebastián Elcano. Durante muchos años, Bermeo fue la villa más importante del Señorío de Vizcaya, motivo por el cual se le reconocieron ciertos privilegios.

Eran escenarios que todos los bermeotarras conocían sin excepción, donde los niños y jóvenes se divertían tanto dentro como fuera del agua. Koldo aprendió a nadar casi antes que a caminar, nunca le tuvo miedo al agua y se hallaba feliz en ese medio. No obstante, la tierra firme también tenía su atractivo. Con cierta frecuencia realizaba, junto a sus amigos, escapadas por las laderas del monte Sollube, donde probaban sus fuerzas para ver quién era el más rápido corriendo cuesta arriba o el que primero se agotaba. Cuando llegaban a casa llevaban las rodillas descalabradas, habían estado corriendo entre los árboles y las ramas les habían lastimado las piernas. No importaba, formaba parte del día a día.

La familia de Koldo, tanto su padre como los hermanos de éste, como ya lo había hecho el abuelo, se dedicaban a la captura del atún en alta mar, de ese modo se acostumbró, desde la cuna, a ver partir el barco en el que su padre, junto a otros pescadores, se dirigía al Océano Atlántico, donde pasaría largas temporadas dedicado a la captura de los grandes túnidos. Sobre el muelle del puerto quedaban, despidiéndose, los familiares de los pescadores, sobre todo esposas e hijos, que hacían de cada despedida un adiós como si se tratara del último viaje. En ocasiones, alguno de ellos se quedaba nutriendo el suelo marino, tras haber sufrido una galerna o un temporal.

Con apenas doce años, igual que el resto de muchachos, comenzó a viajar con su padre, acompañándole en alguna de las salidas al mar, no era pronto para que el chico se fuera empapando de las duras labores que tendría que desarrollar en un futuro no muy lejano, quién sabe si algún día sería su padre el que no volvía a casa y tendría que sustituirle en el barco. Llegado el caso, alguien debería encargarse de aportar a la familia el sustento diario necesario. Él era el mayor de los hermanos y el único varón de la familia. Desde entonces le quedó poco tiempo para divertirse.

En 1812, durante la guerra de la independencia, una escuadra inglesa bombardeó Bermeo, causando grandes estragos en la villa. En aquel momento, Koldo, con dieciséis años recién cumplidos, ya formaba parte de la tripulación del barco pesquero, como marinero, realizando largas travesías, con frecuencia al lado de su padre, quien le enseñó todo lo que tenía que conocer para defenderse, no solo como hombre, también como pescador en el medio marino. Koldo, al igual que tantos otros bermeotarras, fue llamado a participar en la guerra contra los franceses, sin embargo, todos los jóvenes de Bermeo, a los que se unieron los de Mundaka, se revelaron y tomaron violentamente el Ayuntamiento. La villa había adoptado diferentes posturas contra el enemigo, los ricos del pueblo se alinearon a favor de ellos, mientras que la iglesia y las clases medias estaban en contra. Cuando en diciembre de 1813 finalizó la guerra, la villa sucumbía a las deudas por los gastos originados y el suministro de la armada, a la ruina y el hambre de sus habitantes.

Poco tiempo después, su padre, junto al resto de marineros, falleció en alta mar a consecuencia de una terrible galerna. Ningún marinero sobrevivió. Habían tenido un viaje muy accidentado, y apenas llegados a los bancos de atún comenzaron a notar la bravura del mar como en pocas ocasiones anteriores la habían sufrido, el barco parecía una marioneta en brazos de un gigante vendaval que lo zarandeaba a su antojo, y pronto el agua empezó a colarse por todos los resquicios. Sin apenas darles tregua, mientras achicaban la cubierta, sufrieron el impactante azote de las olas que partió el barco en dos. Resistieron mientras pudieron y, cuando ya parecía que el mar recuperaba la calma, un nuevo vendaval acabó destruyendo lo que había quedado del primer envite. El capitán había pedido ayuda mediante salvas lanzadas al aire con la esperanza de que fueran vistas por los barcos que faenaban, lo mismo que ellos, por la zona, y cuando dos barcos llegaron al punto donde se hallaba el suyo, solo pudieron recuperar los cadáveres de los compañeros antes de que el barco terminara por hundirse.

En uno de ellos viajaba Koldo, quien, apenas conocer que tenían que desplazarse para ayudar a los marineros del barco Urquiza II, supo con toda certeza que su padre estaría luchando contra el destino certero en aquel barco. En cuanto avistaron lo que quedaba del barco, nadie hizo comentario alguno, era evidente que en aquellas circunstancias no podía haber supervivientes. Desgarrado por el dolor, hizo lo humanamente posible por recuperar el cuerpo de su padre. Hombre de mar, como todos ellos, no podía permitir que terminara siendo alimento de los peces en el fondo marino, harían lo que fuese necesario para recuperarlos a todos. En vista del riesgo inminente de hundimiento, saltaron la mayoría de ellos al Urquiza II y, uno a uno, fueron recogiendo los cadáveres que después subían a bordo de su barco, el Bermeo III, y los depositaban sobre la cubierta. Koldo tenía dieciocho años y su padre treinta y nueve.

Una vez más, la desgracia se había cebado con los marineros que entregaban su vida al mar como si fueran de su propiedad. Un mal presagio se había apoderado de la madre de Koldo durante el último viaje, quien, sin saber por qué, el día que partió hacia el Atlántico como tantas otras veces, tuvo la absurda sensación — pensó en aquel momento—, de que nunca más le volvería a ver con vida.

La llegada a puerto con los cadáveres recuperados de los compañeros ponía de manifiesto, una vez más, la fragilidad de los hombres ante la salvaje naturaleza. El llanto desgarrador de las mujeres y los hijos dejó a la villa inmersa en un silencio sobrenatural. Como siempre que sucedía algo similar, fueron días de mucha amargura en la villa, las familias no encontraban fuerzas para afrontar la muerte de los suyos. En la lonja se prepararon los ataúdes con los cuerpos de los fallecidos donde fueron velados por familiares y amigos, en realidad por todos los bermeotarras, quienes siempre se unían ante acontecimientos tan graves. Era lo único que podían hacer, ayudar a las familias afectadas. De llorar ya se encargaban ellas.

Koldo, por ser el hijo mayor, se tuvo que hacer cargo de su madre y sus hermanas. Fueron años muy duros para toda la familia, que no conseguía remontar su nivel de vida a niveles previos a la guerra. El hambre y la miseria, unidos al miedo permanente, seguían instalados en los bermeotarras, razón por la que Koldo empezó a barajar la posibilidad de buscar una ocupación diferente, sin tantos riesgos. La experiencia vivida con el fallecimiento de su padre le dejó tan marcado que su mayor anhelo empezó a ser alejarse del mar con todo lo que conllevaba. Pero si no podía vivir del mar, ¿a qué se dedicaría? Quiso probar como empleado en un comercio dedicado a la venta de aparejos de pesca, pero era un trabajo que no le satisfacía, trabajo por otra parte, que no aportaba los ingresos suficientes para mantener a la familia, en vista de ello se prometió que continuaría faenando en el mar hasta que sus hermanas se hubieran casado. Mientras tanto, en alguna salida pensaría.

Sin embargo, aún tuvo que esperar varios años debido a que ellas eran demasiado pequeñas y su madre le rogó encarecidamente que no se fuera hasta que hubieran resuelto su futuro. Con esa petición su madre pretendía no solo retrasar el momento de la partida, sino que a medida que fuera pasando el tiempo, su hijo se olvidaría de llevar a la práctica semejante locura, objetivo que no llegó a cumplirse, teniendo en cuenta que cada día que pasaba más ansias de irse recalaban en la mente de Koldo. Pero, ¿a dónde iría?, cada vez cobraba más fuerza la idea de emigrar. Llevaba años observando que algunas familias de la villa se iban a países allende los mares en busca de nuevas oportunidades y por el momento ninguno había regresado, lo que le hacía pensar que habían hallado lo que pretendían. Tardaría tiempo en conocer que algunos no volvieron porque no lograron cumplir con sus expectativas y no disponían de recursos económicos para poder regresar.

Con ese deseo instalado en su mente y deseando que llegara pronto, Koldo se preocupó de conocer todo lo que se comentaba en las tabernas de la villa. Cada noche, durante los periodos en los que no se hallaba en alta mar, se acercaba a alguna de ellas, donde se reunían para beber, divertirse y descansar, los marineros llegados de lugares muy lejanos, exóticos, ricos y productivos, que con dos copas de cazalla hablaban hasta caer rendidos. Koldo guardaba esas historias a buen recaudo en su memoria y sus anhelos comenzaban a tomar forma.

Meses después conoció a Maite, quien se convertiría en esposa y madre de sus hijos. Maite procedía de un caserío del interior, ubicado en la ladera del monte Sollube y trabajaba en una conservera de pescado cercana al puerto. Se conocieron allí mismo, en una noche de luna llena, cuando ambos se encontraban bailando en la campa en el día de celebración de la fiesta local, un ocho de septiembre. Era ella una muchacha grácil como una gacela, delgada, morena, llevaba el pelo largo, algo rizado, recogido en una coleta y tenía una sonrisa cautivadora. Asistía siempre que podía junto a sus amigas a los bailes de la villa o de los pueblos de los alrededores, tenía devoción por el baile, daba igual si los músicos tocaban canciones alegres, baladas o música más movida. Ella bailaba y la música la transportaba a otra dimensión, haciéndole más llevadera la rutina del trabajo en la conservera, donde la humedad ambiental empezaba a pasarle factura en forma de problemas respiratorios leves que, pasado el tiempo, se agravarían.

Koldo quedó deslumbrado por la muchacha, emitía una simpatía y una elegancia difíciles de hallar en otras muchachas. Durante un buen rato se dedicó a observarla con disimulo. ¿Cómo era posible que nunca la hubiera visto por allí? Mientras sonaba una canción melódica, dirigida a las parejas que deseaban bailar agarrado, el marinero se coló en el corro que formaban el grupo de amigas, la cogió por la cintura y la empujó suavemente hasta la zona de baile dando los primeros pasos con un ritmo bien aprendido, como si fuera un experto. Ella se asombró de la valentía que mostraba el muchacho, arriesgándose a llevar una buena bofetada por el atrevimiento, sin embargo, en lugar de propinársela, sonrió y accedió gustosamente a bailar con él. Llevaba mucho rato prestándole atención y no le disgustaba la presencia del chico. Tras aquel primer baile llegaron otros y las primeras citas de la pareja. Fue un amor a primera vista.

Koldo, un muchacho de diecinueve años, tenía la piel curtida por el viento del Mar Cantábrico y las manos agrietadas por culpa del frío y la humedad, pero tenía un corazón inmenso, fortalecido tal vez por el duro trabajo al que se dedicó desde que tuvo doce años. Era alto, delgado, portaba un semblante risueño y era muy amigo de sus amigos, al tiempo que muy familiar. La familia estaba siempre por encima de todo, quizás aprendió esa lección demasiado pronto. De ojos oscuros y mirada profunda, cuando se fijó en Maite no pudo dejar de observarla, en ese mismo momento sintió que esa muchacha sería su compañera para el resto de su vida.

No fue el suyo un noviazgo largo, ambos estaban seguros de que querían compartir su vida uno con el otro. Se casaron en 1816 en la ermita de San Juan de Gaztelugatxe, en un entorno maravilloso y alejado del pueblo, rodeados de toda su familia y los amigos más allegados. Koldo tenía veinte años y Maite diecisiete. A pesar de la dificultad del terreno por la orografía escarpada del lugar, todos consiguieron subir los 241 peldaños que llevaban hasta la ermita. Los novios no se olvidaron de tocar tres veces la campana para atraer la buena suerte y ahuyentar los malos espíritus.

Tras los dos días de celebración de la boda en el domicilio familiar, la pareja retomó sus actividades anteriores, Maite acudió a la conservera y Koldo no tardó en salir con el barco hacia las frías aguas del Atlántico Norte. Fue muy duro para Maite tener que despedir a su marido desde el puerto sin saber cuándo volvería y si volvería. El miedo la paralizaba. Sin embargo, no le quedó más remedio que acostumbrarse a su nueva vida, a que pasara temporadas en alta mar y a los regresos anhelados y vividos con intensidad, como si cada uno de ellos fuera el primero, pero siempre con el miedo a flor de piel. Esa emoción desagradable nunca la abandonaría, aunque debería estar acostumbrada, su padre y hermanos también eran marineros y desde niña vivió junto a su madre las despedidas y el regocijo de los encuentros. No era lo mismo en este caso, se trataba de su recién estrenado matrimonio y de su amado Koldo.

Un año después nacía Iñaki, su primer hijo. Casi al mismo tiempo, Arantxa, la hermana mayor de Koldo, se casaba con un marinero de la villa que era amigo de la pareja. Itziar, la hermana pequeña, era un poco más díscola y no quería atarse a un matrimonio para toda la vida, mucho menos si era por complacer a su madre o a sus hermanos. Sin embargo, la vida le puso en el camino a un marinero llegado de tierras allende los mares, quien con su vitalidad e historias a veces reales, a veces inventadas, además de su piel morena y seductora, curtida a fuerza de horas de viaje, y el pelo largo ondeando al viento, se ganó el corazón de la muchacha. Meses después Mazatl e Itziar se casaron en la misma ermita que los dos hermanos y, pasados unos días, partieron en una larga travesía hasta México, lugar del que nunca regresarían. Por aquel entonces, Maite estaba embarazada de su segundo hijo y Koldo empezaba a tener claro su próximo destino. Corría el año de 1819.

Solventado el futuro de las dos hermanas, a su madre no le quedó más opción que aceptar, a pesar del dolor que le producía, que su hijo emigrara junto con su familia. Esa había sido la determinación que Koldo había tomado. Ella adoraba el mar y su hijo también, pero entendía que era el suyo un trabajo agotador y despiadado por lo arriesgado del mismo, siempre viviendo con el alma en vilo, siempre esperando noticias de naufragios, tormentas o galernas. De alguna forma se alegraba de que sus hijos no tuvieran que pasar por la angustia y el duelo que le tocó vivir a ella. Quizás un cambio de rumbo fuera beneficioso para toda la familia. Mas no por ello dejaba de ser un duro golpe, ya se había ido Itziar y ahora se iría Koldo con los suyos, con sus nietos también, tan pequeñitos, pero sus padres no consintieron en dejarles en Bermeo al cuidado de la abuela. La familia debía permanecer unida y así lo hicieron, tanto si las circunstancias eran adversas como si todo se desarrollara con buenos resultados. Su destino México, Maite estuvo de acuerdo, aunque no estaba tan segura como él.

Ofrecieron a su madre la posibilidad de viajar e instalarse con ellos, sin embargo, a pesar de que le tentaba la idea, pronto la descartó, en Bermeo se encontraba la tumba de su marido que no pensaba abandonar. Todas las semanas se acercaba al cementerio a dejar unas flores silvestres sobre ella. No podía pensar en irse, sería como si de alguna forma estuviera abandonando a su marido. Sucedió que mientras terminaban de decidir cuándo partirían, les llegó el anuncio de que Arantxa estaba encinta, hecho que inclinó la balanza a favor de permanecer en su querido pueblo.

Itziar y su marido se habían instalado en Mérida, la capital de la península del Yucatán, situada en el Golfo de México. Ese sería inicialmente el destino de Koldo y Maite, decisión que tomaron no solo por estar cerca de su hermana, sino también por lo que había escuchado de boca de los marineros que recalaban en Bermeo. Recordaba haber escuchado en multitud de ocasiones hablar de pueblos como Mérida, Campeche, Veracruz y otros cuyos nombres no recordaba, todos ellos de gran belleza exótica, que contaban con un clima cálido y una vegetación exuberante. Una vez allí, ya decidirían si permanecían en el lugar o buscaban un nuevo destino, todo iba a depender de lo que allí hallaran. Esperaban también que el clima de la península fuera beneficioso para Maite, y sus problemas respiratorios mejoraran hasta desaparecer por completo, si es que eso fuera posible.

Así fue como una mañana de abril Koldo, Maite, y sus dos hijos, Iñaki de tres años y Ander de poco más de uno, salieron del puerto de Bermeo. Con toda la información recopilada en las tascas del puerto desde hacía tiempo, y con las noticias que le llegaban de su hermana desde México, decidieron que ese sería su destino. Corría el año de 1820.

La despedida pilló por sorpresa al entorno familiar menos cercano, nunca hubieran imaginado que el matrimonio pudiera tomar semejante decisión, estando como estaban tan arraigados a su tierra, su trabajo, su familia y su pueblo. Quisieron convencerles de que era una locura viajar tan lejos, sobre todo por los niños, a la aventura. Pero la decisión tomada era firme y no la pensaban modificar.

Entre lágrimas, se despidieron en el puerto de Bermeo la mañana de su partida, con la promesa de mantener un contacto fluido por carta; a través de ellas les irían informando de cómo era el lugar, el trabajo, les hablarían de los niños, de la salud de Maite, de todo lo que surgiera nuevo, además les prometieron que, en cuanto tuvieran algún dinero ahorrado, volverían para hacerles una visita o para quedarse en su tierra, todo iba a depender de lo que por allí se encontraran.

La Nueva España, 1820

La familia al completo se dirigió al camarote que les habían asignado cuando adquirieron los pasajes. El habitáculo se componía de una cama que ocuparía el matrimonio y dos literas para los pequeños. En la puerta había un ojo de buey que daba a un pasillo, los camarotes con vistas al mar eran más caros, razón por la que Koldo eligió estos. Una vez hubieron dejado allí las dos maletas de cartón que les acompañarían durante todo del viaje, salieron a cubierta. "Es hermoso", pensaba Koldo mientras contemplaba el mar que se extendía a sus pies y se perdía en lontananza, observándolo como un mero pasajero y no como el marinero que tenía que encargarse de las duras faenas de la pesca de altura. Iñaki se agarró a la mano de su padre mientras paseaban por cubierta, y Ander lo hacía en brazos de su madre. Las vistas eran maravillosas, al tiempo que contemplaban un mar en calma, adornado con los intensos reflejos de los rayos del sol en el agua. Esta perspectiva les dejó sin palabras durante largos momentos.

Antes de perder de vista la costa de Bermeo, Koldo hizo una promesa a su querida Maite, sin imaginarse que habría de pasar más de un siglo hasta que se pudiera dar por cumplida.

Con esa promesa, la tristeza que les embargaba pareció difuminarse por un momento y centraron su atención en el viaje. La primera experiencia desagradable que tuvieron que soportar, casi desde el primer momento, fue el mareo continuo derivado del movimiento del barco. Todos, excepto Koldo, sintieron las primeras náuseas al poco de alejarse del muelle. Durante toda la travesía, a lo largo de un mes, fueron muchas las veces que sintieron la necesidad de arrimarse a babor o a estribor para vomitar. Pasados los primeros días, las náuseas se iban controlando, y los ánimos de los pasajeros se caldeaban en la misma proporción. Los niños pronto habían perdido la timidez inicial y ya se les podía ver durante horas jugando con otros niños a juegos que apenas empezaban a conocer. ¡Qué bien se adaptaban los chiquillos!

Durante el trayecto, Koldo y Maite conocieron a otras familias que, al igual que ellos, decidieron cambiar el rumbo de sus vidas, buscando un futuro mejor, aunque para ello tuvieran que irse tan lejos. Unos eran vascos, otros asturianos, también los había gallegos y navarros, quienes lo mismo que ellos también escucharon maravillosas historias de ricas tierras al otro lado del vasto mar. Fue una época en la que muchos españoles emigraron a tierras mejicanas, atraídos por la fama adquirida tras la colonización, la facilidad para obtener grandes extensiones de tierras de cultivo a precios bajos, la productividad de los suelos y el dinero fácil de conseguir, en un país con escasa población. Muchos de ellos lo hacían por extrema necesidad, en un intento de obtener buenos ahorros durante unos años para volver después a sus lugares de origen y comenzar de nuevo en su tierra natal, invirtiendo los ahorros conseguidos. Sus familias habían gastado los únicos dineros que tenían para comprar el pasaje del barco, incluso los hubo que tuvieron que empeñarse para conseguirlo. Sin embargo, no todos regresaron, unos formaron allí sus propias familias y se quedaron por el resto de sus días. A otros los enviaron para no volver, debido a que en casa no tenían para alimentar a todos los hijos habidos, y unos pocos más solo volverían los últimos años de vida para morir cerca de la familia que habían dejado atrás.

Tras los primeros días, el viaje se le hizo un poco más llevadero, los hombres se reunían para pasear por cubierta y de paso contarse sus proyectos, las ilusiones que habían puesto en el cambio de vida, hablaban de lo que habían dejado atrás y de lo que creían que iban a hallar cuando llegaran a su destino; unos se iban con lo puesto, porque nada más tenían que llevar, otros portaban consigo los escasos ahorros que habían podido reunir, pero todos ellos, sin excepción, acarreaban muchas esperanzas y otras tantas ilusiones para emprender un futuro mejor, aunque fuera lejos de su tierra. Las mujeres, en cambio, también comentaban entre ellas las expectativas puestas en el traslado, pero tenían más miedo a lo desconocido, porque no creían que todo fuera a resultar tan atractivo como se lo habían pintado. Eran menos impulsivas, pero su deber consistía en acompañarles.

Pocos días llevaban de viaje cuando una tarde uno de los pasajeros sacó de su maleta un pequeño acordeón y comenzó a tocar algunas canciones que casi todos conocían. La música era muy agradable y les hacía más soportable el viaje. No tardaron Koldo y Maite en agarrarse por la cintura y salir a bailar en medio de la expectación de los viajeros; tras los primeros aplausos y la reverencia al público, hubo más parejas que les acompañaron en cubierta al ritmo de las notas del acordeón. Desde aquella tarde todos los días había baile, excepto cuando llovía.

Después de un mes a bordo del barco avistaron tierra firme. En el momento que un miembro de la tripulación pronunció en voz alta "tierra a la vista", todos los pasajeros salieron a cubierta desbordados de alegría, había llegado el momento del tan ansiado final. Con los nervios a flor de piel, recogieron sus maletas dispuestos a iniciar el desembarco. Atrás quedaban días de desasosiego e incertidumbre, que, unidos al cansancio, hicieron de la travesía un viaje agotador.

A muchos de los viajeros les estaban esperando en el muelle de desembarco algún familiar que les había precedido en el viaje, a Koldo y su familia les esperaban Itziar y su marido Mazatl, radiantes y deseosos de darles un gran abrazo. También los hubo que no tenían quien les esperara a su llegada al nuevo país. Pero todos, sin excepción, llegaban con las maltrechas maletas cargadas de ilusión y esperanzas puestas en un futuro prometedor.

Antes de pisar tierra firme, ya notaron la bofetada del calor y la humedad. Qué diferente era ese clima del frío del Mar Cantábrico, el mar que bañaba las costas de su querido Bermeo. Acababan de dejarlo atrás y ya comenzaban a añorarlo.

Itziar se fundió en un intenso abrazo con su hermano, después le llegaría el turno a Maite y a los chiquillos. Habían pasado dos años desde la última vez que se vieron y se echaban de menos. A Iñaki ya lo habían conocido en Bermeo, no así a Ander, nacido tras su marcha. Los dos hermanos no hallaban el tiempo suficiente para contarse todas las novedades. A cada pregunta seguían muchas respuestas, y a éstas más preguntas. El resto de la familia escuchaba sin prestar demasiada atención. Llegaban cansados y estaban deseando arribar a casa de su tía, en el que sería el primer paradero de la familia.

Se acomodaron en el *truck* de Itziar, un carricoche tirado por caballos, hasta llegar a su casa en el centro de Mérida. Durante su recorrido, mientras cruzaban la ciudad, pudieron admirar los bellos edificios barrocos y la arquitectura propia de la época, así como abundantes jardines de flora exuberante. Observaron que la ciudad contaba con iglesias, hospitales, conventos y colegios, instalaciones para el abasto, etc. Todo lo que veían a su paso les llamaba la atención extraordinariamente. Esa primera impresión los convenció de que la idea de emigrar a otro país había sido, en principio, acertada.

Una vez hubieron llegado a la casa de Itziar, pudieron refrescarse y descansar tras la larga travesía, después salieron al jardín y se acomodaron a la sombra de una gran ceiba, donde los criados les sirvieron refrescos en abundancia y muchas frutas variadas que nunca antes habían visto, de tamaño, sabor y colorido espectaculares.

La casa constaba de dos plantas y tenía una estructura magnífica. Había sido construida hacia finales del siglo XVI y mantenía el esquema original de un patio con arcos de medio punto, corredores y portones labrados con excelentes trabajos escultóricos. Fue construida con terrazas y azoteas de vigas de madera y balcones con barrotes también de madera, igual que toda la carpintería. Actualmente la vegetación cubría gran parte del edificio resaltando su belleza, y se hallaba resguardada entre frondosos árboles, fuentes y exuberantes jardines. Constaba también de un acueducto y albercas, así como varios laberintos y túneles. Al caminar por sus amplios pasillos se encontraban las habitaciones, con chimenea y baño, casi todos ellos con bañera tallada en piedra de coral, y aún conservaba la antigua capilla. Las paredes de las habitaciones eran lisas, manteniendo la austeridad de la construcción inicial, pintadas de blanco a la cal la mayoría, y casi sin decoración, con suelos de piedra y arcos en todas ellas separando los diferentes ambientes. En cambio, en el exterior se apreciaban los colores uniformes de toda la estructura, predominando el terracota en la vivienda principal, y ocres, naranjas o azules en las viviendas de los criados.

Los paseos a lo largo de patios y jardines transmitían un sosiego y una paz difíciles de explicar. Era como hallarse en el paraíso. Se detenían en cada rincón, en cada fuente, admirando el tranquilo discurrir de las aguas y el sonoro golpe que producía al caer sobre los cantos rodados, admiraban las exóticas flores que surgían en cada rincón de cada uno de los jardines, todos ellos muy cuidados, el suelo de piedras que brillaban como si acabaran de colocarlas y encerarlas. Todo lo que observaban era tan diferente a lo que habían conocido hasta entonces… Estaban sorprendidos casi tanto como maravillados.

Durante los días posteriores a su llegada a Mérida, Itziar les habló de la evolución de la capital de la península de Yucatán, desde que fue conquistada por los españoles, allá por 1542, y a la que pusieron ese nombre en honor a la Mérida de Extremadura. Conocía en profundidad la historia de la ciudad no solo desde la época colonial, sino mucho más atrás, cuando todavía era territorio indígena poblado por los mayas.

Koldo se asombraba escuchando a su hermana hablar de la ciudad en la que vivía. Conocía su historia como si hubiera nacido allí y se hubiera dedicado toda la vida a su estudio y difusión. Pero no llevaba tanto tiempo viviendo en ella, lo que le hacía pensar que, o bien se aburría mucho y dedicaba su tiempo a adquirir cultura y conocimientos propios de la ciudad en la que vivía, o bien existiera otra razón en el trasfondo para que hubiera tenido que empaparse de información con alguna finalidad concreta. Tendría tiempo para averiguarlo. Sin embargo, había veces en que Koldo llegaba muy lejos en sus presunciones. Maite le decía que siempre pretendía profundizar más allá de lo que se manifestaba a simple vista, siempre esperando hallar algo oscuro o secreto. Quizás fuera por la costumbre adquirida durante los años en que le tocó ser el cabeza de familia, después de la muerte de su padre.

El proceso de expansión urbana de la ciudad se había materializado incrementando la construcción de iglesias. Eran un símbolo inequívoco de que la población española estaba presente en dichas zonas. Los domingos y fiestas de guardar —dijo Itziar— asistían a la misa dominical, continuando con la costumbre adquirida en su Bermeo natal y que mantenían intacta. Koldo no hubiera esperado menos de su hermana, muy arraigada en sus costumbres hasta donde él sabía. Sin embargo, parecía haberse acostumbrado muy deprisa, demasiado diría él, a las tradiciones de la nueva tierra que les acogió. No tardaría en presenciar alguna experiencia que echaría por tierra sus convicciones.

Durante el tiempo que permanecieron en casa con su hermana, a Koldo no se le escapó que la pareja no cultivaba tierras ni tenían ganado, solamente caballos para desplazarse en sus paseos de ocio por los campos y para el carricoche, sin embargo, vivían como algunos de los más ricos hacendados de la zona. Incluso su casa era una de las más grandes y mejor equipadas. A pesar de que no quería inmiscuirse, se decidió a preguntarle cuál era su modo de vida y la respuesta de ella fue sencilla: su marido había heredado una inmensa fortuna, motivo por el que podían permitirse el ritmo de vida que llevaban. Tampoco se le escaparon a Koldo todos los viajes que realizaba Mazatl, de varios días e incluso meses en ciertas ocasiones. Itziar siempre le decía que se desplazaba a la capital de México, donde tenía depositados sus ahorros, para negociar la marcha de sus dineros con los bancos. Pero Koldo no quedó conforme ni con una ni con otra explicación.

—"¿Viajes de meses para controlar la marcha de sus finanzas?"—. No le cuadraba, él no era muy dado a los números, pero durante varios años estuvo al frente de las finanzas de la casa familiar y no precisaba que nadie se ausentara para llevar el control de las mismas. A no ser que hubiera algo que esconder.

—Siempre pensando que en el fondo se esconde algo turbio, comentó Maite.

Como hermano mayor sintió la obligación de analizar la sorprendente situación de su hermana pequeña. Tenían a su servicio un séquito de criados, la mayoría indígenas, a los que trataban con aparente respeto mientras se movían por la casa, pero con desprecio cuando creían estar a solas frente a ellos. En ocasiones escucharon cómo se les azotaba, llegando a provocar en ellos heridas importantes que después tardaban en curar. En alguna ocasión, el castigo se les fue de las manos, dejando a algún criado medio muerto, tirado en el centro de la plaza de la hacienda, hasta que la familia se decidía a retirarlo. Había mucho miedo.

Su hermana miraba para otro lado. ¿Qué implicación podía tener ella en todo esto? No podía admitir que Itziar hubiera aceptado de buen grado esos comportamientos crueles infligidos a seres semejantes, cuando en su tierra natal nunca vio nada que pudiera tener el más mínimo parecido con esa realidad que empezaba a odiar. ¿Acaso no le había dicho que asistía siempre a misa dominical?, ¿los principios en los que se basaba su creencia religiosa no rechazaban por sistema los malos tratos a semejantes? A Koldo le resultaba muy difícil de asimilar.

Cierta madrugada, estando desvelado por culpa de la excesiva humedad que reinaba en el ambiente tras una intensa noche de tormenta, salió a la terraza de su habitación para no despertar a Maite, y desde allí creyó escuchar un murmullo en la lejanía y el arrastrar de pies sobre el suelo de tierra y piedras, acompañado de algún sonido metálico. Dejó de percibirlo de inmediato, y concluyó que habría sido el viento que arrastraba las hojas caídas durante el vendaval. No le dio más importancia, lo olvidó tan pronto como se olvidan los sueños al despertar.

Al mismo tiempo que comprobaba la relajada vida que llevaba su hermana, Koldo se mostraba impaciente por solventar su futuro y el de sus hijos. Ese había sido el objetivo marcado desde antes de emigrar a otro país. A él nadie le regalaba nada y no le asustaba el trabajo. Se había marchado con unos pocos ahorros que apenas llegaban para adquirir productos básicos para sus hijos, del resto se encargaba su hermana. Sin embargo, Koldo no quería vivir a costa de nadie. No aceptaba esa forma de ser.

Días después de su llegada, comenzó a dejarse ver por la ciudad para darse a conocer. Durante los paseos que realizaba con la familia, su hermana le presentaba como un vasco íntegro, aunque no tardarían mucho en llamarle gallego. Así fue enterándose por unos y por otros del modo de vida del lugar, de los ranchos y las haciendas de la zona, de los dineros que necesitaría para comprar alguna de las pocas que se ponían a la venta. Esa era la idea principal, comprar una hacienda, pero no le llegaba el dinero. No tenía ni para comprar su primer pedazo de tierra por muy pequeño que fuera, y allí no había propiedades pequeñas. También tuvo conocimiento de la tradición marinera y hombres de mar existente en una zona no muy alejada de Mérida, de nombre Campeche, desde muchos años atrás, pero no entraba en sus proyectos salir de nuevo a la mar, para eso no hubiera dejado atrás su vida en Bermeo. Otra posibilidad era trabajar en los astilleros, donde fabricaban sus propias embarcaciones. Decididamente se dedicaría al cultivo de los campos. Ya había tenido tiempo suficiente para conocer el mar y no pasaba por su mente volver a él, no después de haberlo dejado todo atrás.

Su hermana y las personas que fue conociendo en aquellos días, incluso algunos familiares de sus compañeros de travesía, se ocuparon de contarle la historia de la península, que se remontaba a la época de los mayas, quienes posiblemente llevaran habitando en aquellas tierras más de mil años. Sin embargo, la parte más interesante de la historia para ellos surgió a partir de la conquista española, en el siglo XVI. Poco después de la Conquista empezaron a llegar los primeros evangelizadores, quienes fundaron las primeras villas. Fue en aquel momento cuando surgieron los primeros enfrentamientos con los indígenas del lugar, que eran sometidos por los esclavistas españoles, quienes no dudaban en asesinarles si no se doblegaban a su voluntad.

Así fue como Koldo se encontró nada más llegar con una lucha política en la que se zanjó de manera incruenta la independencia de la Península de Yucatán de España. En 1810 se había iniciado el movimiento de independencia dirigido por el ejército insurgente, guerra que concluyó en 1821. Al finalizar la guerra, en la península no se dieron expulsiones masivas de españoles como sí ocurrió en otros territorios, permaneciendo allí buena parte de la población de origen español. Ese miedo había calado hondo en la familia Ortiz de Urquiza, que se habían encontrado con las revueltas y la inseguridad de si podrían permanecer en la península o serían expulsados. Koldo nunca hubiera pensado en la posibilidad de encontrarse, nada más llegar, con conflictos políticos que podrían trastocar sus planes de futuro.

Mientras esto ocurría en la Península de Yucatán, Koldo, que no era totalmente ajeno a las revueltas continuas, pero tampoco se pronunciaba ni a favor ni en contra de ellas, se planteó trabajar para otras haciendas, dejando a un lado los asuntos políticos que sospechaba que no le iban a beneficiar en nada. No emigró para trabajar por cuenta ajena, porque su sueño, desde que pisó aquellas lejanas tierras, era tener su propia hacienda. Una vez asumió que de momento no podía comprar ninguna propiedad, y que los pocos ahorros con los que contaba se estaban marchando más deprisa de lo esperado, optó por emplearse en un rancho que solicitaba peones. Se llamaba "Rancho Chico" y estaba ubicado en un hermoso pueblo de nombre Campeche, no muy lejos de Mérida. Pocos días después se trasladaba con toda la familia a la ciudad de Campeche. Él era el único blanco y español que formaría parte de los trabajadores del Rancho Chico.

Al llegar hallaron una hermosa ciudad amurallada, asentada en un terreno con suaves colinas, que contaba con una larga historia durante los siglos precedentes, tal como conocerían más adelante. Campeche desprendía, por donde quiera que se mirara, reminiscencias históricas de los mayas, según le fueron contando después, y de conquistadores y piratas que tantos libros de historia y novelas de aventuras habían alimentado. La ciudad podía presumir de museos, parques y jardines, y estaba abierta al mar. El paseo por el malecón y la visita a los edificios emblemáticos de la ciudad colonial les regalaban una sensación maravillosa y totalmente desconocida, llena de historia y cultura. Estar tan cerca del mar le hizo recordar de nuevo a su añorado Bermeo, lo llevaba adherido al alma ¡Qué lejos parecía haber quedado ya!

Tal y como le fueron describiendo los que bien la conocían, Campeche, la ciudad fortificada cuya muralla se construyó para defenderse de los ataques de piratas y corsarios, contaba con ocho baluartes, cuatro puertas, y dos fuertes construidos en los cerros cercanos. Según la descripción que de ella hizo un viajero francés, Campeche poseía una fisonomía muy diferente a ciudades como Mérida, debido a *"la entrada tortuosa por los barrios, los fosos con puentes levadizos y las murallas, que le dan un aire de ciudad guerrera…. Los ricos tienen fuera de los muros de la ciudad casas de descanso en las que la flora de los trópicos despliega toda su magnificencia, que en conjunto rodean a la ciudad como un cinturón verde…. Vista desde el mar, asentada sobre la costa en una suave pendiente, apoyada sobre los promontorios de dos colinas, con un manchón de palmeras a su izquierda, como si fuera una pluma meciéndose en la cabeza de una mujer bonita, Campeche ofrece una imagen de encantadora coquetería"*. No era de extrañar, pues, que la familia Ortiz de Urquiza creyera haber llegado al paraíso.

Durante su desplazamiento hasta la finca, ya pudieron apercibirse de las grandes extensiones de los campos no alcanzaba la vista hasta el final de los mismos. Divisaron varios grupos de peones trabajando en ellos, se escuchaban únicamente las voces del capataz instando a los trabajadores a apurar el paso, látigo en mano, que de vez en cuando hacía restallar contra el suelo en plan amenazante. Todos los peones eran de raza negra o indígenas y trabajaban en absoluto silencio. Koldo no podía mirar para otro lado, le dolía comprobar el trato que estaban recibiendo los peones. Desde aquel instante, algo empezó a resquebrajarse dentro de él. Sin saber cómo, recordó la sensación que tuvo una noche en la casa de su hermana, cuando creyó escuchar algo en la lejanía y que confundió con las hojas arrastradas por el viento. ¿Y si se trataba de algo mucho más terrible? No se detendría hasta averiguarlo.

El "Rancho Chico" era una finca rústica de gran extensión; la casa, situada en las afueras de la ciudad, presentaba un singular estilo arquitectónico de piedra y cantera de roca caliza, si bien bastante más pequeña que la de Itziar. Constaba de varias casas para los peones y en una de ellas se asentó la familia Ortiz de Urquiza. La casa contaba con dos cuartos y una cocina, espacio más que suficiente para el matrimonio y los dos hijos, y estaba construida de la misma forma que lo estaban las casas de los demás peones, alrededor de un patio formado con arcos. En total habitaban en el patio más de veinte familias, todas ellas jóvenes, entre las que se contaban algunos indígenas y esclavos negros.

Varios de los peones del rancho habían llegado siendo niños o jóvenes y allí crecieron trabajando. Muchos eran huérfanos o fueron enviados por algún pariente. El trato que recibían por sus amos variaba entre maltrato a veces y relaciones amables, incluso amistosas y familiares. Vivir al lado de los españoles le brindaba ventajas y desventajas que dependían del comportamiento del amo. Koldo no pudo evitar recordar al capataz con el látigo en la mano, instando a los peones que hallaron a lo largo del camino. ¿Sería eso lo que le esperaba en adelante?

Trabajar en las casas de los españoles atrajo también a muchos migrantes mayas, pero en muchos casos los españoles les herían, azotaban y encarcelaban. Sin embargo, el Rancho Chico se caracterizaba especialmente por el buen trato y amabilidad que procuraba a sus peones, no marcando grandes distinciones entre ellos. Su hacienda era más pequeña que las de su entorno y eso facilitaba el carácter amable que existía entre ellos. Ese carácter afable influyó notablemente en Koldo a la hora de aceptar el trabajo del rancho; no hubiera soportado vejaciones como las que se llevaban a cabo en otras haciendas. Antes se volvería a España, le confesó a Maite en una ocasión, a su antiguo pero nunca olvidado oficio.

Mientras Koldo se adaptaba al trabajo del rancho aprendiendo a tratar el cultivo del maíz y la ganadería, Maite experimentaba con las nuevas comidas, que para todos fueron un auténtico descubrimiento, pudiendo apreciar una cocina nueva, diferente, con raíces mayas y españolas, que había surgido como consecuencia de la colonización. Así descubrieron y saborearon los famosos *papadzules*, tacos de huevo cocido bañados de una pasta de pepita, salsa de tomate y cebolla*, el pámpano en escabeche, la raya entomatada o el Poc Chuc*, carne de cerdo asado, marinada en jugo de naranja agria y acompañada de cebolla asada picada y salsa llamada *Xnipec u hocico de perro*, que constaba de jugo de naranja agria, tomate, cebolla y cilantro. Maite aprendió pronto a cocinar los exquisitos platos que empezaba a conocer, aunque no se olvidaba de los ricos platos de la cocina vasca, tan arraigada en sus costumbres y en su memoria. La diversidad, sobre todo a lo referido en diferentes pescados, era impactante. Pero sin duda, a lo que más les costó acostumbrarse fue al carácter picante que imprimían en la mayoría de platos, conseguido gracias a la utilización del chile habanero.

Para Koldo, el conocimiento de la tierra y los cultivos que de ella se extraían era totalmente nuevo. Su primer compromiso fue conocer la tierra y aprender a cultivarla y amarla. El rancho tenía tanta extensión que no tuvo más remedio que aprender a montar a caballo, para poder salvar las distancias que había de recorrer cada día. El rancho estaba dedicado principalmente al cultivo del maíz, también a la ganadería, aunque en segundo lugar de importancia. Pronto aprendió todo lo que necesitaba saber, mientras sus hijos hicieron amigos y comenzaron a asistir a la escuela, mientras Maite se dedicaba a sus hijos, a su marido y a la casa.

Aunque aún se estaban adaptando a la vida en el rancho, Koldo tenía pendiente una visita a su hermana. Aprovechó el día de fiesta del Santo Patrón para viajar con Maite y los niños a pasar lo que prometía ser un bonito día todos juntos. Sin embargo, su viaje escondía otra intención. Necesitaba comprobar por sí mismo lo que sucedía en casa de su hermana. Después de lo que había visto recientemente, estaba seguro de que la intuición no le fallaba.

Itziar se alegró mucho al verles, incluso agradeció la visita puesto que Mazatl se encontraba en la capital de México, tal como les contó, y de esa manera no pasaría el día sola. Tomaron unos aperitivos en el jardín, mientras en el horno se asaba un buen trozo de cerdo que encargó a las criadas, para deleitarles con la comida. Koldo agradeció que Mazatl no se encontrara en la casa, así le sería más fácil despistar a su hermana, enfrascada en la charla con Maite y ambas pendientes de los niños. Con paso decidido, pero intentando pasar desapercibido, dirigió sus pasos hacia la zona más alejada, donde parecía encontrarse el límite de la finca, que ya había observado cuando vivió allí y que los criados no cruzaban nunca.

Se estaba poniendo nervioso y no sabía por qué. A medida que se acercaba a la zona que le parecía el final, observó que se podía traspasar sin dificultad. Realmente no se trataba del final, sino de una zona bien diferenciada, delimitada por filas de árboles tropicales y espesa vegetación que cerraban el paso a simple vista. Continuó avanzando, aunque de vez en cuando volvía la cabeza atrás para comprobar que ni su hermana ni ninguno de los criados le estuvieran siguiendo. Cuanto más avanzaba, más nítidos le llegaban los murmullos de voces silenciadas, que se acallaban con el estridente sonido del látigo sobre las piedras del suelo. No sabía de dónde procedían. Se detuvo un instante para comprobarlo y entonces descubrió, oculta tras unos arcos cubiertos de mucha vegetación, una puerta cerrada que no podía identificar a dónde daba acceso. No dudó en cruzarla y al avanzar se encontró en un laberinto oscuro al que tuvo que acostumbrar la vista. Ahora podía escuchar muy de cerca todos los sonidos.

Decidido a averiguar lo que se escondía al final de aquel laberinto, encaminó sus pasos en línea recta, sin darse cuenta de que, oculto entre las sombras, uno de los capataces vigilaba sus pasos. Antes de que se diera cuenta de su cercanía, el capataz le dio un golpe seco en la cabeza y le dejó tirado en el suelo. Cuando despertó se encontró rodeado de varios hombres negros que le miraban con cara de desconcierto. Al ver que el hombre blanco recuperaba la consciencia lo levantaron del suelo y lo llevaron en volandas hasta la puerta que nadie se había atrevido a cruzar hasta entonces. Cuando la sobrepasó se encontró cara a cara con Itziar, quien había sido alertada por una de las criadas de la casa al ver desde lejos a Koldo cruzando la línea prohibida. A escasos metros la seguía Maite con cara circunspecta.

Itziar dio gracias porque su marido no se encontrase en casa, pues de haber sabido que su hermano había llegado a tener conocimiento de lo que estaba sucediendo, no se imaginaba cómo hubiera podido reaccionar.

La comida familiar, lejos de resultar agradable y relajada, se convirtió en un encuentro frío y cargado de culpabilidad. Tras los postres, Koldo se reunió con Itziar para hablar de ello. Era el momento más temido por ella que no sabía cómo justificar lo que su hermano vio y pudo comprobar por sí mismo. Él no se iba a conformar con cualquier excusa, le conocía bien.

Sentados frente a frente alrededor de una mesa de caoba que ocupaba el lateral izquierdo, situada delante de un ventanal, de una dependencia que bien podía tratarse de un despacho, Koldo preguntó a su hermana sin rodeos qué estaba pasando allí. No había escapatoria posible, mientras no contara la realidad percibida seguirían allí sentados, esperando. ¿Estaba preparado para escuchar todo lo que Itziar tenía que contarle?

La conversación se prolongó a lo largo de varias horas, durante las que Itziar se sinceró con su hermano. De alguna manera sentía que se lo debía. Quiso haberlo hecho en más de una ocasión mientras vivieron juntos, pero en vista de que él nunca desconfió de lo que allí sucedía, se mantuvo en silencio. Tenía miedo de su reacción casi tanto como la de su marido, y sentía, por otra parte, que le estaba defraudando.

—¿Por qué lo has hecho? Nunca me hubiera imaginado que fueras capaz de encubrir esta situación.

Koldo no sabía cómo iniciar las preguntas, ni siquiera sabía si su hermana lo había hecho por gusto, algo que le extrañaba sobremanera precisamente por conocerla bien, o si su marido la había obligado. Era una situación sumamente delicada.

—No sé por dónde empezar, —dijo ella.

—Puedes empezar contándome cómo ha sido tu vida desde que llegaste recién casada a este país. Tal vez eso me ayude a entender alguna de las muchas cuestiones que se me plantean en este momento y que me tienen totalmente desconcertado y defraudado.

El silencio de su hermana era sobrecogedor. Sabía que estaba a punto de romper a llorar, por lo que se le adelantó con otra pregunta.

—¿Eres feliz en tu matrimonio?

—Lo soy, que no te quepa la más mínima duda, —contestó Itziar entre sollozos.

—¿Es este vuestro medio de vida? Aquello que me dijiste de la herencia recibida, ahora entiendo que no era cierto. ¿Me equivoco?

—No te equivocas en absoluto, hermano. Mazatl nunca me dijo a qué se dedicaba. También a mí me contó la historia de la herencia familiar. Yo le creí, me había enamorado de él como una tonta y siempre me decía las cosas que yo quería escuchar. Pocos días después de llegar aquí, inició uno de sus largos viajes a África y a su regreso tuve ocasión de conocer la razón de ser de los mismos. Sentí vergüenza y una pena inmensa la primera vez que vi a todos esos hombres negros que traía en su navío, y tuve que acompañarlo a los túneles, donde los tiene escondidos durante un tiempo determinado antes de venderlos a los hacendados de la zona. Sentí náuseas durante algún tiempo y vomitaba continuamente. Cuando le pregunté por qué me eligió a mí para apoyarle en esta inhumana tarea, me respondió que me necesitaba para controlar el negocio cuando estaba ausente y yo había sido la candidata perfecta. En aquel momento no entendí lo que vio en mí para pensar que yo sería capaz de apoyarle en esto; creí que nunca lo conseguiría, sin embargo, con el tiempo y forzada por la situación, comprendí que no podía hacer otra cosa.

—¿Qué me estás queriendo decir? ¿Por qué te sentiste forzada?

—Porque si no le obedecía utilizaría conmigo los mismos métodos que con ellos.

—¿A qué te refieres? ¿Acaso tu marido te pegaba?

—Nunca llegó a hacerlo, pero sí me tenía amenazada, —mintió su hermana—. En varias ocasiones pude comprobar el trato que infligía a los esclavos recién llegados, cuando todavía protestaban, antes de entender que no tendrían más alternativa que callar y aceptar su nuevo modo de vida. Escuchar sus cánticos nocturnos antes de que les obligaran a permanecer en silencio me partía el alma. Pero no podía hacer nada.

—¿No pensaste en salir huyendo?

—Muchas veces, pero no me hubiera servido de nada. Mazatl tiene muchos amigos en el puerto que hacen la vista gorda cuando llega con un cargamento nuevo de esclavos. Le hubieran informado en cuanto yo hubiera abandonado la casa.

—¡Tu marido es traficante de esclavos!

—Así es. —Dijo Itziar con un tono de culpabilidad.

—Ven conmigo. Deja esta casa y a tu marido hoy mismo, ahora mismo. Deja atrás toda esta horrible historia. No mereces continuar soportando tantos malos tratos ni humillaciones. Soy tu hermano mayor y no es la primera vez que pospongo mis planes para sacaros adelante a tu hermana y a ti. Ya lo hice en Bermeo, creo que aún lo recuerdas, y volveré a llevarlo a cabo cuantas veces sea necesario. Tengo que cuidar de ti, se lo prometí a nuestra madre antes de partir.

—Ojalá fuera tan fácil, querido hermano. Nada me gustaría más que romper con todo esto y ponerme a salvo bajo tu protección.

—¿Qué te lo impide? ¡Vámonos!

Koldo empezaba a perder la paciencia, no podía dejar a su hermana en ese estado de excitación.

—No puedo—. Su voz estaba adquiriendo un tono entrecortado.

—¿Por qué?

—¡Mazatl!

—¿Es porque estás enamorada de él?

—No, es algo mucho más profundo.

Itziar había comenzado a llorar, dejando que sus lágrimas resbalaran por sus mejillas y cayeran libremente dejando surcos en su piel rosada. Koldo le concedió espacio para que se serenara un poco. Tras tomarse su tiempo continuó hablando.

—Sigo enamorada de él, ya lo sabes, pero el amor no sirve de nada cuando hay razones más poderosas que me obligan a quedarme a su lado.

—Cuéntame lo que sea, intentaré entenderte para poder después ayudarte. ¡Desahógate!

Itziar respiró hondo y comenzó a relatar su horrible experiencia.

—Te he mentido antes cuando me preguntaste si alguna vez me había puesto la mano encima.

—¿Quieres decir que te ha pegado?

—Pegado no es la palabra exacta, me ha dado latigazos como hace con sus esclavos.

—¡Esto es intolerable! —Dijo Koldo desesperado— Recoge alguna de tus cosas, lo más necesario y vámonos. Tienes que salir de aquí cuanto antes. No puedo dejarte a su merced ahora que sé por lo que estás pasando. Aprovechemos antes de que vuelva. ¿Por qué no me lo confiaste antes?

—¡Tengo miedo! Si sabe que estás al corriente del comercio de esclavos es posible que en primer lugar me mate a mí por haber dejado que te inmiscuyeras y después hará lo mismo con vosotros y con los niños. ¡Es cruel y no hay nada que le frene!

—Juntos le haremos frente. Vámonos ya, no quiero que aparezca por la puerta y se ensañe contigo.

—Necesito unos días para recoger todas mis cosas, no te preocupes, ha salido hace poco y aún tardará en regresar. Los viajes a África se prolongan durante varios meses.

—¿Y si vuelve antes? No podemos arriesgarnos.

—No lo hará. Su negocio está por encima de todo lo demás. Marchad tranquilos, en unos días me reuniré con vosotros.

Cuando Itziar se levantó del sillón orejero poniendo punto final a la conversación, su bata de seda azul se deslizó lentamente por su espalda en un movimiento intencionado, dejando al descubierto el principio de la misma. Koldo, atento a los movimientos de su hermana, pudo comprobar que le había dicho la verdad. Su espalda, cubierta de cicatrices irregulares, no dejaba lugar a dudas.

El regreso a casa discurrió en el más absoluto de los silencios. Maite sabía que no era el momento de preguntar, si él no se decidía, ya lo haría cuando hubieran pasado unos días. Pero lo haría, necesitaría desahogarse, sacar de su interior lo que le estaba quemando las entrañas. Mientras no lo hiciera no podría descansar ni dormir. Pocas veces le había visto tan alterado como esa tarde. Los niños también guardaron silencio, ni siquiera jugaban entre ellos. Intuían que algo no marchaba bien.

No pasaron muchos días hasta que Koldo, abrumado por los recientes acontecimientos descubiertos en casa de su hermana, se sinceró con Maite, sin dejarse ningún detalle. Ambos necesitaban desahogarse, él por el peso de la información que cargaba y ella por la angustia que percibía en su marido. Cuando finalizó su relato de los hechos, ambos temblaban de pavor. A partir de aquel momento la tranquilidad se fue instalando lentamente en sus vidas, aunque nada volvería a ser como antes. Koldo juró a Maite que jamás compraría esclavos negros para sus campos, aunque tuviera que recorrer miles de kilómetros para conseguir mano de obra. Nadie merecía un trato semejante.

Los días siguientes Maite dedicó tiempo a preparar

un ala de la casa, donde se instalaría Itziar. Quería que se sintiera incluso mejor que en la suya. Pero los días fueron pasando y su cuñada no llegaba. Tampoco había enviado a ningún sirviente dando explicaciones por la demora. El matrimonio empezó a preocuparse, Itziar les dijo que en una semana lo tendría todo resuelto, pero ya habían pasado más de quince días y seguían sin noticias. Sin más pérdida de tiempo, prepararon el carromato y se dirigieron a Mérida. Koldo sospechaba que algo no estaba marchando según lo previsto.

Al presentarse en la casa de su hermana, fue Mazatl quien salió a recibirles. Verle aparecer en lo alto de la escalera truncó de un golpe mortal todas las expectativas puestas en la salvación de Itziar. Por un momento Koldo se temió lo peor, pero no se iría de allí sin averiguarlo. Los primeros gestos de Mazatl, acompañados de hirientes palabras, dejaron perfectamente claro que no eran bien recibidos en su casa, y les instó a que se marcharan para no volver nunca más.

Por fin Mazatl estaba demostrando su verdadera cara, aquel no era el marinero afable que conocieron hacía varios años en Bermeo, que los deslumbró a todos con sus historias de aventuras por los mares y que enamoró a Itziar como ningún otro hombre lo había conseguido.

—¿Dónde está mi hermana? ¡Quiero verla! —Gritó Koldo exasperado.

—No la volverás a ver nunca más.

—¿Por qué? ¿Qué le ha pasado?

—Nada que a ti te importe.

—Me importa, ¡mucho!

—Pues no debería importarte tanto. Por tu culpa está mal. Está recluida en su habitación y no va a salir. Me ha dicho que no quiere volver a verte.

—No te creo. ¿Qué le has hecho?

—Vaya, veo que también te ha contado eso —dijo en un tono irónico—. No debió abrir la boca.

Koldo, furioso, comenzó a subir la escalera decidido a

enfrentarse a su cuñado, no podía tolerar el trato que le estaba dando a su hermana. Sin embargo, no pudo llegar al final. Cuando faltaban apenas tres escalones, Mazatl se lanzó sobre él haciéndole perder el equilibrio, provocando en consecuencia que cayera rodando escaleras abajo. Koldo quedó tumbado boca abajo sobre las piedras, inconsciente. Los gritos de Maite llegaron hasta la alcoba de Itziar, quien, con todo el dolor de su corazón y los dolores físicos en todo su cuerpo lacerado que apenas le permitían moverse, consiguió acercarse a la ventana y observar a través del visillo cómo Maite realizaba un último esfuerzo para instalar a Koldo tumbado sobre las tablas del carromato. Momentos después iniciaba la marcha en dirección a la salida, y con ella se iniciaba también su reclusión definitiva.

Pocos días después de su partida, Mazatl había tenido un imprevisto importante con el que nadie contaba.

Como siempre, habían iniciado uno más de los largos viajes que le llevarían primero hasta Europa, cargados con materias primas y minerales, desde allí viajarían hasta Congo y Angola en busca de hombres jóvenes negros, robustos y sanos para trasladarlos a México. Sin embargo, el navío, pocos días después de partir de Campeche, había sufrido una importante avería que les había obligado a regresar a puerto, después de haber intentado reparar la avería con todos los medios disponibles a bordo. Después de dejar el navío en el astillero a la espera de ser reparado, Mazatl regresó a casa. Su intención era esperar una semana a que estuviera recompuesto y retomar la actividad que tuvieron que dejar a medias.

Al llegar a casa se sorprendió cuando vio el *truck* preparado con algunos baúles que contenían los enseres de Itziar. Ciego de rabia ascendió de tres en tres los escalones que le separaban de la alcoba y se fue directo en busca de su esposa quien apenas tuvo tiempo de reaccionar ante su inesperada llegada. No le dio tiempo a hablar, de la primera bofetada la tiró al suelo, le siguieron después patadas por todo el cuerpo y finalmente la golpeó con el látigo, descargando sobre su delicado cuerpo toda la rabia que sentía. Cuando salió de la alcoba era consciente de que había estado a punto de matarla y de que jamás le perdonaría una traición semejante. Antes la mataría.

Después de una semana, Itziar comenzaba a recuperarse muy lentamente. Le dolía todo, apenas podía moverse sin notar todo el rigor de los golpes sobre su maltrecho cuerpo. Esta vez había sobrevivido, pero si había una próxima, estaba segura de que no viviría para contarlo.

Una tarde subió Mazatl a la alcoba a sabiendas de que su mujer se estaba empezando a recuperar. Se aseguró de que ella le escuchaba y entonces le dirigió las primeras y únicas palabras envenenadas:

—Si vuelves a intentar irte de casa, o me entero de que tu hermano regresa para llevarte con él, os mataré a ambos, y el resto de la familia irá detrás. Se acabarán de un plumazo los Ortiz de Urquiza en México. ¿Queda claro?

Ante la falta de respuesta de Itziar, le repitió la pregunta.

—¿Te queda claro?

Ella solamente pudo asentir con un movimiento leve de cabeza.

La familia crece

Ya estaban bastante bien adaptados e integrados cuando un día, al llegar del campo, agotado y sudoroso, pidiendo el botijo de barro para echarse un trago largo de agua fresca, Maite le anunció que estaba encinta.

—Otro hijo, —dijo Koldo—, nos vendrá bien.

Fue una niña y la bautizaron con el nombre de Nekane. En los cinco años siguientes tuvieron tres hijos más, Andoni, Eritz, y Olaia. A todos ellos les siguieron poniendo nombres típicos vascos porque, aunque se hubieran ido al otro extremo del mundo, no querían perder esa parte de su esencia, y esa costumbre se convirtió en tradición a lo largo de las siguientes generaciones. Necesitaban conservar alguna de sus raíces, aunque solo fueran los nombres y los recuerdos.

No volvieron a ver a su hermana Itziar. Le enviaron la invitación correspondiente para asistir al bautizo de Nekane, pero estaban seguros de que no había llegado a sus manos. Koldo se desesperaba por no poder saber nada de su hermana, a la que recordaba todos los días, y todos los días se prometía a sí mismo y a Maite que habría algo que él pudiera hacer. ¿Pero qué? Por lo pronto estaba intentando que Itzel, una de sus empleadas del servicio doméstico, viajara a Mérida y se presentara en la casa de su hermana. Si no podía verla, al menos algo podría preguntar a la servidumbre, siempre y cuando no estuviera en casa su marido. Pero era un tema delicado, si Mazatl llegaba a sospechar que iba de su parte, no le temblaría el pulso para acometer lo prometido, empezando por la muchacha india. Sin embargo, no encontraba otra alternativa. Así fue como empezó a idear un plan de actuación.

Itzel, dispuesta a colaborar en cuanto estuviera en su mano para sacar a su patrón de la honda tristeza en la que vivía, fue convenientemente informada del propósito de sus visitas a casa de Itziar, y también de lo que había de responder si Mazatl se la encontraba y le interrogaba. Cuando llegara a su casa y se presentara había de decir a la servidumbre que buscaba trabajo, porque en la casa en la que servía actualmente la ultrajaban continuamente los hijos del amo y no resistía más, y que la matarían si no se marchaba de inmediato. La matarían de todos modos, había de recalcar, así que estaba actuando a la desesperada. Tenía que hacer creer que solo le quedaba huir y debía mostrarse compungida como si le fuera la vida en ello. Mazatl se lo creería, le gustaban las muchachas guapas y cuanto más cerca las tuviera mejor. Quizás hasta aprobara que se quedara a servir en su casa en un arranque de fingida compasión.

Anayansi era una de las esclavas indias al servicio de Itziar, Koldo recordaba que era una muchacha amable, trabajadora y muy discreta. Ella sería la persona por la que habría de preguntar cuando llegara. Pocos días después, Itzel se presentaba en Mérida ante la hacienda de Itziar, vestida con harapos, algo despeinada, sucia y sudorosa. Era la imagen que inicialmente debía trasmitir. Al llegar preguntó directamente por Anayansi y se mantuvo a la espera paseando por los jardines entre las casas pequeñas, en los que contempló hermosas flores y parterres, aspirando los diferentes aromas que desprendían cada uno de ellos. Era un lugar agradable para vivir, pero le gustaba más la casa de Koldo, cerca del mar al que amaba profundamente. Además, Koldo y Maite les trataban a todos muy bien y aquí, por lo que le habían adelantado, maltrataban continuamente a los sirvientes, a los que trataban como esclavos. No lo cambiaría por nada del mundo. Con estos pensamientos se entretuvo un tiempo y apenas vio acercarse a otra muchacha de edad similar a la suya, que llegaba con una cesta de sabrosas frutas sobre su cabeza.

—¿Quién eres? —preguntó en un tono lo suficientemente bajo para que la recién llegada lo escuchara, pero que no llamara la atención a los demás. Mientras preguntaba, la observaba de arriba abajo, impactada por la desagradable presencia física de la joven que la requería. No la conocía de nada, pensó.

—Si vienes pidiendo una limosna, no recibirás nada en esta casa. El amo nos lo tiene prohibido.

—Me envía Koldo, el hermano de la señora Itziar —El tono de voz de Itzel también era muy contenido.

Al conocer el motivo de su visita, Anayansi cambió el gesto de su cara.

—¿Qué haces aquí? ¡Márchate de inmediato! Si nos ve el amo….

—Me iré cuando me escuches lo que tengo que decirte.

—¡Habla, rápido! —Anayansi miraba en todas direcciones, sabía que si alguien la veía hablando con una desconocida, seguro que iría con el cuento al amo. Corrían un inminente peligro, por lo que Anayansi cogió a Itzel por el codo y la empujó suavemente hasta la madreselva que les serviría de parapeto.

—Mi patrón quiere saber cómo está su hermana. La última vez que vino no pudo verla y él salió muy malherido. Está muy preocupado por ella.

—Me acuerdo bien de aquel día. Cuando se marcharon el amo estaba tan encorajinado que nos pegó a todos veinticinco latigazos. Puedes decirle que está bien. Pero que no se presente por aquí.

—No lo hará, descuida. Para eso vengo yo, me dices cómo está tu ama y yo se lo digo a él. ¿Puedo seguir viniendo a preguntarte por ella? Es lo único que él quiere, saber cómo está su hermana.

—Está bien, pero si un día no me presento será porque está el amo en la casa y no podré venir. Si eso ocurre, márchate, no esperes ni preguntes, porque podemos meternos en un problema muy gordo.

Dicho esto, Anayansi se dio media vuelta a modo de despedida y ya se encaminaba hacia el interior de la casa, cuando Itzel la retuvo un momento.

—Si puedes, dile a tu ama que su hermano me envía para preguntar por ella.

Anayansi siguió caminando sin dar ninguna respuesta a Itzel, quien acto seguido se encaminó hasta las afueras de la hacienda, donde le esperaban con el carromato preparado para iniciar el regreso a Campeche.

Si su madre lo supiera… Qué bien hizo en quedarse en Bermeo, esto la hubiera matado del disgusto. En las misivas que le enviaba cada mes, Koldo se abstuvo de contarle a su madre la verdad, la horrible verdad de lo que pasaba en la hacienda de Itziar, por lo que siguió pintándole un bonito cuadro de haciendas y ricos hacendados. Aunque él quedara con el alma rota.

Al mismo tiempo que el matrimonio se iba llenado de hijos, sus arcas se iban llenando de buenos dineros gracias al buen hacer de Koldo en el rancho y a la buena gestión del gasto y el ahorro ejercidos por Maite, dineros que destinaban a la adquisición de terrenos cercanos a la hacienda Rancho Chico. El propietario, don Diego Trujillo, era un español sin hijos que se había quedado viudo hacía varios años y pronto comenzaría a deshacerse de todas sus propiedades, incluida la casa.

—Me estoy haciendo mayor, —le dijo Don Diego a Koldo una tarde de tantas al volver de la faena del campo.

Koldo, que ya había visto en el rancho buenas oportunidades y no le disgustaba en absoluto, si quería hacerse con él solo debería esperar un poco más. En las conversaciones que mantenía habitualmente con el dueño, este le había relatado que tenía sobrinos viviendo en España y no tenían intención alguna de irse a México, por eso había tomado la determinación de ir vendiendo poco a poco todas sus propiedades para volver a su casa en Extremadura, donde esperaba tener una vejez más que llevadera, teniendo como tenía las espaldas bien cubiertas.

—Mis sobrinos mirarán por mí si quieren heredar los buenos dineros que tengo ahorrados. Solo heredarán si me cuidan. En caso contrario, entregaré mi fortuna a la beneficencia, que siempre les vendrá bien un poco de ayuda extra.

Koldo le hizo saber que estaba interesado en adquirir el rancho con todo su contenido: la casa, las cabezas de ganado y los terrenos de cultivo. Ya estaba inmerso en la adquisición de tierras limítrofes que podría unir a las del rancho. Sin embargo, necesitaba tiempo, todavía no contaba con los ahorros suficientes para hacer frente a tan importante adquisición. Con el compromiso de esperarle, Don Diego empezó a relajarse y a dejar, cada vez con más frecuencia, los asuntos en manos de Koldo, convencido de que era el mejor trabajador que tenía, y quien más capacitado estaba para mantener el rancho entre los mejores de la zona. Estaba seguro de que con el tiempo lograría hacer de aquel rancho la mejor hacienda de la contorna.

No se equivocó, pero no quedó allí para verlo. Dos años después partía del puerto de Campeche rumbo a Lisboa, y desde allí tomaría una diligencia hasta Extremadura, su tierra natal, donde dejaría que el tiempo fuera pasando lentamente hasta el fin de sus días.

Hacienda Ortiz de Urquiza

El "Rancho Chico" cambió de nombre desde el mismo momento en que pasó a ser propiedad de Koldo. El nombre elegido fue su apellido, y tanto Maite como sus hijos mayores estuvieron de acuerdo. Desde entonces la hacienda fue conocida por el nombre de "Ortiz de Urquiza", denominación que se mantendría a lo largo de muchos años.

Cuando Koldo compró el rancho tuvo que hacer frente a los indígenas que invadían sus propiedades. No aceptaban que les quitaran unas tierras que desde muchos siglos atrás les habían pertenecido, lo que le llevó a entablar litigios legales durante algún tiempo. A pesar de tener la razón de su lado, a los indígenas nunca se les reconoció la propiedad de las tierras, por lo que fue sencillo ganarles en los tribunales. Empezaba a brotar el germen de lo que con el tiempo se convertiría en una importante guerra que se prolongó hasta los inicios del siglo XX, la que se conocería con el nombre de "guerra de castas".

Pasados los primeros años, la hacienda inició un proceso de expansión, en la medida que Koldo aumentaba los recursos que le permitían invertir en más terreros y diversificar los negocios. Si bien con anterioridad se había dedicado exclusivamente al cultivo de la tierra, sobre todo del maíz, y el ganado, a los que aprendió a amar y respetar, posteriormente amplió sus expectativas e invirtió en minería, abriendo por su cuenta algunas minas.

Contó además con algunas concesiones madereras que le permitían explotar bosques, de donde obtenía ocote, oyamel y roble que vendía en una maderera de la ciudad de México. Esta actividad la mantuvo a lo largo de varios años más, hasta que su hijo Eritz se puso al frente de ella.

Quince años después de su adquisición, sus plantaciones ya se perdían en el horizonte y la casa se estaba convirtiendo en un majestuoso edificio de arquitectura colonial, con grandes portones, patios, corredores, incluso ya contaba con capilla propia, él mismo se había encargado de ordenar su remodelación. Aunque no siempre fue así, cuando la compró, solo constaba de la casa principal, con veinte casas para los peones y los corrales. Dedicó mucho tiempo, pero sobre todo dinero, hasta conseguir la casa que actualmente poseía. Todo un símbolo del esplendor de la época, y una de las más admiradas y envidiadas de Campeche.

La casa, situada en el corazón de la ciudad, era una casa histórica del siglo XVII, que había sido adquirida por el extremeño don Diego Trujillo, y había indicado pintarla con colores ocres, rojos y anaranjados. Consecuencia de ello había surgido una casa de belleza impresionante; las habitaciones eran de techos altísimos, con mobiliario de caoba y con un pintoresco patio con alberca. Estaba presidida por una gigantesca ceiba, el árbol más característico de la zona, considerado sagrado por los mayas, y poseía bellos jardines tropicales. No tenía nada que envidiar al resto de casas de la zona.

En torno a la casa principal se estaban construyendo más casas para los peones. Contaban ya con más de veinte que disponían de dos cuartos y cocina, y más de diez con un cuarto y cocina. Todos los peones que ya trabajaban para Don Diego lo siguieron haciendo para Koldo, seguros de que iban a mantener, si no a mejorar, el estatus que poseían con anterioridad, en un clima de respeto y confianza mutuos, algo que abundaba poco, para su desgracia. Koldo no podía evitar recordar la esclavitud y el maltrato a los que muchos negros e indígenas eran sometidos. Y mucha culpa la tenía Mazatl, aunque no era el único. Durante este tiempo se había estado informando entre los hacendados conocidos y los amigos, y eran muchas las haciendas en las que tanto a negros como a indígenas les trataban como esclavos, sin derechos, porque les consideraban inferiores, comparables en muchos casos a animales y por tanto no eran merecedores de derecho alguno.

En los primeros años fue habitual en la hacienda la celebración de las fiestas privadas consistentes en reuniones dedicadas a conmemorar los bautizos de los hijos nacidos en tierras mejicanas, después llegarían los cumpleaños, Primeras Comuniones, confirmaciones y otras como aniversarios, bienvenidas o despedidas. Se trataba de una costumbre que contó, además, con el apoyo de amigos y vecinos, que compartían sus creencias religiosas. Como padrinos de comunión de Iñaki y el resto de los hermanos ejercieron terratenientes amigos de la familia, a falta de familiar directo que pudiera aceptar la responsabilidad. A Koldo le hubiera gustado mucho que Itziar fuera la madrina, sin embargo, tuvo que desistir dadas las circunstancias. Los periódicos de la época solían dar cumplida cuenta de dichas celebraciones, sumándose a las felicitaciones. Koldo empezaba a ser conocido en los ambientes sociales de Campeche.

Para las celebraciones habitualmente vestían los trajes típicos de la zona, el hipil para Maite, que constaba de un vestido blanco, de la misma dimensión desde arriba hasta abajo, cosido lateralmente, con dos aberturas para los brazos y una más en forma rectangular para la cabeza. El cuello, mangas y la parte inferior del vestido estaban decorados con motivos de gran colorido, generalmente bordados. Debajo del hipil, usaba una enagua larga y amplia que también llevaba bordada la parte inferior. Koldo solía lucir una filipina de lino blanco y pantalón blanco también, completando el conjunto con un elegante sombrero y alpargatas.

Las celebraciones familiares se realizaban en la residencia particular del anfitrión y reunían a familiares y amigos cercanos. Si algo los caracterizaba, igual que al resto de hacendados, eran las celebraciones suntuosas y muy elaboradas, donde servían los más ricos manjares de la zona y degustaban los vinos y licores más costosos, que habitualmente consumían en exceso. Como consecuencia, la diversión estaba asegurada. Tras la ceremonia religiosa, se celebraban festejos en la plaza pública, tanto para niños como para adultos, en los que los pequeños jugaban a juegos tradicionales, y los adultos bebían y bailaban jarana hasta el anochecer.

En ocasiones, los asistentes a la fiesta eran recibidos por una banda de música, sobre todo si eran personas que pertenecían a los estratos más altos de la política. La invitación a la fiesta se hacía con varios días de anticipación y se explicaba el objetivo de la celebración. En las mismas, los invitados aprovechaban para tender lazos de cordialidad que a menudo ejercían una influencia poderosa en la vida pública.

Vivían en una sociedad y en un momento en los que el papel social restringía la participación femenina, por lo que tales reuniones se convirtieron en un espacio significativo de participación y reclamo de cierta igualdad, de ese modo se estrechaban las relaciones sociales porque así tenían la oportunidad de ampliar los vínculos personales en diferentes espacios.

Las celebraciones religiosas dominicales se oficiaban en la capilla de la hacienda, a la que asistían los familiares y los empleados de la casa. En cambio, las celebraciones de bautizos y bodas tenían lugar habitualmente en la Catedral de Nuestra Señora de la Inmaculada Concepción, construida en el siglo XVI a base de piedra de cantera. Un edificio que se distinguía por su bonita fachada de piedra labrada, el arco de la puerta de medio punto con portón de hierro, la planta de cruz latina, de una sola nave y dividida por arcos. Asistir a la Catedral imprimía mayor respeto si cabe a las celebraciones, era un indicador de estatus social elevado.

En esos años hubo un estancamiento demográfico en la ciudad, que se prolongó a lo largo de varios años más. La causa estuvo en la inestabilidad política, el traslado de algunas familias a Mérida y la guerra, que trajo como consecuencia epidemias y escasez de alimentos. La situación derivó en que muchas casas quedaron seriamente dañadas y sus propietarios vendieron todas sus posesiones a precios muy bajos, pasando a ser una ciudad con pocos habitantes, pero con grandes casonas coloniales.

No desaprovechó la ocasión Koldo. Limítrofe con su hacienda vendieron un rancho de dimensiones similares y no dudó en adquirirlo. Nunca se sabía qué futuro les iba a deparar y tenía varios hijos en los que pensar. De ese modo se convirtió en uno de los mayores hacendados de la zona.

La hacienda, que había duplicado su extensión, se hallaba en pleno proceso de expansión, por lo que necesitaba de mucha población permanente en ella para hacerse cargo de las actividades productivas. Para realizar las tareas contaban con dos tipos de trabajadores: los acasillados, indígenas mayas todos ellos que vivían gratuitamente en las casas construidas dentro de los límites de la hacienda, y los peones, a los que contrataban de acuerdo con las necesidades de la producción. Estos procedían de los poblados vecinos y, para lograr el arraigo en la hacienda, Koldo debía proveerlos de condiciones de vida semejantes a la de los poblados. Además de proporcionarles una vivienda, les dotó del equipamiento comunitario básico: plazas públicas, capilla, dispensario médico, cementerio y espacios recreativos en las plazas. Koldo, además, se enorgullecía de haber creado y de seguir manteniendo una de las "escuelas de primeras letras" para los hijos e hijas de los peones y obreros.

Maite no contaba con formación específica como maestra de escuela, daba clases a los niños de la hacienda que no tenían posibilidades de asistir a la escuela pública, era lo que se conocía como una maestra amiga. La escasa asistencia venía dada, sobre todo por los horarios; desde que podían cargar con alguna herramienta de trabajo, los niños debían acudir a los campos con su familia, por lo que era imposible acudir a las clases diurnas. Tras el regreso de las faenas diarias, los niños y niñas se juntaban en su casa, y allí les enseñaba a leer, escribir y contar, algo de gramática castellana y religión, así como materias definidas como propias del sexo femenino, dirigidas exclusivamente a las niñas, entre las que destacaban costura, bordado y elaboración de flores artificiales a fin de cumplir con la obligación de adornar su casa con manualidades. En su clase había sobre todo niños y niñas indígenas, negros y mulatos que eran los que más dificultades tenían para acceder a la enseñanza pública.

No cobraba ningún salario por ello al no tener reconocimiento alguno por parte del estado, aunque sí del clero; lo hacía de forma totalmente desinteresada, era maestra de escuela particular, trabajadora en su domicilio, encargada de la educación de niños pequeños o de niñas y muchachas, en un ambiente doméstico que era la prolongación de su propia casa. Carecía de formación pedagógica, no podía ser de otra manera ya que los gremios de maestros seguían siendo absolutamente masculinos y se mantenía la prohibición de que las mujeres enseñaran a niños varones mayores de 12 años, edad a la que la mayoría de ellos dejaban de asistir a la escuela. Con esa edad eran reclamados a tiempo completo en las faenas de la hacienda.

El sacerdote de su parroquia, desde que tuvo conocimiento de las intenciones de Koldo y Maite, estuvo totalmente de acuerdo con su proyecto, era algo necesario para una comunidad sin otros medios, aunque las únicas aportaciones que hacía a la escuela eran charlas de religión de una hora semanal.

Maite conocía la importancia de la educación y tenía muy clara la idea de que todas las personas debían tener formación académica para que se les abrieran puertas en el futuro, bien para encontrar trabajos dignos, sin ser explotados ni manipulados, o bien para continuar con sus estudios a niveles superiores hasta obtener un título universitario.

Mazatl

Mazatl era un hombre de una singular belleza. Alto y de gran envergadura, sus treinta años transmitían una estampa envidiable, que, unido a su piel mestiza y con rasgos bien definidos, le hacían digno de pertenecer a los dioses del olimpo. Su larga melena ondeaba al viento de los mares y su torso casi siempre descubierto, sin camisa o con ella desabrochada, dejaba ver una musculatura formada a base de duro entrenamiento. Era admirado por cuantas mujeres se cruzaban en su camino, ya fueran blancas, indias o mestizas. Era además buen conversador, pero sobre todo embaucador. Sus desembarcos en la multitud de puertos en los que recalaba durante sus viajes provocaban siempre un entorno agradable, al que se unían los propios compañeros de travesía y muchos otros llegados de los pueblos cercanos al puerto. Sus historias a través de los mares, algunas reales y otras inventadas, llegaron a cobrar tal importancia que todos los que le escuchaban terminaban con el íntimo deseo de formar parte de aquellos viajes. En uno de ellos había conocido a Itziar.

¿Qué le atrajo especialmente de ella, cuando podía tener todas las mujeres que quisiera? La primera vez que la vio le pareció una muchacha hermosa, pero no más que otras. Sin embargo, en ella encontró una compañera perfecta que se adecuaba bien a sus negocios. Le hicieron falta pocos días para descubrir en ella a la aliada perfecta, la compañera ideal para llevar a cabo la parte incompleta de sus negocios en Mérida, que empezaban a florecer de manera importante. Había adquirido con anterioridad una hermosa hacienda en la ciudad, que se adaptaba bien a sus intereses particulares, pero carecía de la persona idónea que fuera capaz de cuidar el negocio dentro de sus límites físicos, mientras él se encontraba ausente. Itziar, rebelde por naturaleza, vio en el navegante la excusa que necesitaba para cambiar de vida. No estaba dispuesta a permanecer en su pueblo, casarse con un marinero y llenarse de hijos. Ella ambicionaba mucho más, algo que ninguno de su familia conocía. Sin pensarlo mucho, aceptó la propuesta de Mazatl de contraer matrimonio y llevarla con él a México. A partir de entonces se convertiría en su mano derecha para los negocios, aunque fuera por mera obligación.

Mazatl se dedicaba al tráfico de esclavos negros entre África y México. Era un reconocido pirata dedicado al contrabando de esclavos, quien, a pesar de que la esclavitud estaba abolida desde tiempo atrás, había seguido practicándola de forma ilegal. El monopolio de introducción de esclavos africanos en México había sido una concesión muy frecuente en el pasado, y hubo quien la siguió manteniendo tras la abolición. No estaban dispuestos a renunciar a un negocio tan lucrativo.

En consecuencia, Mazatl seguía realizando viajes a África en busca de jóvenes fuertes, que se decía que resistían bien a aquellas temperaturas y a las enfermedades tropicales; los capturaban y los obligaban a subir a bordo, con la complicidad de los esclavistas negros de los países de origen, que vieron ventajas en dicha situación. Los esclavos eran llevados en condiciones deplorables e infrahumanas hasta las costas del Golfo de México. Durante los viajes, el maltrato era habitual y continuado. Los hacinaban en las bodegas, bajo cubierta, nunca veían la luz natural y se contagiaban unos a otros de enfermedades que les producían, a muchos de ellos, la muerte. Solamente les daban una comida cada veinticuatro horas que consistía en una escudilla de maíz o semillas crudas y un pequeño jarro de agua. Eran azotados y recibían malas palabras de la única persona que se atrevía a bajar a la bodega, el capataz, siempre con el látigo en la mano.

Mazatl era propietario de un arsenal de navíos, y sus correrías por los mares eran conocidas a miles de leguas de distancia. El armamento que solían portar con ellos eran cañones, cuchillos, dagas, arcabuces, espadas y ballestas. Convenientemente armados, cruzaban los diferentes mares hasta llegar al Caribe y se adentraban en la Sonda de Campeche, que era por naturaleza la más abrigada y tranquila.

Los costos de las operaciones negreras le resultaban elevados a causa de las licencias, registros y mercancías de trueque. Una manera de compensar los costos era amontonar el mayor número posible de esclavos en las bodegas, para ello construían varios pisos inferiores, donde sólo cabían tumbados. A veces ocultaban en las bodegas hasta quinientos esclavos, aunque la mitad morían durante el viaje.

Cuando arribaban al puerto, siempre por la noche, y manteniéndose a unas millas de distancia para no ser interceptados por la policía portuaria, previa compra de algún funcionario corrupto, iniciaban el desembarco de los esclavos. Los encadenaban de seis en seis con argollas en el cuello y unidos de dos en dos con grilletes en los pies. Sin apenas detenerse, iniciaban el recorrido hasta la hacienda de Mazatl, hacían noche entre las arboledas que se levantaban sobre lomas y pantanos, así como en las orillas de alguna laguna. Al llegar a la hacienda eran llevados directamente a los túneles. Allí permanecían un tiempo hasta que eran vendidos. Mazatl era el mayor proveedor de esclavos tanto a hacendados de las regiones cercanas como de las islas vecinas. Los esclavos vendidos eran usados habitualmente en las haciendas y manufacturas, así como en la minería. Este negocio del tráfico enriqueció no solo a Mazatl sino también a muchas familias que empleaban mano de obra esclava.

Hubo un momento en el que, en los puertos franceses, el transporte de esclavos se convirtió en un suculento negocio, razón por la que Mazatl había llegado a las costas cantábricas. Era lo que llamaban el comercio triangular. En Europa cargaban ron, tabaco y armas que cambiaban por esclavos y marfil en África, y después vendían los esclavos en México, desde allí volvían con materias primas y minerales a Europa.

Mientras su marido viajaba por los mares del mundo, Itziar se encargaba del control de los esclavos que habían llegado a bordo de las naves y eran trasladados posteriormente a la hacienda, allí pasarían un determinado período de tiempo hasta que estuvieran en condiciones de ser vendidos a cambio de buenas sumas de dinero. Al principio sintió náuseas, el olor que desprendían por el hacinamiento al que estaban sometidos le resultaba insoportable. Sin embargo, decidió que no tenía necesidad de acercarse a los laberintos donde les tenían escondidos, para ello, y con la aprobación de su marido, nombró capataces a algunos de los esclavos más antiguos, de ese modo ella solo tendría que terciar si la situación se desbordaba y no estaba presente su marido, hecho que hasta ahora nunca había sucedido. Además, había observado que tener personas al mando dentro de la propia estirpe les hacía más duros en el trato con sus semejantes, al darle la oportunidad de sentirse superiores a ellos. No desaprovechó la ocasión para enfrentarlos y animarlos a acallar las voces de los recién llegados mediante los sistemas de castigo que consideraran adecuados, ya fueran latigazos, azotes u otros daños corporales, aplicando sobre ellos fuertes golpes con algún objeto, o estirando exageradamente algún miembro corporal hasta descoyuntarlos, llegando en ocasiones a provocar daños irreparables. Tenían la aprobación de Itziar y la ponían en práctica frecuentemente. Lo que no podían saber era que Itziar también estaba amenazada por su propio marido con latigazos si no cumplía con las órdenes que él le daba.

En consecuencia, y para evitar en lo posible los castigos, los esclavos dejaron de hablar entre ellos; sin embargo, comenzaron a usar una táctica como protesta por la situación de esclavitud que les estaba tocando vivir. Por las noches entonaban cánticos de su tierra al tiempo que bailaban danzas tribales, ejercicio por otra parte que le servía para desentumecer músculos y articulaciones. Era una forma de aferrarse a sus raíces, a su tierra originaria a la que nunca volverían, aunque eso tardarían tiempo en descubrirlo. Los capataces no vieron ningún peligro en las manifestaciones de tales expresiones.

Los criados de la casa, indígenas en su totalidad, que ya estaban en ella desde antes de que Mazatl la adquiriera, tenían prohibido acercarse a los túneles y laberintos, donde tenían escondidos a los esclavos que llegaban desde África. Si los capataces veían a alguno merodeando por los alrededores, el castigo era la muerte a latigazos en presencia de su familia; con ese comportamiento pretendían dar claro ejemplo de lo que no podían hacer si no querían terminar como ellos.

Seis hermanos, españoles y criollos

Corría el año de 1840. Iñaki de veintitrés años y su hermano Ander de veintiuno, estaban integrados por completo en la organización del trabajo de la hacienda, siendo los más participativos en todas las encomiendas que se les hacían a los trabajadores. A hora muy temprana, antes del amanecer, sonaba la campana en la plaza pública de la hacienda y los trabajadores acudían a la misma para que se les asignaran sus tareas para la jornada. Los dos hermanos se encargaban de organizar los equipos que habrían de distribuir posteriormente por las diferentes zonas de los vastos campos de maíz. Poco después se ponían en marcha las carretas tiradas por recuas de mulas con los trabajadores, en algunos casos, en otros los peones caminaban largas distancias hasta llegar a la finca. Allí faenarían durante la larga jornada y no regresarían hasta la noche.

El grupo de peones lo formaban principalmente negros e indígenas, aunque era cada vez más frecuente que entre los trabajadores hubiera también mestizos, mulatos o zambos, como consecuencia de las mezclas entre las diferentes razas. Muchos de los mestizos eran hijos ilegítimos debido a la unión de españoles con indias, con las que no se casaban, sino que las utilizaban como sus concubinas. Aun a sabiendas de que eran sus hijos y en algunos casos se hacían responsables de ellos, no les otorgaban ningún derecho ni a ellos ni a la madre, solamente les tenían en cuenta como mano de obra. Cada blanco podía poseer tantas indias como pudiera mantener.

En muchas ocasiones se dio la circunstancia de que en una misma casa coexistían varios núcleos familiares, el legítimo formado por la esposa blanca y sus hijos, y el no legítimo, formado por las amancebadas indias y sus hijos naturales. Las esposas blancas por otra parte no tuvieron más remedio que aceptar esta situación.

Los hombres blancos se mezclaban no solo con mujeres indias, también lo hacían con mestizas, negras y mulatas en uniones casuales, y sus relaciones eran las de amo y esclava o amo y sirvienta. En cambio, para casarse elegían a las mujeres blancas, lo hacían mediante el rito católico y con la finalidad de lograr importantes alianzas económicas.

Ander formaba parte del grupo que mantenía en su casa a dos o más concubinas indias, era para él una postura cómoda, y le gustaba que le llamaran amo, sin embargo, debían hacerlo cuando se encontraban solos, pues a sus padres nunca les gustó que se despreciara a ningún ser humano, solo por el hecho de pertenecer a otra raza. Ellos habían crecido con el respeto hacia todos los seres humanos, fueran de raza o color diferentes, pero Ander era de otra manera de ser, tal vez influenciado por los nuevos amigos que hizo en el país y por su tío. Él hubiera sido un gran apoyo para su tío Mazatl en sus correrías a través de los mares y en el trato dado a los negros esclavos, debido a que compartían muchas aficiones y comportamientos. Si su padre lo supiera nunca se lo perdonaría. Por eso consideraba que vivía una doble vida, por un lado, el hombre trabajador, serio y responsable y por otro el hombre autoritario al que le gustaba que le trataran de amo y que, siempre que podía, maltrataba a los sirvientes. Disfrutaba con ello. Admiraba a su tío Mazatl, hombre libre, sin ataduras. Sin que sus padres ni sus hermanos tuvieran conocimiento de ello, a veces se desplazaba a Mérida y pasaba junto a él tardes que le resultaban muy agradables, ausentándose de sus obligaciones en los campos. Mantenían entretenidas conversaciones en las que su tío le contaba las mil y una aventuras que le ocurrieron a lo largo de los años en que se dedicó a surcar los mares, siempre como comerciante de mercancías entre Europa y México. En Europa cargaba ron, tabaco y armas, en México materias primas y minerales que transportaban a Europa. En cambio, nunca mencionó el negocio principal de sus correrías, el que le había proporcionado sus mejores ingresos y le había convertido en uno de los más famosos piratas del país y del extranjero. Pero todo eso formaba parte de otra historia.

Ander, joven casadero, no tenía ninguna prisa por encontrar a la mujer que pudiera convertirse algún día en su esposa. No lo descartaba, pero de momento le gustaban todas, sin excepción de raza o color de la piel, según sus propias palabras, y no sabría por cuál decidirse, a pesar de las recomendaciones de sus padres insistiendo en que ya debía asentar la cabeza y formar un hogar. Pasaba el día recorriendo los campos y al llegar a casa solo quería descansar y divertirse, y eso lo tenía garantizado con las indígenas que tenía amancebadas y el resto de criadas de la casa.

Por el momento no quería compromisos, sabía que algunas muchachas de la ciudad bebían los vientos por él, pero ninguna era capaz de arrancarle un compromiso serio. Quería seguir sintiéndose libre. Ander solía ser el alma de las fiestas, era de los primeros en acudir a la plaza y de los últimos en abandonarla. Cuando no había festejos se acercaba a las jóvenes que trabajaban en la hacienda familiar. Ellas no querían, pero sobre todo no podían rechazarlo. Sabían que debían cumplir con las órdenes que le daban los amos, y entre ellas se encontraba la de calentar la cama de quien lo solicitase y sin rechistar, poniendo siempre buena cara, sobre pena de recibir algún que otro latigazo.

Su grupo de amigos, con él a la cabeza, tenía la mala costumbre de divertirse a costa de las mujeres indígenas, quienes no tenían ningún valor como personas ni para ellos ni para la sociedad en general. Eran tratadas como objetos y se convertían en trueque por trapos o bebidas. Las indígenas habitualmente vivían en el campo y se dedicaban al trabajo en las plantaciones, al cuidado de los animales, molían maíz y preparaban el alimento para su familia. Su vida resumida sería trabajo, a lo que había que añadir explotación, maltrato y violaciones.

En sus correrías, Ander y sus amigos, primero se emborrachaban, y después realizaban incursiones en los barrios o pueblos de la periferia donde buscaban a las indígenas para divertirse. Las obligaban a desnudarse ante ellos, le dejaban la piel marcada a base de latigazos como si fueran animales, las forzaban a hacer cuanto ellos quisieran y finalmente las violaban, unas veces en solitario, otras en grupo. Se comportaban como auténticas manadas salvajes. No tenían cargo de conciencia.

En consecuencia, eran muchas las mujeres con hijos ilegítimos, que después abandonaban en la mayoría de las ocasiones. Algunos de esos niños llegaban a la cuna de la casa de beneficencia, donde eran recogidos, alimentados y educados.

Iñaki, al contrario que su hermano, era más formal y responsable. Desde niño le habían inculcado sus padres que por ser el primogénito sería quien heredaría la hacienda en el futuro. Esa carga influyó mucho en su educación, siempre cargándole con una responsabilidad que aún estaba muy lejos de poder asumir. Los domingos y festivos los dedicaba a pasear con su carricoche por otras haciendas, siempre con la mirada puesta en los avances de cada una, esa era su primera preocupación, y por la tarde salía a pasear por la Alameda. Sería en esos paseos cuando empezó a relacionarse con las jóvenes burguesas de la ciudad. Ellas destacaban por su gracia, exquisitez, buena educación, belleza y el buen gusto para vestir. Sin embargo, ante ellos se mostraban tímidas, observando a los jóvenes con disimulo, mirándolos por encima de sus abanicos abiertos y con los ojos entrecerrados. Su atuendo habitual consistía en vestidos blancos bordados con vistosas flores rodeando el escote y la sisa, y sobre los hombros llevaban un rebozo a modo de chal. Lo acompañaban con calzado también blanco y de tacón ancho. Solían trenzar su cabello dándole forma de moño gracioso y lo adornaban con peineta de metal, hueso o carey. Ellos se vestían para los paseos con pantalón holgado y guayabera blanca o en tonos pálidos como el azul, verde o amarillo. Lo completaban con camisa bordada con flores blancas. Su calzado habitual eran alpargatas con tacón alto y utilizaban sombrero de palma de jipijapa, de gran flexibilidad y calidad.

Durante sus paseos por la Alameda, se dedicaban miradas furtivas, sonrisas sugerentes que apenas suponían un ligero movimiento de labios, gestos apenas perceptibles que implicaban aceptación y buena disposición. Pasaban varias veces por delante de ellos y alguna de las muchachas se sonrojaba. A Iñaki le llamó especialmente la atención una muchacha hermosa pero tímida, de largas trenzas morenas, que siempre procuraba quedarse unos pasos por detrás de sus amigas y le sonreía al tiempo que agachaba su cabeza. No le pasó inadvertido el gesto al joven, quien, movido por la belleza e ingenuidad de ella, a partir de aquel momento se propuso conocerla mejor, saber de qué familia procedía, y propiciar encuentros a través de su familia. Así fue como comenzó a forjarse una relación que les llevaría algún tiempo después a formar una familia. Su nombre era Guadalupe y era la hija mayor del propietario de la hacienda "El Jaral".

Se casaron en la Catedral de Nuestra Señora de la Inmaculada Concepción, un domingo de mayo especialmente cálido para la época primaveral. A la ceremonia asistieron hacendados de las comarcas limítrofes. Era importante la repercusión social que implicaba el matrimonio de dos miembros ricos de la alta sociedad del momento. Fue una boda muy comentada en los círculos sociales por la simpatía y elegancia de los novios, de los padres y los hermanos, por el convite que tuvo lugar a lo largo de tres días, por la simpatía que todos derrochaban, por ser buenos anfitriones y por la fiesta en general.

Sin embargo, había ausencias que dolían. Mazatl e Itziar no acudieron a la boda, Koldo se imaginaba que su hermana había actuado por imposición y no por decisión propia. A estas alturas sabía bien que su opinión no contaba para nada. Dudó de que ella supiera de la misiva enviada para invitarles al enlace. Lo que nunca llegaría a saber probablemente sería la cantidad de lágrimas derramadas por ella a lo largo de los años transcurridos, desde aquel fatídico día en que Koldo había descubierto la esclavitud que se gestaba en casa de su hermana. Habían perdido por completo la relación desde entonces, aunque sabía de ella gracias a las periódicas visitas que Itzel siguió realizando a Mérida. Anayansi había aceptado de buen grado hacer de intermediaria entre Koldo e Itziar, sabía el bien que le hacían a su ama esas noticias que le llegaban de su hermano, por lo que no dudó en ponerse de su parte. Cuando Mazatl estaba de viaje, llegaron a programar algún encuentro fuera de la casa, de forma muy discreta, encuentros en los que Itzel le hablaba a Itziar de todos ellos, de Maite y de sus hijos, de los festejos que tenían lugar en cada conmemoración, de lo hermosa que era la hacienda, de lo reconocido que era Koldo en todos los ámbitos sociales, de los viajes que hacía. Le hablaba sin cesar para contárselo todo, y ella agradecía inmensamente estas charlas. De momento tenía que conformarse con eso.

Koldo se abstenía de presentarse personalmente ante su hermana, en la hacienda le conocían y no podía arriesgarse a perder lo que había llegado a conseguir gracias a la colaboración de Anayansi e Itzel, aunque siempre quisiera más, más presencia, más información, más abrazos, más sentido de familia si pudiera hablar y estar con su hermana. Más, más….

Al invitarles a la boda, Koldo pretendía romper con una distancia que ya le resultaba demasiado prolongada. Debían hablar, perdonarse, volver a ser los dos hermanos que siempre fueron. Pero no se atrevía a dar el primer paso, sabiendo que tenía en contra a Mazatl, quien con toda seguridad cumpliría con lo prometido. Con la esperanza puesta en la boda de su hijo mayor, sintió una gran decepción al comprobar que no acudían. Estaba dispuesto a transigir con la presencia de Mazatl si con ello conseguía por fin poder ver y abrazar a su hermana. Sin embargo, en vista de que no se presentaron, tenía que intentarlo de otra forma, la situación no se podía prolongar por más tiempo. Pensaría en ello.

Su hermana estaba al corriente de todo lo que acontecía en la casa de Koldo, no solo por las charlas con Itzel, sino porque Ander se encargaba de ponerla al día en las visitas que realizaba a su casa de Mérida. No obstante, recibía todas las noticias como si se tratara de la primera vez que las escuchaba. Nadie más que Koldo, ella, Itzel y Anayansi debían conocer aquellos encuentros realizados en secreto. Por la seguridad de todos. El hecho de que Ander se llevara bien con Mazatl no dejaba de inquietarla. Su sobrino a veces demostraba un comportamiento que se acercaba más a la forma de ser de su tío que a su propia familia. Debía estar alerta y no fiarse.

Ander a veces le planteaba a su tía una cuestión importante, ¿por qué estaban tan distanciados los dos hermanos? ¿Qué había sucedido en el pasado para que nunca más se vieran? Tanto su padre como su tía guardaban silencio. Un silencio que se estaba convirtiendo en un lastre. Ander era un joven mujeriego y libertino, pero cuando se trataba de asuntos familiares, no parecía la misma persona. Le preocupaba ese distanciamiento, y él no podía mediar, porque su padre no sabía que visitaba a sus tíos con cierta frecuencia y quería seguir manteniéndolo en secreto, por el momento.

Iñaki y Guadalupe se instalaron tras la boda en la casa que había adquirido y restaurado Koldo, cercana a la suya. Les acompañaban varios sirvientes indígenas que trabajarían en la casa y en los jardines. A partir de entonces, la casa recuperó el esplendor de épocas pasadas no tan lejanas. Estar habitada le imprimía a la casa el carácter alegre del que carecía hacía algún tiempo y pronto empezaron a notarse los cambios propiciados por un toque femenino del que antes carecía.

Guadalupe era una mujer sencilla, bonita, educada, amante de la música y la literatura, y se desenvolvía bien en eventos sociales. Solía vestir al gusto de la moda extranjera llegada desde España o Francia, con vestidos de seda fina, largos, vaporosos, acompañados de calzado forrado con la misma tela del vestido, y lucía con estilo algunas alhajas. No se la podía calificar de pedante, ni mucho menos, le gustaba ante todo la discreción de la que hacía gala constantemente. Esos rasgos acabaron de enamorar a Iñaki que no sabía si la tenía o la soñaba.

Guadalupe, como la mayor parte de la sociedad, era católica y muy devota, como lo eran la mayoría de las mujeres mexicanas, y profesaba su fe mediante obras de caridad que establecía en forma de donaciones para los pobres y los orfanatos. Contaba además con el apoyo de su cuñada Nekane, entregada por completo a ayudar a los más desfavorecidos de la sociedad. A Guadalupe le gustaba asistir a los templos, se confesaba, incluso contaba con el sacerdote de la familia, costumbre heredada de la casa de sus padres, y cumplía con todo lo que Iñaki le pedía. Por encima de todo ello estaba la educación de sus hijos cuando llegaran.

El sacerdote, conocido y amigo de la familia y de los

políticos de turno, no dudaba en abusar de ella siempre que quería, sabiendo que se encontraba totalmente respaldado, porque ellos nunca desconfiarían ni se creerían nada que pudiera llegarles de cuestiones deshonestas o humillaciones desde cualquier rincón de la ciudad, sin embargo, Guadalupe no podía hacer más que vivir con mucha pena, pues no podía denunciar la situación, sabía que nadie la creería y en todo caso, si llegara a conocerse, siempre se daría más credibilidad al sacerdote que a ella, debido al respeto que se le tenía al mencionado y al poder que representaba tanto dentro como fuera de la iglesia. En consecuencia, Guadalupe arrastraba mucho dolor, rabia, impotencia y una desesperación constante. Pasó de ser una muchacha alegre, que se pasaba el día canturreando por la casa y los jardines, a mostrarse triste, apenada, huidiza. No se le escapó a su marido el cambio de actitud que lo achacó a la posibilidad de que estuviera embarazada, a pesar de no haberle comunicado nada todavía. Cuando le preguntaba, no dudaba en contestarle que era por la pena de haber dejado a sus padres y hermanos.

Guadalupe dudó si sería conveniente sincerarse con su madre para ponerla al corriente de lo que le estaba haciendo el sacerdote, porque le daba mucha vergüenza confesar su situación. Cuando al fin se decidió, su madre se mostró, en principio, reacia a escucharla, y temiendo que no la creyera, Guadalupe se mantuvo en silencio, con la mirada baja dirigida al suelo, sin atreverse a mirarla a los ojos. Ella, conocedora de la situación, porque también en alguna ocasión había sido forzada por el mismo sacerdote, al fin inició un diálogo intentando reconfortar en la medida de lo posible a su hija. Desde aquel momento conoció la trágica realidad de que había sacerdotes que agredían sexualmente a las mujeres, sin importarles si estaban casadas o no, ni a qué estrato social pertenecían y que ejercían sobre ellas el poder físico además del poder como autoridad. La mayoría arrastraban su pena a lo largo de los años, porque difamar contra los sacerdotes podía ser la causa de un severo castigo por parte de sus maridos, basándose en una cultura de silencio que se alimentaba con la vergüenza, el secretismo y la negación de los hechos.

Conocer que empezaba a pasar por la misma situación que llevaba pasando durante años su madre, no la tranquilizó en lo más mínimo. Ahora era consciente de que así iba a ser durante el resto de su vida, mientras ellos quisieran. Profundamente dolida, rompió a llorar desconsoladamente sobre el hombro de su madre.

Un año después, en 1842, nacía su primer hijo, Mikel.

Tanto Guadalupe como su madre eran conscientes de que esa actitud denigrante podría proyectarse al resto de las mujeres de la familia, y a sus hijas, si las tuviera. Las dos hermanas menores de Guadalupe, de momento a salvo, podían convertirse, en cualquier momento, en las siguientes víctimas. Pensar en ello hizo que la angustia de ambas por las probabilidades fuera en aumento. ¿Deberían seguir guardando silencio, tal como les pedía el sacerdote en secreto de confesión, para no hacer daño a la Iglesia?, ¿realmente sus esposos ignorarían todo lo que sucedía, y las harían sentir culpables por haber dado pie a los abusos? La madre de Guadalupe quizás tuviera que seguir callando, con la seguridad de que su esposo no la iba a creer, en cambio ella, casada con un español con costumbres muy diferentes a las de su país, creía poder contar con el apoyo de Iñaki, pero le daba vergüenza plantearlo. Para ello iba a necesitar mucho coraje.

Varios meses después de que hubiera nacido su primogénito Mikel se decidió por fin a hablar, cuando el sacerdote confesor y amigo de la familia retomó su costumbre de encerrarse a solas con Guadalupe en su alcoba, mientras Iñaki estaba en los campos. Había ido madurando la forma en que se lo plantearía a su esposo para tener la certeza de que la apoyaría en un asunto tan grave. Segura de su respuesta, le esperó a la llegada del trabajo y, nerviosa, inició su exposición. Iñaki observó que estaba más nerviosa que de costumbre, ya llevaba varios días notándolo, pero no había querido preguntar, siempre era más fácil culpar a los días en que su mujer estaba con la menstruación. La actitud de ella le desconcertó, estaba tan nerviosa que sus manos no encontraban postura ni acomodo sobre su regazo.

Cuando por fin se decidió a hablar, inició el diálogo de carrerilla, como si tuviera prisa por soltarlo.

—Iñaki, lo que tengo que contarte es muy grave, —le dijo en un tono entrecortado que comenzaba a ser preocupante.

—Dime qué pasa, amor mío.

—Déjame que te lo cuente todo seguido, porque no sé si tendré fuerza para retomar la conversación si me interrumpes.

—Verás, llevo un tiempo reflexionado acerca de cuál sería la mejor manera de contarte lo que estás a punto de escuchar. —Guadalupe hizo una pausa para tomar aire en una respiración profunda que la ayudara a continuar—. Hay días que en esta casa suceden hechos muy graves, vienen ocurriendo desde poco después de casarnos. Cuando viene a visitarme nuestro confesor… —al llegar aquí tuvo que detenerse, por momentos no era capaz de continuar y, cuando lo hizo, las lágrimas resbalaban por sus mejillas—, me ordena encerrarme con él en nuestra alcoba y… me obliga a hacer cosas inmorales.

Al escuchar las primeras palabras, Iñaki se levantó del sillón, dio un fuerte puñetazo en la pared y, con los nudillos ensangrentados, se dirigió a abrazar a su esposa, sabía que lo necesitaría para que pudiera continuar hablando. Por su cabeza comenzaron a desfilar sospechas que nunca habían tenido consistencia. Hasta ahora. Ella continuó.

—Es muy fuerte físicamente, lo sabes, y no puedo luchar contra él. Primero me tapa la boca para que no se escuchen los chillidos, porque yo no quiero que me haga nada y doy voces, después comienza a acariciarme el rostro, y va bajando por mi blusa, me desabrocha los botones y me toca los senos, a veces me muerde y me hace mucho daño. Y continúa bajando…

—¡Basta, ya me imagino el resto! No tienes que seguir hablando, amor mío, ese cura es un desgraciado, voy por él ahora mismo y ¡te juro que lo mato! ¿Por qué has tenido que sufrir tanto todo este tiempo?, ¿no confiabas en mí para decirme lo que pasaba desde el primer momento? Soy tu esposo y te quiero, no soporto que nadie te haga daño, ni físico ni moral, y sabes también que te defenderé contra cualquier persona que lo intente.

Mientras hablaba en estos términos, abrazaba a Guadalupe, ahora sí que no podía separarse de ella, quien continuaba llorando desconsolada pegada a su esposo, empapándole con sus lágrimas la camisa que olía a yerba del campo. Mientras lo hacía le formuló de nuevo la pregunta.

—¿Por qué no me habías dicho nada?

—Porque me lo tiene prohibido. Dice que lo hace por mi bien y por el de la Iglesia, y que, si cuento algo, nadie me va a creer y el castigo terrenal será para mí por haberle permitido acceder a nuestra alcoba. Que habrá además otro castigo en el juicio final del que no podré escapar. Me da miedo, Iñaki. ¡Es repugnante!

En ese momento Iñaki quiso salir en busca del maldito sacerdote y lo hubiera hecho de no haber sido porque ella le detuvo. Un poco más tranquilos ambos, comenzaron a diseñar una estrategia para pillarle in fraganti. Sin pruebas no podría haber acusación.

Esperaron hasta la siguiente visita del sacerdote a la casa, en esta ocasión ya tenían todo preparado para descubrirle en acción. Cuando lo vieron acercarse en su carromato, le dejaron seguir con sus rutinas habituales, el servicio le preparó su té con pastas que tomaron sentados en uno de los jardines de la casa, a la sombra de una ceiba, y charlaban aparentemente tranquilos, pero Guadalupe, inquieta, sabía que Iñaki estaba alerta para el momento en el que el sacerdote instara a su esposa a subir a la alcoba. Este observó desde su escondite cómo el cura se puso en pie y la cogió del brazo para obligarla a subir la escalera; siempre estaban rodeados por los sirvientes, lo que hacía que ella no opusiera resistencia en esos primeros momentos. El resto ya lo conocía. Seguidos de cerca por Iñaki, el cura no reparó en quién ascendía por los escalones, dando por hecho que el esposo no se encontraba en la casa y que sería una de sus sirvientas.

Como era habitual en esta situación, al cruzar la puerta de la alcoba el cura se apresuró a cerrarla con el pestillo, ese gesto le aportaba la seguridad de que nadie se inmiscuiría en sus asuntos. Todos los sirvientes creían que subía y se encerraba para confesar al ama. Desde la terraza, amparado por la sombra de una gran enredadera que llegaba hasta el techo, Iñaki observó cómo le tapaba la boca con uno de los rebozos y empezaba a acariciar a su mujer. No pudo esperar más, en ese momento abrió completamente la puerta de la terraza y se dirigió, ciego de ira, hasta él. Cuando el cura vio que el marido se le echaba encima su reacción fue inmediata, empezó a culparla de ser ella la que le provocaba siempre que venía y la que quería que le hiciera cosas para su bienestar moral. Se atrevió incluso a decir que le daba lo que su marido no era capaz de proporcionarle porque ella así se lo solicitaba.

Ese fue el detonante, acto seguido le tiró al suelo y comenzó a darle puñetazos en todas las zonas posibles de su inmenso y blando cuerpo, hasta que le dejó sin defensa posible. En esa posición se mantuvo el cura largo rato, hasta que recuperó el resuello, y se puso en pie decidido a irse. No obstante, mientras lo hacía, no dejó de maldecir a la pareja, diciendo que se iban a pudrir en las llamas del infierno. Su imagen física en ese momento era irrisoria. A través de la comisura de los labios se habían escapado unas gotas de sangre que ahora permanecían secas y pegadas a la piel, unido a que empezaban a aflorar los moratones derivados de los golpes recibidos, y su sotana rota y sin botones por varios sitios, lo que hacía de él un mamarracho.

Tras su apresurada huida, el matrimonio su fundió en

un intenso abrazo, a sabiendas de que esa había sido la última visita del páter.

No obstante, Iñaki no pensaba dejar así las cosas, hechos denigrantes como los vividos por Guadalupe debían ser castigados en la tierra, porque en el cielo ya se encargaría Dios de hacerlo, no se podía permitir que siguiera abusando de otras mujeres, quienes con toda probabilidad estarían pasando por la misma situación que ella y a las que nadie daría crédito, con toda seguridad.

Pocos días después, en cuanto sus obligaciones en la hacienda se lo permitieron, se dirigió a Mérida para tener una conversación con el obispo. Sabía que iba a resultar muy difícil que le creyera, pero aun así tenía que intentarlo. Ya se conocían de ocasiones anteriores, por lo que Iñaki no tuvo que perder tiempo presentándose, y fue directo al grano en cuanto hubieron tomado asiento en el despacho del obispo, despacho ricamente amueblado y decorado.

Su relato de los hechos no parecía estar sorprendiendo en demasía al obispo, quien ponía, no obstante, cara de incredulidad. Iñaki sospechó que no se trataba de la primera queja que el obispo recibía del sacerdote en cuestión, pero este le defendía fervientemente, como si algo así fuera un sacrilegio solo por pensarlo. Tras escuchar el relato completo, le prometió que investigaría lo sucedido y que llamaría al orden al cura, y que, en caso de resultar irrefutable lo que le había transmitido, le excomulgaría. Grandes palabras, pensó Iñaki mientras se alejaba del despacho, a sabiendas de que el obispo no iba a mover un dedo. Pronto quedó demostrado al ver de nuevo al cura merodeando por las calles de Campeche en su lujoso carromato.

Nekane, de dieciocho años, mujer discreta, trabajaba en una institución benéfica de Campeche. Ella no anhelaba especialmente casarse y tener todos los hijos que Dios quisiera darle, prefería dedicar su vida a los demás, especialmente a los más desfavorecidos y vulnerables de la sociedad campechana. Así fue como empezó a ocupar todo su tiempo en el antiguo hospital de San Lázaro, dedicado en sus inicios al cuidado de los enfermos de lepra de la región. Su entrega siempre fue ejemplar, motivo por el que pronto se convirtió en una de las personas más importantes de la institución.

Esta institución benéfica pronto pasó a llamarse "Casa de asilo" y se dividió en tres secciones: la casa-cuna para la población infantil, otro departamento atendía a los dementes y el tercero continuaba la labor asistencial de la institución. Nekane rotaba por todas las secciones siempre que le era posible, pero su mayor dedicación la ponía en los niños. Eran para ella las personas más vulnerables y desprotegidas. Sin embargo, los recursos eran tan escasos que no cubrían más que una mínima parte de las necesidades asistenciales, por lo que tomó la determinación de solicitar la ayuda estatal. La propuesta, contra todo pronóstico, fue tenida en cuenta y posteriormente aceptada. Poco tiempo después, el hospital contaba con una nueva sección que atendía a las niñas huérfanas de la ciudad y a las que de alguna forma había que reeducar por su conducta, fuera del ámbito familiar.

Los niños abandonados permanecían en la casa-cuna durante dos años y eran alimentados por mujeres que habían dado a luz en fechas recientes y que se ofrecían voluntariamente, o por aquellas que entraban en la institución por mandato judicial. Posteriormente pasaban al departamento de "niños educandos", allí permanecían los varones hasta los 13 años, en que la institución los entregaba al ayuntamiento para que este decidiera su nuevo destino. Algunos serían ubicados en talleres en calidad de aprendices y otros pasarían al servicio doméstico de alguna casa pudiente. Las huérfanas, en cambio, recibían educación hasta contraer matrimonio o ingresar en algún convento.

Los conventos se habían convertido en refugios para las mujeres que se habían quedado viudas, huérfanas, o eran mujeres desamparadas con escasos recursos, solteronas o que tenían hijos ilegítimos, lo que se consideraba una ofensa social para aquel tiempo.

Andoni Ortiz de Urquiza, a sus dieciséis años, despuntaba como un buen creyente y practicante de la religión católica. Solicitó permiso de sus padres para ingresar en el Seminario, y pronto se convertiría en sacerdote. A ellos no les extrañó, llevaban tiempo comentando la posibilidad, pero no querían precipitar ninguna decisión. Le correspondía a él y solo a él tomarla, aunque reconocían que les llenaría de orgullo si al final se decidiera. Lo haría cuando estuviera preparado y el momento había llegado.

Tan diferente a su hermano Ander, las disputas entre ambos eran muy frecuentes, Andoni no concebía el modo de vida de su hermano y a su vez Ander veía a su hermano como un mojigato y como tal lo trataba. Habitualmente le insultaba llamándole criollo, en un tono despectivo, sin tener en cuenta que eran hijos de los mismos padres, con la única diferencia de que uno había nacido en Bermeo y el otro en Campeche. Pero Andoni no respondía a semejantes insultos. Poco tiempo después ingresó en el seminario donde estudió humanidades y filosofía, llegando años más tarde a ser el rector del Seminario. Por sus méritos llegó a ser nombrado vicario general, siendo consagrado obispo en 1860. Andoni defendió enérgicamente a la Iglesia y al clero mexicano de los ataques del liberalismo, razón por la que fue desterrado de México. Su destino definitivo fue Roma.

"Yo he abrazado la carrera eclesiástica, con las más sanas y desinteresadas intenciones: mi conducta pública y privada y la situación en que me hallo, justificarán si mi vocación al sacerdocio ha sido verdadera. No me importa la maledicencia de mis enemigos, yo veo que la misión del sacerdote cristiano es dar a conocer a los fieles la verdad evangélica, tan abatidos por el fanatismo, y sepultados en la ignorancia.

"El concilio prohíbe atesorar riquezas, y en cambio hay sacerdotes sin ningún remordimiento de conciencia que acumulan los tesoros de la Iglesia y viven como príncipes, mientras que otros apenas cuentan con lo justo para subsistir.

"Jóvenes conocidos de familias acomodadas, entregados a una vida libertina y consentida, nunca hubieran pensado abrazar el sacerdocio si no hubieran sido conquistados por los abundantes beneficios que les prometieron.

"El concilio prohíbe que se casen los eclesiásticos y los obliga a vivir célibes, sin mujer, guardando castidad, pero hay muchos que viven en unión de sus concubinas y al lado de sus hijos. Habrá quien diga que sus acciones han sido por puro cumplimiento de la religión, que no son pecaminosas ni reprobadas, sino muy meritorias. Qué vergüenza"

Estas y otras disertaciones las hacía Andoni desde su destierro en Roma, algunas en forma de misiva que enviaba a sus padres y otras que publicaba en un periódico romano de tirada nacional.

La religión representaba un papel primordial en los años de juventud de Andoni, siendo la institución más influyente durante mucho tiempo. Tiempo atrás la iglesia había logrado gran poder al adquirir grandes propiedades y monopolizar la educación, los servicios de salud y diferentes áreas de las administraciones públicas. Formó parte también de la lucha al enarbolar el símbolo católico más importante para los mexicanos, la Virgen de Guadalupe. Pero llegaron malos tiempos para la iglesia católica, que tuvo que vivir la pérdida de influencia en el control del estado, así como una disminución de sus suculentos ingresos. La "ley de Desamortización", aprobada en 1856, les obligó a devolver bienes cifrados en cantidades descomunales, al establecer que todas las fincas rústicas y urbanas, tales como conventos, colegios, parroquias, hospitales, cofradías, casas de beneficencia, etc. se adjudicaran en propiedad a los arrendatarios. Para el gobierno fue todo un éxito, en cambio frailes y curas se unieron a los levantamientos y revueltas que proliferaban por todo el país. No estaban dispuestos a perder ni poder ni riquezas. Tres años más tarde, gran parte de las propiedades que poseía la Iglesia se destinaron a centros docentes o de beneficencia.

Andoni aún recordaba, con mucha vergüenza y culpabilidad ajenas, cómo decidió enfrentarse al sacerdote de la parroquia muchos años atrás, siendo ya rector del Seminario, cuando Iñaki y Guadalupe le confiaron el secreto que les rompía el alma. Les había costado muchísimo tomar la decisión, pero estaban seguros de hacer lo correcto. La conversación que Andoni tuvo con el cura tras el conocimiento de los hechos no dejó lugar a dudas, él sabía escuchar y leer entre líneas, y no era la primera vez que le habían llegado rumores del comportamiento intolerable del mismo. Como un zorro acorralado, pretendió defenderse, pero Andoni fue tajante. Le acusó de depredador inmoral, de cínico, indisciplinado y facineroso, de vivir con un lujo que no es propio del clero, conseguido a fuerza de sangrar al proletariado que creía fervientemente en la iglesia, o de los favores recibidos por los ricos propietarios. Y sobre todo, que era lo que más le preocupaba, de salir indemne de todas las situaciones de las que llegó a tener conocimiento, al contar con el apoyo y el beneplácito del obispo. Andoni se dirigió a las más altas instancias eclesiásticas y consiguió que el cura fuera castigado, pero no le pareció suficiente e insistió hasta verle abandonar el sacerdocio.

Obligado a conseguir el sustento por sí mismo, el sacerdote excomulgado pronto dio muestras de impotencia para afrontar su nueva situación y se fue deteriorando tanto física como mentalmente, hasta que un día le encontraron colgado de una viga de la casucha en la que había malvivido en los últimos tiempos.

Eritz, el hijo varón más pequeño de Koldo y Maite, a sus quince años, ayudaba en los menesteres de la hacienda, colaborando con su hermano en los campos sembrados o con su padre, quien continuaba dedicándose, después de transferirle la hacienda a Iñaki, al negocio de la minería. Seguía teniendo las concesiones madereras que le permitían explotar bosques, de donde obtenía caoba y cedro, así como el palo de tinte que vendía en una maderera de la ciudad de México. Esta actividad la mantuvo a lo largo de varios años más, hasta que consideró que había llegado el momento de retirarse. Se estaba haciendo mayor y se notaba cansado, su vida había sido a veces muy dura, teniendo que soportar revueltas políticas, guerras, la rebelión de los campesinos mayas, problemas familiares como el de Mazatl o Ander, había trabajado más duro, si cabe, para sacar adelante un negocio que mejoraba día a día, y a seis hijos que Dios había tenido a bien regalarle. Consideró, pues, llegado el momento de soltar amarras y responsabilidades, a partir de entonces fue Eritz quien se quedó al frente de la maderera y las minas.

En cambio, Olaia, la hija menor, sentía una especial atracción por el campo y todo lo relacionado con él, por lo que un buen día propuso a sus padres que la enviaran a Europa a estudiar. Su objetivo era convertirse en ingeniera agrícola. Sentía que su vida estaría vacía si se dedicaba solamente a lo que se podía considerar habitual entre las mujeres de su clase, labores domésticas, religión, tomar té con las amigas por las tardes y de vez en cuando asistir al teatro o a la ópera. Tampoco le gustaba vestir con elegancia ni ponerse joyas solo para deslumbrar en las fiestas, es más, no le gustaba asistir a las mismas. Lo que ella ambicionaba era conocer la tierra en todos sus aspectos, diseñando, desarrollando y probando maquinaria y equipamientos que pudieran ayudar a mejorar el cultivo de la misma, supervisando las labores agrícolas de acuerdo al tipo de cultivo y especificando las labores de producción con el fin de mejorar las condiciones de los cultivos y de ese modo aumentar la productividad. Desde muy niña, a Olaia le gustó jugar con la tierra, se adentraba en los bonitos jardines que poblaban los alrededores de la casa, y se unía a los criados cuando plantaban flores, removían la tierra, podaban o regaban. Después sentía un enorme placer preparando bellas composiciones florales que repartía por toda la casa. Por eso, cuando terminó los estudios básicos, a sus padres no les extrañó que quisiera estudiar ingeniería. Desde el primer momento contó con su aprobación.

La vida de los seis hermanos transcurría aparentemente sin grandes sobresaltos, amparados bajo el paraguas del padre de familia. Seis hermanos bien diferentes entre ellos, pero que eran un regalo del cielo para sus padres, que se consideraban agradecidos por haberlos tenido. Hacía algún tiempo que les resultaba muy difícil reunirlos a todos en torno a una mesa para festejar el día de la patrona o asistir a algún evento social a los que estaban invitados con frecuencia, debido al *status* social que la familia había adquirido con el paso de los años.

Iñaki ya estaba casado y su vida parecía transcurrir con normalidad. Pronto estaría preparado para hacerse cargo de la hacienda. Ya tenía dos hermosos hijos, que hacían las delicias de los abuelos Koldo y Maite. Andoni había ingresado en el seminario decidido a abrazar la carrera eclesiástica. Nekane estaba involucrada de lleno en la institución benéfica y apenas si llegaba a la hora de cenar para retirarse pronto a descansar, tras charlar con ellos aún sentados a la mesa. Olaia se encontraba en Europa estudiando una ingeniería y solamente regresaba a casa durante las vacaciones estudiantiles. Y Eritz pronto estaría mano a mano con su padre trabajando en la maderera y las minas. Solo Ander les preocupaba, su vida comenzaba a caminar por unos derroteros que no le gustaban nada. Algo deberían hacer antes de que fuera demasiado tarde. Cada vez con más frecuencia llegaban al padre de familia los comentarios de sus incursiones por los barrios y pueblos de la periferia. Sabían que bebía en demasía, algo que en casa nunca demostraba y que negaba cada vez que le preguntaban, pero la realidad era bien distinta y llegó un momento en que no tuvo más remedio que admitirlo.

Bebía mucho, sí. ¿Pasaba algo por eso? Tras las noches de jolgorio, llegaba a casa en la madrugada, con las ropas destrozadas, la mirada perdida, el paso tambaleante y la piel marcada por los arañazos de las indígenas que intentaban defenderse de sus abusos. Se encaminaba directo a su alcoba donde pasaba el resto del día durmiendo y abandonando totalmente las obligaciones de la hacienda. Su actitud les iba a obligar a tomar algunas medidas que a nadie iban a gustar, pero si no se corregía, esas medidas llegarían y sería no tardando mucho.

A nivel social, Ander pasó a ser considerado un vago, ocioso, jugador, ebrio; en definitiva, un inútil social, cuyo comportamiento se alejaba por completo de la moral social que se le suponía como miembro de una sociedad que debía velar por los intereses individuales, con un interés manifiesto puesto en el trabajo, con capacidad y habilidad para desarrollar su economía en beneficio de la sociedad. Sin embargo, no demostró el más mínimo interés por formar parte de ese nivel moral, ya había iniciado una caída libre hacia los más bajos fondos de la sociedad.

Por esa época surgió el levantamiento de los indígenas contra los blancos, como consecuencia de la explotación que sufrían en los campos, alentado además por el desorden administrativo, la lucha de dos grupos por el poder político y los intereses particulares, que nunca faltaban.

Reclamaban un trato justo por parte de autoridades y hacendados, así como el cumplimiento de la promesa de dotarlos de tierras, las mismas que les habían quitado años atrás y que ahora trabajaban para los nuevos dueños. Ya se venía gestando desde hacía tiempo, pero la explosión social aconteció en enero de 1847. Se le conoció como Guerra de Castas. La invasión de los indígenas provocó muchos asesinatos y se destruyeron poblaciones enteras y muchas áreas de cultivo, lo que alarmó sobremanera a los hacendados que dominaban la península desde Campeche hasta Mérida. Los acontecimientos llegaron a ser tan alarmantes que el gobernador Barbachano se vio obligado a ofrecer tierras a voluntarios o mercenarios que quisieran pelear contra los indígenas.

Mestizajes

Durante muchos años habían llegado a México, en calidad de esclavos, miles y miles de jóvenes negros procedentes de diversas zonas de África, llegando a contabilizarse entre un diez y un dieciséis por ciento de población negra. Habían sido bien seleccionados, todos debían tener al menos dieciocho años, ser fuertes y no padecer enfermedad alguna. A unos les obligaron a realizar tareas domésticas, a otros a trabajar como jornaleros, labradores o artesanos. Con el paso de los años, las relaciones entre mayas, españoles y negros dieron como resultado una importante diversidad de mestizaje, de tal manera que la sociedad colonial en Campeche formó un mosaico étnico que enriqueció culturalmente a la ciudad.

A los negros les habían arrancado de su continente, considerándolos como seres subhumanos y equiparados con frecuencia a animales u objetos sin ningún derecho; desde su llegada al continente fueron explotados en las plantaciones bajo severas condiciones hasta su muerte. Muchas familias quedaron destruidas al separarles una vez vendidos. Los esclavistas trataron de que los negros borraran sus recuerdos de África y la iglesia les impuso sacramentos como el bautismo y el matrimonio. Estos fueron practicados por los africanos y sus descendientes como parte de las costumbres impuestas y representó el establecimiento de lazos de afinidad entre los de su misma etnia o con otras.

Sin embargo, a pesar de que fueron obligados a

abandonar sus costumbres, creencias e ideologías, nunca perdieron su identidad y hábitos, practicándolos en privado, como tampoco sus ansias de fuga, emancipación y por ende de libertad. Ellos y sus descendientes asimilaron parcialmente las creencias impuestas, disfrazaron su aceptación y continuaron creyendo en sus dioses y mitos.

No obstante, fue posible formar muchas familias en condiciones de esclavitud. La comunicación y convivencia con los demás negros favorecía su estado de ánimo.

Los indígenas mayas también habían sido sometidos religiosa, cultural y físicamente durante los tres siglos que siguieron a la conquista. Existía un férreo control social en la península yucateca de todos los grupos sociales que no fueran españoles o criollos, siendo estos últimos los que más favorecían dicha organización. La estructura de peninsulares, criollos, mestizos, negros y sus diversas combinaciones persistió, y en ese esquema los indígenas mayas ocuparon siempre el lugar inferior en la escala social.

Los dueños de la tierra que fue robada a los indígenas, quienes eran sus legítimos propietarios, necesitaban de mano de obra barata o gratuita, y para no pagar salario alguno, se inventaron el "trabajo endeudado". De ese modo el hacendado entregaba a los indígenas productos de primera necesidad, como sal, panela, aguardiente de caña o granos. A cambio anotaba en un gran cuaderno el nombre del peón y frente al nombre iba llenando de rayas lo que se suponía que eran las deudas que el indio contraía con el patrón. Era la deuda eterna del indígena explotado y engañado de forma mezquina, abusando de su analfabetismo. Aunque la esclavitud se había prohibido desde 1829, los hacendados persistieron en mantener el control y la esclavitud de los indígenas mayas.

La denominada clase media de Campeche estaba constituida por los mestizos, hijos de un padre o madre español con un indio o india, y criollos, hijos de españoles nacidos en México. En consecuencia, los cuatro hijos menores de Koldo y Maite eran considerados criollos. Las mujeres criollas en su conjunto comenzaron a participar en el ámbito laboral y se percataron de la importancia de obtener una buena educación para conseguir trabajos interesantes. Nekane ya tenía decidido su futuro, siempre se dedicaría a ayudar a los más débiles, y Olaia ya se encontraba cursando sus estudios de ingeniería.

La burguesía estaba compuesta por blancos, era la sociedad adinerada y se caracterizaba por la buena educación y finas costumbres, como la reverencia a los padres o besarles la mano. Las mujeres de la clase burguesa se dedicaban la mayor parte del tiempo a eventos sociales; la religión era otro rol social en el que algunas se encontraban cómodas, porque para unas era un escape hacia un intento de felicidad, aunque para otras era la cruz que tenían que llevar diariamente.

A veces las mujeres burguesas compartían experiencias con otras de diferentes clases sociales, lo que les hacía ver que, independientemente de la clase social a la que pertenecieran, sufrían el mismo tipo de vida. No se les valoraba, al contrario, solían ser discriminadas, motivo por el cual comenzaron a estar menos adheridas a la moral, a las costumbres y a las reglas establecidas. Las únicas que parecían escapar de tal discriminación eran las mujeres criollas, a las que consideraban mujeres modelos tanto ejerciendo de madres, como de esposas dentro del matrimonio.

Por el contrario, el hombre resaltaba que el papel principal de una mujer era el de ser una madre orgullosa y ejemplar, dejando claro que siempre iban a ser inferiores en la sociedad. Los problemas surgían en sus casas, pues, según ellos, las mujeres no tenían muchas cosas que hacer más que hacerse las víctimas causando problemas a los maridos. Lo único que debían hacer era ser instruidas como guías para sus esposos e hijos, teniendo sus hogares en excelente estado, porque tenían todos los recursos para hacerlo, dirigiendo a sus sirvientes y guardando el honor de la familia. Todas debían cumplir bien su papel: ser buenas administradoras, buenas amas de casa, compañeras, pero siempre sujetas a la voluntad de ellos.

En este contexto de clases sociales bien diferenciadas y los mestizajes, transcurría la vida de la familia Ortiz de Urquiza, sus seis hijos y sus nietos Mikel y Jon. Iñaki ya estaba al frente de la hacienda y su padre, con Eritz a su lado, estaba más centrado en las minas y en la actividad maderera. Al regreso de un viaje que realizó a la capital de México para tratar asuntos del negocio con otros empresarios madereros, Maite le entregó una misiva llegada desde Bermeo en la que Arantxa, la hermana mayor de Koldo, notificaba la enfermedad de su madre, y les comunicaba de su parte que ansiaba verles. El médico que la trataba le había dado pocas esperanzas de vida y, consciente de ello, su madre deseaba reunir a sus hijos en torno a ella.

Tras leer la carta, Koldo no pudo por menos que sentirse profundamente culpable. Le había prometido a su madre, cuando partió años atrás, que viajarían en alguna ocasión para verla y pasar unos días todos juntos. Pero nunca halló el momento apropiado para realizar ese viaje, al principio por la escasez de recursos económicos, después por el arduo trabajo que suponía mantener la organización en los campos en plena producción; siempre encontraba alguna excusa para no programar el viaje. Llegado este momento no había justificación posible. En pocos días organizó el trabajo en las minas y en la maderera, dejándolo todo a cargo de Eritz, sacó dos billetes para España, y se embarcó junto a Maite en un viaje de regreso a su Bermeo del alma. Habían pasado 35 años.

A pesar de intentarlo a través de Itzel, su enlace habitual, no pudo conseguir que Itziar viajara con ellos, Mazatl se hallaba en casa de forma permanente y no lo hubiera permitido nunca. También a ella le llegaban las cartas desde España de forma periódica, pero nunca llegó ninguna a sus manos. La orden de Mazatl era muy clara. A su adorada esposa no se la podía molestar con la correspondencia, bajo pena de cien latigazos. Ya estaba él para comunicarle las noticias que llegaban. Ni siquiera Anayansi, que estaba de forma exclusiva al servicio de Itziar, tenía acceso a la llegada de las mismas. Eran las órdenes.

Descartada por tanto la posibilidad de viajar con ellos, Koldo había sacado solo dos billetes. Así fue como una tibia madrugada de un templado mes de abril llegó el matrimonio al puerto de Campeche, donde en apenas dos horas saldría el barco con destino a Bermeo. Sus hijos no acudieron al puerto por expreso deseo de Koldo, no debían interrumpir el trabajo en la hacienda. Todos lloraron lo suficiente en la casa, antes de partir hacia el puerto. Ninguno sabía cuánto se podría demorar el viaje hasta su regreso.

Los recuerdos afloraron en la mente del matrimonio, el barco que avistaban y que les llevaría a su tierra natal no se parecía en nada al que les había traído treinta y cinco años atrás. Antes de subir a bordo percibieron los primeros avances de la ingeniería naval, la máquina de vapor adaptada a la navegación, que suponía una auténtica revolución en las comunicaciones por mar; alimentados por toneladas de carbón, los barcos transmitían a sus hélices tal empuje que el tiempo de duración de la travesía se acortó extraordinariamente. De ello se percataron nada más soltar amarras e iniciar la navegación. El viaje de ida se había prolongado a lo largo de un mes, en un barco que se movía mediante ruedas, en cambio en este momento apenas durarían unos catorce días, tal como le habían adelantado cuando se dirigió en los días previos a obtener los billetes. Los barcos eran más grandes, alguno llegaba incluso a tener hasta tres plantas, los camarotes más amplios y cómodos, debido a que el sistema de propulsión con hélices dejaba más espacio para los pasajeros, la decoración era de una riqueza artística impresionante y digna de admiración.

A pesar de tener la mente continuamente puesta en su madre, sabiendo que nada podían hacer por acelerar el viaje para llegar a su lado lo antes posible, se dedicaron a admirar las hermosas telas y pinturas que destacaban en las paredes, les parecían tan hermosas que las consideraron dignas de los más ilustres pasajeros. Paseaban con mucha frecuencia por cubierta, aspirando el olvidado sabor salado del agua marina, después de cenar solían acercarse hasta la pista de baile donde unos músicos entonaban lindas melodías. Querían bailar, hacía tanto tiempo que habían dejado de practicarlo que creyeron haberse olvidado, sin embargo, nada más poner los pies sobre el refinado y resplandeciente suelo de madera, sus pies se movieron al compás de la música y comprobaron que no lo habían olvidado. Se sentían bien, a pesar de todo.

La travesía se les hizo relativamente corta. En el puerto de Bermeo les esperaba su hermana Arantxa con su marido y sus hijos, a los que no habían llegado a conocer. Los dos hermanos se fundieron en un intenso abrazo con el que pretendían borrar todas las tristezas, las lágrimas derramadas y las ausencias de los treinta y cinco años transcurridos. Cuando consiguieron separarse, Arantxa les presentó a sus dos hijos, y todos se abrazaron llenos de dicha por el reencuentro. Sin embargo, su gesto permanecía serio. El médico le había puesto en antecedentes de la gravedad del estado de salud de su madre. En los días previos hubo momentos en los que Arantxa creyó que no viviría hasta la llegada de Koldo. A grandes rasgos fue poniendo a su hermano al día de la situación de su madre. Sin más pérdida de tiempo, se dirigieron a casa.

El trayecto lo realizaron en silencio, Koldo y Maite deseaban rememorar el olor del puerto, el intenso olor a pescado recién capturado, aspirar el olor de las redes, las calles de la villa, observar a sus gentes, rescatar del olvido olores, sabores, sentimientos, comprobaron la modernización de la iglesia, del muelle, los edificios nuevos que poseían una estructura más moderna. Con pena evidenciaron que la muralla que rodeaba la villa estaba desapareciendo. Reconocieron que había pasado demasiado tiempo.

Cuando llegaron a la conocida casa de su infancia y adolescencia, situada frente al puerto Portu Zaharra, Koldo ascendió la escalera con prisa, conocía sobradamente cual era la alcoba de su madre y hacia ella se dirigió, sin embargo, no la encontró allí. Preso del pánico se volvió hacia su hermana, quien corría tras él para comunicarle que ocupaba la planta baja. Traspasar aquella puerta que le devolvía a los brazos de su madre fue una emoción indescriptible. La abrazó en un abrazo interminable, temió incluso hacerle daño por la efusividad del mismo, aspiró el olor de sus cabellos, la frescura de su piel a pesar de los días que llevaba sin levantarse de la cama. Cuando por fin pudieron separarse, solo entonces se percató de que sus ojos oscuros estaban hundidos, tristes, casi sin vida. Lloraron hasta que no les quedó una lágrima más por derramar.

Los días siguientes, Koldo no se separó del lado de su madre, había pasado demasiado tiempo alejado de ella y con ese gesto pretendía compensar una mínima parte del sufrimiento provocado por su marcha, aunque entonces no se hubiera percatado de ello. Quería hablarle sin parar, contarle todo lo relativo a su vida, sus difíciles inicios en México, su hacienda, sus negocios, sus hijos, Mikel, su primer nieto, quien sería el heredero de la hacienda después de Iñaki, y Jon, el nieto pequeño. Ella le miraba a los ojos y escuchaba. Pero antes de que él continuara hablando, su madre le hizo una pregunta directa:

—¿Por qué no ha venido tu hermana Itziar?

Era una temida pregunta que sabía que no tardaría en llegar. Por eso lo había estado preparando durante el viaje. A lo largo del tiempo, en las cartas que se enviaban, nunca le mencionó que estuviera viviendo recluida y sometida a la voluntad de su marido, quien no la respetaba ni como mujer ni como compañera. Era muy doloroso reconocer esa tremenda realidad y tener las manos atadas para acometer cualquier acción que pudiera frenar o eliminar la situación. Así que a su madre le contó una historia que pretendía ser verídica.

—Itziar lleva de viaje varios meses, sus negocios han ido siempre viento en popa y ahora que tienen mucho tiempo libre se dedican a viajar a bordo de alguno de sus navíos, recorriendo diferentes mares y visitando remotos países tropicales.

—Siendo así, bien podían haber decidido viajar hasta aquí y pasar una temporada conmigo—. Su madre siempre había sido muy directa.

—Y lo harán, madre. Antes de partir a este último viaje nos hablaron de hacer una escala en Bermeo, Itziar te echa mucho de menos—. Mintió Koldo, y al hacerlo pudo sentir la profundidad de la mirada con la que su madre le demostraba que no se creía nada de lo que le decía. Avergonzado, agachó la cabeza y guardó silencio.

—En algún momento me tendrás que explicar por qué tu hermana nunca ha contestado a las cartas que le he enviado a lo largo de estos años — Volvió a ser directa con las preguntas, no le gustaba perder el tiempo en palabrerías. Tras una pausa, continuó—. Y ahora, sigue hablándome de tus hijos y de los pequeños Mikel y Jon. Me gusta que les hayáis puesto nombres originales vascos, quiero pensar tras esa idea que no habéis renunciado a vuestros orígenes, por lo que sigo confiando en que algún día regreséis, aunque yo ya no esté para verlo —dijo las últimas palabras en un susurro, como si estuviera hablando para sí misma.

—Descansa un rato, madre. No quiero cansarte con mi parloteo. Más tarde seguimos hablando.

Koldo necesitaba salir a respirar un poco de aire fresco. Sabía que su madre no se conformaría con ligeras pinceladas de la vida de su hermana.

Durante los días siguientes, Koldo tuvo que comerse

toda la rabia que llevaba acumulando a lo largo de los años para poder hablarle a su madre de Itziar sin acritud. No era un cometido fácil; sin embargo, se vio obligado a relatarle toda la trayectoria desde que se fue con su marinero de bella estampa a México. Procuró, eso sí, guardarse los detalles más escabrosos, como el negocio al que se dedicaban, las palizas que recibía y la esclavitud a la que estaba sometida de por vida. Prometió que a su vuelta lo primero que haría sería visitarla y darle un gran abrazo de su parte.

No había pasado más que una semana desde la llegada de Koldo y Maite a Bermeo cuando su madre entró en un estado de coma del que ya no despertó. Al funeral y posterior entierro acudió toda la familia de Bermeo y allegados, tampoco faltaron amistades de toda la vida, vecinos y compañeros de la familia de Arantxa, incluso muchos marineros como homenaje póstumo a la viuda de un compañero muerto en las frías aguas del Atlántico muchos años atrás. En su último recorrido por las calles de la villa en dirección al camposanto, que ya no se encontraba alrededor de la iglesia, sino que había sido trasladado hacía unos años a las afueras de la villa, el silencio era absoluto, solo se escuchaban los sollozos de hijos y nietos. Al pasar por delante del puerto, la comitiva fúnebre se detuvo, colocaron el féretro mirando al mar y el sacerdote que oficiaba la ceremonia entonó un cántico a la Virgen del Carmen, patrona de los marineros, a modo de despedida, al que acompañaron todos los presentes.

La tumba excavada en el suelo la recibió como se recibe a todos los que abandonan el mundo de los vivos. Koldo cogió un puñado de tierra y lo arrojó sobre la caja de madera. El hueco sonido del impacto provocó más lágrimas entre los presentes y para él supuso un desgarro de su cordón umbilical.

Koldo y Maite se quedaron unos días más en Bermeo, mientras arreglaron todos los asuntos de la casa y las propiedades familiares. Él no quiso más herencia que la casa de su madre, si era posible, el resto de propiedades se las cedió gustosamente a su hermana Arantxa, como gesto de reconocimiento a su constante presencia al lado de ella y el único apoyo que le quedó cuando Itziar y él decidieron marcharse al otro lado del mundo. La herencia correspondiente a Itziar se mantuvo intacta.

Desolados, embarcaron de nuevo a su segundo país, donde habían establecido su mundo y su vida actuales.

A su llegada al puerto les estaban esperando Iñaki y Guadalupe para acompañarles a la casa. Necesitaban descansar después de la larga travesía desde España, pero en la mente de ambos pesaba la promesa hecha a la madre de Koldo antes de su fallecimiento, y no pensaban demorarlo más que lo estrictamente necesario. Así, sin pérdida de tiempo, acudieron a la casa de Itziar al día siguiente de su llegada. A sus casi sesenta años, Koldo era un hombre curtido, hecho a fuerza de trabajo y tesón, pero en lo referente a su hermana era apenas un muchacho temeroso del recibimiento que pudiera tener por parte de Mazatl. Habían pasado muchos años desde la última vez que se vieron, pero el recuerdo de lo que allí había sucedido permanecía intacto en su memoria. Cuando Maite y él traspasaron el arco de entrada de la finca, empezó a temblar y tuvo que sobreponerse para ahuyentar el miedo que le atenazaba las entrañas. Se encontraba a pocos metros de su hermana y sus deseos de abrazarla después de tanto tiempo pudieron más que el miedo.

Antes de que hubieran descendido del carromato, Mazatl se había apostado en lo alto de la escalera. "Como la última vez", pensó Koldo. Sin embargo, no iba a quedarse parado esperando el primer movimiento de su cuñado. Decidido, inició el ascenso de los escalones, seguido muy de cerca por Maite. La actitud de Mazatl ya no era la misma de tiempo atrás; al acercarse pudo percibir en él muestras de agotamiento y por un momento sintió pena, de la que se repuso de inmediato.

—La última vez que nos vimos te dije que no volvieras a pisar esta casa—. Su tono ya no resultaba tan arrogante.

—Lo recuerdo como si me lo hubieras dicho ayer mismo—. Koldo le hablaba en tono desafiante.

—Entonces, ¿qué te trae por aquí? Tiene que haber un motivo lo suficientemente importante para que hayas desobedecido mis órdenes.

—Tú no eres nadie para darme órdenes. Pero contestaré a tu pregunta. La visita no es por ti, como te puedes haber imaginado. Quiero ver a Itziar.

Koldo empezaba a sentirse satisfecho con la forma en que estaba afrontando el desafío. Sentía que se crecía al mismo tiempo que Mazatl empequeñecía, a pesar de las palabras.

—¿Por qué? Te dije que no la verías nunca más.

—¿Cómo me lo vas a impedir? Te aseguro que no me pienso ir sin verla. Aunque para ello tenga que rodar de nuevo por la escalera.

—Mira Koldo, no quiero discutir ni pelear. Estoy cansado. Podrás ver a tu hermana, pero antes deberás comentarme el motivo de tu atrevimiento para aparecer por mi casa de la manera que lo has hecho.

—He venido en son de paz, créeme—. Koldo detectaba en Mazatl signos de derrota y sentía que le estaba ganando en este asalto. —Tengo algo muy importante que decirle.

—¿No me vas a decir más? La importancia se la daré yo, si así lo considero. ¡Habla!

—Si no te importa llévame hasta ella, os lo contaré a los dos al mismo tiempo.

—¿Tan importante es?

—Sí. Tiene que ver con nuestra madre.

La llegada de Koldo y Maite le había pillado por sorpresa y no acertaba a reaccionar como tenía por costumbre.

Mazatl se hizo a un lado, en un movimiento exageradamente lento. Aceptar que su cuñado traspasara aquella puerta era tanto como demostrar su derrota, pero no tenía fuerzas para seguir en guerra con él.

—¡Adelante!

Después de recorrer impaciente el largo pasillo que le separaba de Itziar, la encontró sentada en una hamaca de cuero, rodeada de cojines, de espaldas a la puerta de una sala de estar muy acogedora, ajena a cuanto se movía por la casa. Su pelo había abandonado el vivo color de antaño y lo llevaba recogido en una trenza. La luz que se colaba por el balcón ofrecía a Koldo una imagen de su hermana hermosa, a pesar del tiempo transcurrido, y en ese momento se sintió nuevamente culpable por no haber intentado verla en más ocasiones. Pero no era momento de lamentarse, tenía que dar gracias porque ahora sí podía cumplir con el mayor de sus deseos: abrazarla. Por su madre y por él mismo.

La sala de estar era amplia, luminosa, cálida, sus paredes estaban pintadas de un color ocre, envejecido por el paso del tiempo, el mobiliario de caoba brillaba más por la intensa luz que traspasaba la puerta del balcón y había plantas repartidas por diferentes rincones de la estancia. Sobre la mesa, una bonita composición floral acompañaba a varios libros, todos cerrados en este momento. Una gran alfombra en tonos pastel cubría el suelo del centro de la estancia, aportando un toque de elegancia. A través del balcón se podía admirar un patio interior conformado por columnas de mármol y arcos de medio punto descansando sobre ellas. En el medio del patio una fuente removía incansable una corriente de agua fresca que aportaba notas de sosiego al interior de la sala de estar.

A pesar del sonido de los pies sobre el pavimento de cerámica, Itziar apenas se movió de la silla. Estaba habituada a las entradas y salidas de su esposo siempre sin avisar. Cuando escuchó su nombre en boca de Koldo, se quedó paralizada. En un movimiento reflejo se echó por la cabeza un chal de seda que ocultaba prácticamente su rostro. Koldo, sin detenerse, se acercó a su hermana con los brazos abiertos, al mismo tiempo que observaba el rechazo de ella.

—Itziar, ¿no te alegras de verme? Soy Koldo, tu hermano.

—Vete, hermano, no quiero que me veas.

—¿Por qué? ¿Qué te pasa?

Al intentar aproximarse a ella notó su rechazo de una forma más contundente. Itziar luchaba con ella misma entre el deseo de ver y abrazar a su hermano y el miedo a Mazatl, presente en el encuentro. Ese hombre que se hacía llamar su esposo, le había arruinado la vida hasta el punto de dejarla descalabrada no solo físicamente sino con el alma lacerada.

Koldo no se iba a marchar sin conocer la razón de su rechazo. Avanzó hasta quedar frente a su hermana, le quitó el chal dejando al descubierto una parte de su rostro y lo que vio le dejó horrorizado, a Itziar le faltaba el ojo derecho y su rostro estaba completamente desfigurado por las cicatrices.

Ante el pavor de lo que vio, Koldo se abalanzó sobre Mazatl, quien apenas tuvo tiempo para oponer resistencia debido a lo imprevisto de la reacción y le lanzó dos puñetazos a la mandíbula haciéndole perder el equilibrio. En su caída rompió el balaustre de madera y cayó al vacío por el hueco de la escalera. El golpe que dio al caer sobre el pavimento hizo pensar a todos que se había matado, sin embargo, cuando llegaron a su lado, observaron que seguía con vida. Intentaron ayudarle a ponerse en pie, pero su cuerpo no respondía. Su cuello se había roto al impactar en la caída contra el borde de una gran maceta de terracota. El resultado fue una fractura de columna cervical que le dejó postrado en una cama para el resto de sus días. Definitivamente, Mazatl estaba derrotado.

Mientras Mazatl era examinado por un médico, y antes de abandonar la casa de su hermana, Koldo le comunicó el fallecimiento de su madre, sin guardarse ningún detalle del viaje ni de la preocupación que sentía por la falta de respuesta a sus cartas, sospechando que algo no iba bien.

Los dos hermanos lloraron hasta quedarse sin lágrimas, por su madre, por los recuerdos, los buenos y los malos, lloraron por la rabia y la impotencia transformadas ahora en coraje para seguir viviendo, a pesar de todo. Koldo prometió visitarla con frecuencia, incluso la invitó, si así lo quisiera ella, a llevarla a vivir con ellos a Campeche. Nunca más la abandonaría, se lo debía a ella y a sí mismo.

Poco a poco, la noticia de la invalidez del amo Mazatl fue trascendiendo hasta llegar a todos los rincones de la hacienda. El último lugar en conocer la noticia fue la zona del laberinto y los túneles, en los que aún había algunos esclavos negros que no habían podido ser vendidos a ninguna hacienda por encontrarse en un estado físico lamentable que precisaría todavía un tiempo de recuperación. Era su oportunidad, habían llegado meses atrás y lo desconocían todo del país al que fueron arrastrados, pero en su mente solo existía una palabra: ¡libertad! A pesar del látigo de los capataces, consiguieron pasar literalmente por encima de ellos, dejándolos tirados y pisoteados en el frío y húmedo suelo de tierra. Fue su primera y tal vez única ocasión de vengarse por los malos tratos recibidos. Nada más rebasar la puerta de salida tuvieron que detenerse, llevaban mucho tiempo sin ver la luz del sol y sus ojos habían perdido temporalmente la capacidad de ver. Sin embargo, no retrocedieron, no podían arriesgarse a que los capataces les dieran alcance. Habían conseguido lo que para ellos era lo más difícil, alcanzar la salida. Pronto se darían cuenta de que alcanzar la calle no era precisamente el peor de los problemas.

De ese modo, con poco que perder pero con la posibilidad de ganar la ansiada libertad, abandonaron la hacienda en silencio por el miedo de ser fácilmente localizados. Iban completamente desorientados, no sabían hacia dónde dirigirse, su instinto únicamente les decía que corrieran para escapar y que buscaran algún refugio donde poder esconderse. No tardarían en perseguirles para hacerles retroceder o darles muerte a los que no se doblegaban. Los que consiguieron escapar se lanzaron a los caminos y trataron de hallar lugares alejados y medio escondidos para poder sobrevivir. Sin embargo, durante su escapada llevaron a cabo pillajes, asaltos y violaciones, porque además de libertad tenían deseos de venganza. A medida que recorrían caminos, se les unían otros esclavos con las mismas ansias, dejando a sus amos sin la mano de obra gratuita y con muchas plantaciones destruidas. Hubo quienes, para poder huir, tuvieron que matar a sus amos. Los negros prófugos llegaron a sumarse por centenares y se dirigieron a las montañas, donde formaron una aldea fortificada a la que llamaron Palenque y solo entonces consiguieron su anhelada libertad. A ellos se les conoció como cimarrones.

Ander continuaba con su desenfrenada vida. Nunca halló la mujer adecuada para casarse, aunque tampoco puso ningún empeño en ello. Más amigo de la diversión que del trabajo, llegó un momento en que abandonó por completo sus actividades en la hacienda, actitud que obligó a Iñaki a tomar una drástica decisión. De continuar con el mismo comportamiento, habría de irse de la hacienda y buscar por sí mismo otro medio de vida. Él no necesitaba holgazanes en sus propiedades. ¡Cómo había cambiado Ander en los últimos años!

En lugar de verlo como un problema, Ander en el fondo se alegró. Llevaba un tiempo con intención de trasladarse a vivir con sus tíos Mazatl e Itziar y la ocasión le llegó que ni pintada. Lo tenía hablado con él y no le planteó ningún problema, en todo caso el problema lo tendría con su padre, —le había dicho—, aunque él no comprendió por qué. Ander no había tanteado con anterioridad a sus padres, temía su reacción y sabía que no lo aprobarían. Ni siquiera llegó a mencionarles nunca que les visitaba con frecuencia y que pasaba con su tío días enteros. Llegado este momento, no tuvo ninguna duda de a dónde se dirigiría, aunque se cuidó de no comentárselo a nadie. Ahora que Itzel había dejado de ir por Mérida, no sería necesario mantenerse oculto en las dependencias de su tío hasta que la india abandonara la casa, tal como le había sucedido en varias ocasiones.

Durante el viaje que habían realizado sus padres a Bermeo, él pasó dos semanas conviviendo con sus tíos. Se encontraba muy a gusto en compañía de Mazatl. Hacía tiempo que le había puesto al corriente de su otro negocio, a sabiendas de que él compartiría sus decisiones, como así fue. "Si su mujer lo hubiera aceptado como su sobrino, qué distintas hubieran sido las cosas", pensaba en ocasiones. Mazatl se empezaba a sentir cansado y veía en Ander el apoyo perfecto y su sustituto si él no podía seguir navegando y traficando. Para Ander fue todo un descubrimiento conocer el laberinto y los túneles, donde seguían hacinados decenas de hombres negros a la espera de ser vendidos. En cambio, aunque tuvo ocasión de realizar viajes por mar, desterró la idea porque eso suponía estar fuera varios meses, y por ahora seguía sin querer que su familia se diera cuenta.

No le costó adaptarse al nuevo escenario. Al principio comenzó a bajar a los túneles en compañía de su tío, pero desde hacía algún tiempo era él quien daba las órdenes a los capataces en lugar de hacerlo Mazatl. Durante el tiempo que pasaba con él, apenas se acercaba a ver a Itziar, y en las pocas ocasiones que lo hacía, ella mantenía su cara parcialmente oculta por un chal. Se cruzaban unas pocas palabras porque Mazatl le había anticipado que su tía no quería ver a nadie, que desde hacía algún tiempo deseaba mantenerse recluida en su alcoba. Ander tampoco se ocupó de averiguar más, si para ellos estaba bien, él lo respetaba.

Así fue como una calurosa mañana del recién iniciado otoño, Ander se presentó en la hacienda de su tío, con todos sus enseres y sus amancebadas indígenas. Al llegar, le extrañó mucho que Mazatl no acudiera a recibirle, como hacía siempre. A sabiendas de que se encontraba en la casa, le buscó primero por los jardines y por las dependencias comunes, sin embargo, nadie del servicio le comentó nada de la actual situación de su tío; cuando les preguntaba por él, callaban y salían apresurados para no tener que responder. Ante la ausencia de noticias, subió hasta su alcoba. Cuando estuvieron frente a frente pudo comprobar la horrible situación en que se hallaba.

No supo cómo reaccionar en un primer momento, sin embargo, al hablar con Mazatl, este se alegró de que se hubiera presentado. Ahora que estaba postrado en una cama, nadie obedecía sus órdenes, a sabiendas de que no podía arremeter contra ellos. Hasta los capataces habían huido, quedando en la casa apenas una veintena de sirvientes. De ahí que se alegrara con la llegada de Ander, él le sustituiría. Pero, ¿de qué se tenía que encargar? Ya no había negros que vender, no había hombres en los túneles, no había viajes que realizar. No había nada que defender.

La vida de Mazatl comenzó a ser un martirio, acostumbrado a vivir en total libertad y a emitir órdenes a diestro y siniestro, látigo en mano, sintiéndose grande, fuerte, más odiado que respetado, pero henchido de placer viendo como todos se amedrentaban en cuanto le veían aparecer. Tuvo que empezar a tragarse sus propias hieles y se convirtió muy pronto en un ser apático, frío e indiferente, que dependía de otras personas para cubrir todas sus necesidades físicas y fisiológicas, las mismas personas a las que hasta hacía poco tiempo había maltratado. Empezó incluso a tener miedo de que le envenenaran la comida o el agua. En su cabeza comenzó a formarse una idea que se afianzaba cada vez más, pero necesitaba contar con alguien de confianza para llevarla a cabo. La llegada de Ander le resultó providencial. Él sería quien le ayudaría a llevar a cabo sus planes, solo tenía que perfeccionarlo un poco más. No estaba dispuesto a ser el esperpento de cuantos le conocían y así se lo hizo saber pocos días después de su llegada.

Ander pasaba a su lado muchas horas, después del accidente se había convertido en su único confidente. Cuando le explicó sus planes, al principio rechazó la propuesta de forma tajante, pero a solas en sus dependencias pensaba en qué haría él de encontrarse en la misma situación. Y le gustaría contar con alguien que le ayudara. Después de darle muchas vueltas, al final aceptó ayudar a Mazatl, pero no lo haría de forma desinteresada. Quería sacar provecho de la situación, no fuera a darse la circunstancia de que su tía le echara de la casa una vez terminado el trabajo. Y de algo tenía que vivir, si Mazatl no aceptaba sus condiciones no le ayudaría. Cuando se lo planteó, este no pudo estar más de acuerdo, pronto hicieron llegar a un notario de la villa para que dejara constancia de lo que acababan de decidir: la casa y dos de sus navíos pasarían a manos de Ander, y añadió una cuantiosa suma de dinero, el suficiente para llevar en adelante una vida holgada, sin preocupaciones, le dijo.

Una cálida madrugada, Ander se acercó a la alcoba de Mazatl, le arropó con una fina sábana y salió con él en brazos hasta el *truck*. Le acostó sobre un camastro que había preparado la noche anterior y se dirigieron al puerto donde estaban anclados sus navíos, eligieron el más pequeño y salieron a navegar. Una vez se hubieron alejado unas millas de la costa, Ander, tal como habían planeado, le acercó a estribor y le dejó solo al borde de la embarcación. Después de despedirse, Mazatl hizo un gran esfuerzo arrastrándose por las tablas del suelo del barco y, como pudo, se deslizó hasta que su cuerpo quedó colgado de las mismas. Solo quedaba un último esfuerzo. Ander, atento al suave rumor de las olas que reinaban en ese momento, escuchó un fuerte impacto sobre ellas. Mazatl lo había hecho. Cuando se acercó solo vio la sábana, con la que lo llevó tapado, tirada en cubierta, y al asomarse a estribor, aún pudo observar el agua formando círculos. Mazatl había dejado de ser un problema.

De regreso a casa, a su recién heredada casa, Ander

subió a la alcoba de Itziar y le comunicó lo que acababa de suceder. Ella apenas se inmutó. No sabía si llorar o alegrarse, por fin había quedado libre de su maltratador. Decidió que no iba a llorar, él no se lo merecía, la trató siempre con tanta crueldad que no merecía una sola de sus lágrimas. Al conocer la noticia, se olvidó de colocarse el chal sobre la cabeza y la cara y al girarse hacia su sobrino, este pudo percatarse de las profundas y graves lesiones físicas de su tía. Solo le hizo una pregunta escueta:

—¿Fue él? —Ella respondió con un leve gesto de asentimiento.

—Lo lamento tanto…

Sin saber cómo reaccionar, por la cabeza de Ander comenzaron a desfilar retazos de conversaciones con Mazatl y solo entonces llegó a comprender algunas cosas. A partir de ese momento se sintió profundamente culpable por haberle ayudado en tantas ocasiones, traicionando de ese modo la confianza de su tía, cuando el peor ser humano, sin lugar a dudas, había sido él. De haberlo sabido antes, muchas cosas hubieran sido diferentes, pero ahora ya era demasiado tarde para lamentarse.

Itziar no quiso permanecer en aquella casa ni un solo día más, así que, resuelta, preparó sus baúles y, ahora sí, se fue de ella para siempre, llevándose con ella a Anayansi y su familia, la única persona de la casa que le había proporcionado algunas satisfacciones personales al servir de enlace entre ella y Koldo.

Su llegada a Campeche, a la casa de su hermano, fue un agradable acontecimiento que venía a paliar, en parte, la ausencia de noticias de Ander; Koldo había quedado desolado cuando su hijo se fue sin saber a dónde se había dirigido ni cuál sería su futuro. Sin pérdida de tiempo, Itziar le comunicó que se encontraba en su casa, que ahora le pertenecía, y que estaba bien. No dudó en relatarle los acuerdos que pactaron Mazatl y Ander para que el segundo cumpliera con las órdenes de su tío. Añadió que tenía los medios suficientes para llevar una vida tranquila, si no despilfarraba. Un poco más tranquilo, Koldo se abrazó de su hermana y juntos ascendieron las escaleras hasta la primera planta, donde tenían reservada para ella un ala de la casa. Por fin empezaba a recuperar un poco de paz y tranquilidad.

Koldo y Maite pretendieron celebrar una sonada fiesta para celebrar la llegada de su hermana Itziar, sin embargo, desistieron cuando al hablarlo con ella, no dio muestra alguna de alegría. Al contrario, su única aspiración en adelante sería pasar lo más desapercibida posible, por esa razón hicieron fiesta, sí, pero una fiesta íntima en la que estarían solamente los de casa. Querían demostrarle lo felices que se sentían con que ella pudiera estar por fin libre y a su lado.

La culpa llevó a Ander a un estado de autocastigo por todo lo sucedido. Contaban que después de un tiempo viviendo solo en su casa, se le escuchaba dar voces por las noches, ebrio y loco, pateando por los jardines y los túneles, y cuando alguno de los criados se le acercaba para ayudarle, le separaba a empujones y seguía gritando que le dejaran solo. Su deterioro físico fue importante, pero mucho más lo fue su deterioro mental, hecho que llevó a su padre a tomar una importante decisión que no admitía demora: le ingresaría en el hospital psiquiátrico de la capital, por más que le desgarrara el alma.

Compañía Ortiz de Urquiza

Mientras en Bermeo Arantxa y Koldo acompañaban a su madre en sus últimas horas, en Campeche se trabajaba a destajo en la plantación de henequén.

Los primeros años de la hacienda Ortiz de Urquiza habían estado dedicados principalmente al cultivo del maíz y a la ganadería, pero ya se empezaban a vislumbrar en el horizonte otros cultivos atractivos como la producción de azúcar y el cultivo del henequén; este se fue afianzando a medida que se fueron perdiendo las salinas como consecuencia de la independencia de la península. A pesar de ello, los primeros años resultaron costosos en esfuerzo capital y humano.

Iñaki, amigo de innovar para mantenerse siempre a la cabeza de todas las novedades, incluidas las relacionadas con los cultivos, y bien aconsejado siempre por su hermana Olaia, comenzó a destinar algunos campos a la plantación del henequén. Tenía visión de futuro y todo lo que fue conociendo de su cultivo le hizo pensar que sería un negocio floreciente. El terreno y la temperatura eran idóneos para su cultivo. El proceso era lento, pues debían pasar al menos cinco o seis años hasta que la planta pudiera comenzar a ser recogida para iniciar el proceso de transformación. Pero ya lo había decidido, poco a poco fue destinando más campos a la plantación del arbusto.

El escenario resultante de la modificación del cultivo supuso un importante cambio no solo en el paisaje, que pasó del verde intenso del maíz al verde blanquecino del henequén, sino también en el propio edificio, al tener que acondicionar algunas de las naves de la hacienda para la instalación de las primeras y rudimentarias máquinas que había adquirido en la capital de México. A ello se unía la falta de especialización de la mano de obra, pero Iñaki había puesto todo su empeño en aprender y enseñar a los peones de la hacienda, quienes pronto adquirieron los conocimientos necesarios para poder transformar el nuevo cultivo.

Al margen del incipiente negocio del henequén, en la península habían surgido, una vez más, los primeros movimientos rebeldes como consecuencia de las precarias condiciones de vida de los indígenas mayas y la opresión en la que vivían a manos de criollos y mestizos. Los rebeldes llegaron a ocupar la mayor parte de la península, con excepción de Mérida, Campeche, algunos pueblos de sus cercanías y los situados en el camino real que unía ambas ciudades. De llegar a Campeche, sería un varapalo para los hacendados, que verían perder la mayor parte de la mano de obra que de forma gratuita y en lamentables condiciones de explotación, sacaba sus cultivos adelante y les enriquecía cada vez más, lo que ya estaba sucediendo en el resto de la península. Para evitar que sus trabajadores se unieran a los rebeldes, Iñaki mejoró cuanto pudo sus condiciones de vida laborales. Ni su padre anteriormente ni él trataron a sus empleados como esclavos, pero el miedo a que se unieran a los de su casta, le hizo actuar en consecuencia. Por fortuna Campeche se libró de la ocupación rebelde y posterior espantada de los indígenas.

Pasados seis años se inició el proceso de transformación del henequén. Los peones, lo suficientemente adiestrados, iban a los campos y cortaban las duras pencas del arbusto, los recogían en haces atados con cuerda y los llevaban hasta la nave donde se pasaban por la máquina desfibradora. Una vez obtenida la fibra, la ponían a secar al sol, para ello tuvieron que modificar otras fincas donde instalaron los secaderos. Estos constaban de alambres sujetos entre caballetes de madera que clavaban en la tierra. El siguiente paso era peinar la fibra seca con una máquina cepilladora, y por último se prensaba para elaborar los fardos que después llevarían a las bodegas de embarque, destinadas en su mayoría a la exportación.

Aunque la explotación del henequén resultó novedosa en torno a la mitad del siglo XIX, en Yucatán era conocida desde tiempos inmemoriales. Cuenta una leyenda maya que, durante una noche tormentosa, mientras el dios *Zamná* corría a resguardarse, tropezó con una planta de henequén. Sus duras y puntiagudas hojas le ocasionaron un corte en la pierna, lo que provocó la ira de sus seguidores, quienes como venganza cortaron las hojas de la planta y luego las vapulearon contra las piedras. El sabio *Zamná* se percató de que de las hojas salía una fibra muy resistente que podría ser de gran utilidad a su pueblo. Fue así como *Zamná* enseñó al pueblo maya el valor del henequén. A partir de entonces lo utilizaban para elaborar cuerdas, hamacas, sacos y prendas de vestir.

Los hacendados, debido al florecimiento económico que llegó de la mano del henequén, se sintieron obligados a modificar sus costumbres, desplazándose continuamente entre sus propiedades y Mérida, no solo por motivos de negocios, sino también para formar parte de una clase social que se fortalecía entre sí con un gran número de actividades como las efectuadas en los clubes, en paseos durante el carnaval, o culturales como el teatro. También viajaban con cierta frecuencia a Europa y enviaban a la mayoría de sus hijos a estudiar en el extranjero. Para entonces, Olaia estaba integrada completamente en la hacienda de su hermano Iñaki. Sus amplios conocimientos de la tierra, de los cultivos y de las enfermedades de los mismos fueron un empuje importante para la buena marcha de los diferentes negocios.

A medida que el henequén ocupaba más campos de cultivo, iban cesando los cultivos del maíz y la caña de azúcar, aunque nunca llegaron a desaparecer por completo de las plantaciones de la hacienda Ortiz de Urquiza. Iñaki y Olaia, ambos de parecer semejante, consideraban que la hacienda no podía dedicarse en exclusiva a un solo tipo de cultivo. La exposición a los diferentes factores ambientales a veces provocaba pérdidas importantes en determinados cultivos, por lo que, si fallaba uno, serían los otros quienes ayudarían a sostener la economía. Para ellos era importante la diversificación.

Además de los cultivos habituales, una parte de los recursos se dedicaba a la explotación de maderas y el palo de tinte, que ya había emprendido anteriormente Koldo. Los bosques de Campeche contenían una gran variedad de especies productoras de maderas de alto valor comercial, algunas de ellas eran la caoba, el cedro, el chicozapote, el palo de tinte y otras, siendo las más valiosas el cedro y la caoba.

El palo de tinte se venía explotando desde muchos años antes, incluso desde la época prehispánica. Denominado también palo de Campeche, era un árbol silvestre conocido desde la época maya, del que ya entonces aprovecharon sus cualidades para teñir mantas. Crecía en lugares húmedos e incluso en el agua, a los que solamente se podía acceder por vía fluvial o marítima, alcanzaba los ocho metros de altura, sus hojas eran pequeñas y ovaladas, con flores amarillas de cinco pétalos. El tronco era rojo con ramas espinosas y producía "tinta". Del árbol no solo se extraía el tinte, sino que su madera también era apreciada por su dureza y alta resistencia. Campeche era el lugar idóneo para la explotación del palo de tinte por la abundancia de ríos y de terrenos bañados por sus afluentes, que facilitaban su extracción. Debido a su excepcional ubicación y escasez de población, fue objetivo de los piratas establecidos en la zona que extraían y sacaban de forma ilícita la madera, con la que seguían fabricando navíos para el boyante negocio del tráfico de esclavos.

Sin embargo, no sería hasta mitad del siglo XIX

cuando esta actividad comercial alcanzaría un gran auge. A partir de 1850 todos los barcos, tanto los procedentes de Europa como del Caribe o Norteamérica, salían cargados con toneladas de palo de tinte. Los comerciantes más prósperos e influyentes eran extranjeros o hijos de inmigrantes, como Iñaki, que vio en la explotación del palo de tinte, iniciada por su padre una década antes, de forma casi simbólica, un importante negocio que estaba en unas pocas manos, ejerciendo el monopolio sobre la explotación del mismo. Así fue como la hacienda Ortiz de Urquiza pasó a convertirse en la Compañía Ortiz de Urquiza. La Compañía controlaba su comercialización, adquirió grandes extensiones de tierra en la región donde crecía el árbol y consiguió los permisos para su explotación, llegando incluso a fletar sus propias embarcaciones por el río hasta llegar al puerto. No solo comercializaba su propia producción, sino que compraba palo de tinte a otros productores de menor escala sin acceso a los mercados internacionales para su exportación.

Gracias a la explotación del palo de tinte y a la diversificación de sus negocios, la nueva Compañía Ortiz de Urquiza se convirtió en una de las más potentes de la élite local, a lo que hay que añadir que se convirtió en experta en denunciar tierras que estaban de baldío, eran las tierras que no estaban inscritas en el Registro Público de la Propiedad. En unos pocos años denunció varios terrenos de los que más de la mitad pasaron a ser de su propiedad, multiplicando así sus tierras propicias para el corte del palo.

Además de la compra de terrenos baldíos, la compañía se convirtió en prestamista, dando la opción de que las deudas pudieran liquidarse con dinero o con quintales de palo de tinte. Varias de las haciendas y ranchos pasaron a ser de su propiedad por incumplimiento del pago de la deuda.

Corría el año de 1862 y en la hacienda se estaban

llevando a cabo los preparativos para la boda de Mikel. Tenía veinticuatro años y se casaba con una hermosa mestiza de nombre María Cecilia. Mikel, el mayor de los hermanos, estaba completamente integrado en la hacienda y era un muchacho alegre, formal y buen trabajador, amante de la naturaleza y los ingenios mecánicos que facilitaban las duras labores de los campos. Le habían enviado a estudiar a Europa ingeniería industrial y a su regreso se hizo cargo de la maquinaria que la hacienda había adquirido para la transformación de las fibras de henequén. Unidos sus conocimientos a los de Olaia y a los de su padre, estaban consiguiendo que la hacienda cada vez fuera más productiva. Los primeros años dedicados al cultivo del henequén tan sólo elaboraban los fardos que llevarían a las bodegas de embarque para su exportación, sin embargo, no tardaron en hallar nuevas salidas para la fibra, y desde entonces la transformaron en cordelería, hilo, costales, alfombras, tapices, hamacas, incluso aparejos navales. Todos se convirtieron en artículos de exportación.

Estaba previsto que la boda tuviera lugar un dieciséis de mayo en la Catedral de Nuestra Señora de la Inmaculada Concepción, el mismo lugar en el que se habían casado sus padres. Las calles por las que pasarían de camino a la iglesia se habían adornado con juncos y flores de los más vistosos colores, desprendiendo magníficas fragancias al paso de la comitiva. El día amaneció radiante y sin una sola nube en el cielo azul de la primaveral mañana. La novia se había preparado para la ocasión con el típico vestido blanco de seda que completaba con enaguas, ajustado a la cintura y con hermosas rosas multicolores bordadas a mano, un ligero rebozo en un tono neutro sobre sus hombros y el largo pelo recogido en dos trenzas que se unían en un elegante recogido sobre la cabeza, con un paño decorado a su alrededor, y se acompañaba de zapatos también blancos, de raso y bordados con hilos de seda. Mikel, influenciado por las costumbres europeas, lució para la ocasión un traje blanco de dos piezas con camisa también en blanco ricamente bordada, sombrero de palma y zapatos de cuero.

María Cecilia llegó a la Catedral cogida del brazo de su padre, quien se mostraba muy orgulloso de acompañarla en el día más importante de su vida para entregarla a Mikel, al que consideraba un hombre íntegro, bueno y responsable, de lo mejor que existía por los alrededores. Al traspasar la puerta del templo se cubrió la cabeza con un velo, tal como mandaba la tradición. Completaba su atuendo con tres ramos de flores naturales, todos diferentes, de flores recogidas en los propios jardines de la hacienda familiar, uno para la ceremonia, otro para lanzarlo a las invitadas solteras y el tercero para dejarlo en la iglesia como ofrenda a la Virgen. Ante el altar la esperaba Mikel, nervioso, que no podía dejar de admirar la belleza de la mujer que estaba a punto de convertirse en su esposa.

Había sido el suyo un noviazgo tradicional, se conocieron durante una de las fiestas que tuvo lugar en la mansión de la Compañía Ortiz de Urquiza, precisamente para celebrar la transformación de Hacienda en Compañía, a la que habían sido invitados todos los familiares, comerciantes y hacendados de la zona. Durante el lunch de bienvenida se habían rozado sin pretenderlo al intentar conseguir una de las copas en las que se servían jugos de riquísimas frutas. El roce hizo que María Cecilia sintiera un estremecimiento, lo que provocó que dirigiera su mirada al joven que había activado en ella tal reacción. Al hacerlo, sus miradas se cruzaron y se mantuvieron. Fue un flechazo, en aquel instante fueron conscientes de que sus caminos correrían en la misma dirección. Había sido el principio de una hermosa historia que progresaría durante unos meses hasta llegar a la boda. Aquel mismo día de fiesta, Mikel pidió permiso al padre de María Cecilia para cortejarla.

Tras la ceremonia religiosa tuvo lugar el convite, que se prolongó a lo largo de dos días. Al inicio del banquete, los novios brindaron por un feliz matrimonio y seguidamente arrojaron al suelo las copas por encima del hombro. Se decía que cuantos más cristales rotos, más años de feliz matrimonio. Tras finalizar la comilona, los invitados comenzaron a perseguir a la novia con el fin de obtener un pedacito de tela, que consideraban que les traería suerte y como consecuencia el vestido quedó destrozado. Llegó después el momento para la música y el baile, que se prolongó hasta altas horas de la madrugada, donde el exceso de alcohol empezó a perjudicar seriamente a algunos de los invitados, sobre todo a los jóvenes.

Para no faltar a la tradición, Mikel cargó a María Cecilia entre sus brazos al cruzar el quicio de la puerta de su hogar, para protegerla de los malos espíritus que se alojaban en el umbral de la casa.

El día de la tornaboda la fiesta continuó, aunque de manera más apaciguada. Los invitados que pensaban permanecer en la casa para el día siguiente se habían retirado muy tarde, incluso alguno lo hizo en la madrugada, por lo que la continuación del festejo empezó hacia el mediodía siguiente. Los más madrugadores desayunaron recalentado acompañado de café, en cambio, para la comida sirvieron antojitos mexicanos, tacos, chilaquiles y tortas de cochinita. Algunos alimentos cumplían con la finalidad de contrarrestar los efectos del alcohol y la desvelada en los invitados. A algunos les hacía buena falta.

Pasada la media tarde, todos los invitados iniciaron el regreso a sus lugares de origen y la hacienda recuperó la rutina de los días pasados.

Diez meses más tarde nacía Julen, primer hijo de Mikel y dos años después nacería su segunda hija.

Koldo ya no se ocupaba de los negocios más que para aconsejar a sus hijos, quienes seguían contando con su valiosa experiencia, de hecho, no podían contar con mejor maestro, sin duda. Al disponer de más tiempo libre, había adquirido nuevas aficiones para ocupar parte de su tiempo. Siempre en compañía de Maite, se les podía ver asistiendo a la ópera o al teatro. De vez en cuando, les acompañaba Itziar, aunque prefería permanecer en casa. No se hallaba a gusto en público, sabiéndose el centro de todas las miradas, a pesar de que procuraba cubrir su rostro lo mejor posible para no llamar la atención. Koldo disfrutaba también con los espectáculos taurinos y asistía con cierta frecuencia a cacerías organizadas por algún club de la ciudad. Durante los años anteriores ya había adquirido el hábito de la caza, afición que le resultaba altamente gratificante.

Desde que llegó a México muchos años antes y aprendió a amar la tierra, aprendió también a observar a los animales que solían corretear por los campos de cultivo y las grandes extensiones de praderas alfombradas, así como por las veredas de los ríos y las enmarañadas selvas. No escaparon tampoco a su observación las aves con sus cantos armoniosos ni el murmullo de las aguas ribereñas. Todo eso unido a que estaba acostumbrado a madrugar mucho, a que le gustaba ejercitar su cuerpo dando largos paseos y a respirar un aire puro, le llevaron a tomar la decisión de adquirir un rifle y una escopeta para practicar el ejercicio de la caza, que le aportaba una gran satisfacción. Las largas caminatas que realizaba a través de praderías cubiertas de flores, acercándose a las lagunas repletas de espadañas, juncos y cañaverales o a los ríos con sus grutas y las extensas planicies verdes, le hicieron amar la naturaleza por encima de cualquier otro placer. La caza le aportaba otro sentir diferente, en contraposición a su amor por la naturaleza. Si salía a cazar era por tener la ocasión de contemplar a los animales salvajes en su medio natural, pero a veces era necesario proteger los cultivos de esos mismos animales que tanto daño hacían en los sembrados, para ello la caza era una buena opción.

Agosto era una de las épocas del año en que se presentaba la mejor ocasión para salir con la escopeta.

Además de conejo, liebre y palomas torcaces, emprendía junto a algunos amigos partidas al monte para cazar a las ciervas, actividad que solían realizar mediante reclamo, aprovechando los primeros días de las madres tras haber parido a los cervatillos. En cambio, en diciembre disfrutaba con la caza del venado.

En cierta ocasión, organizó con un grupo de seis amigos una cacería en un bosque lejano, motivo por el cual todos los participantes se desplazaron hasta el lugar a lomos de sus caballos. Al llegar, unos se ocuparon de construir una choza con ramas y troncos pequeños para resguardar los alimentos y a ellos mismos, debido a que pensaban pasar varios días de cacería por la zona, los otros se ocuparon de desensillar los caballos. Pasaron la noche en la choza, observando la luna llena entre charla y charla hasta que el sueño les rindió.

Amanecieron con una densa niebla que pronto comenzó a levantar, prepararon un café bien caliente para calentar sus estómagos y lo acompañaron con tortitas de maíz y frijoles. El grupo se dispersó poco después de iniciar el recorrido, era muy importante mantener la distancia de seguridad para que a ninguno de ellos le alcanzara el disparo que pudiera efectuar un compañero si se le cruzaba por delante una pieza. Koldo inició el recorrido caminando por una angosta vereda, atravesando barrancos, subiendo y bajando colinas, y recorriendo un hermoso valle. No vio ninguna pieza a la que poder abatir, así que cuando le pareció llegado el momento oportuno inició la caminata de regreso. Se estaba empezando a fatigar, era mucha la distancia recorrida y en un momento dado tropezó al cruzar un barranco y se cayó, con tan mala fortuna que se astilló un hueso del pie y no pudo seguir caminando. El dolor que sentía era intenso, pero a pesar de ello intentó ponerse en pie; sin embargo, en esa posición no podía soportar el peso de su cuerpo y cayó de nuevo a tierra. Lo intentó varias veces más, pretendiendo arrastrar el pie dolorido, era obstinado y no se iba a rendir a la primera ocasión, mas no fue capaz y, con su orgullo tirado por tierra, no le quedó más remedio que quedar sentado a esperar. Al verse en esa situación, comenzó a disparar al aire, confiando en que alguno de los amigos le escuchara, hasta que agotó la munición.

Se le hicieron muy largas las horas de espera, con la incertidumbre de si le habrían escuchado, si conseguirían localizarlo, si se rendirían y esperarían hasta el siguiente amanecer para retomar la búsqueda. Lo que sí sabía era que no le iban a abandonar. Por momentos sintió miedo, pero no era miedo por sí mismo, sino por sus hijos, sus nietos, su querida Maite, la mujer que siempre estuvo a su lado tanto en los buenos como en los malos momentos. No le gustaría morirse así, solo, tirado en mitad de un barranco donde podría ser devorado por feroces animales. El dolor estaba provocando un estado de agotamiento, cerró los ojos y se dispuso a esperar que llegara la ayuda.

La noche ya había caído sobre el bosque cuando lograron encontrar a Koldo, herido y malhumorado. Se culpaba por el despiste y falta de cuidado que podían haber sido la causa del accidente. Ayudado por sus amigos, regresaron a la choza donde pernoctaron, iniciando el viaje de regreso en la madrugada del día siguiente. Era preciso que un médico le hiciera una valoración del pie fracturado. Durante el viaje de regreso fue contando a sus amigos el temor que le asaltó de no haber sido hallado, ya se imaginaba que nunca más vería a su familia, y se angustió pensando sobre todo en el tipo de muerte que podría haber tenido, bien fuera por inanición o porque le devorara algún animal. Sus amigos soltaron una sonora carcajada, nunca se les habría ocurrido irse del lugar sin haber rebuscado palmo a palmo hasta encontrarle, y mucho menos irse a descansar sin haberle hallado. Era un lejano recuerdo.

El primer día de agosto de 1869, Koldo se echó la escopeta al hombro y salió muy temprano, con el frescor del amanecer, dispuesto a disfrutar de los placeres que le aportaban la naturaleza y la caza. Durante horas se entretuvo observando a diferentes animales, conejos sobre todo y alguna liebre, que cruzaban la pradera o las sendas, dibujando líneas en zigzag que hacían más difícil seguirlos. Se paraba cerca de los matorrales, poniendo atención al más mínimo sonido que pudiera indicarle la existencia del conejo. Pudo colgar alguno de su morral, otros se le escaparon, pero no le preocupaba, él disfrutaba más viéndolos correr por el campo que abatiéndolos para después festejar con sus amigos los cazadores.

Centrado en rememorar alguno de aquellos festejos, no se percató de que el barranco, debido a las últimas lluvias, se encontraba en condiciones bastante deplorables. Como consecuencia se habían abierto importantes grietas en el terreno y, al intentar saltar una de ellas, su bota resbaló e instintivamente, en un intento de evitar la caída, apoyó la escopeta en el suelo, momento en que el arma se le disparó, hiriéndole en el abdomen.

Fue todo muy rápido, Koldo no supo qué le ocurrió, de pronto se vio en el suelo, con un intenso dolor abdominal y la sangre fluyendo a través de la herida. Como pudo se quitó el blusón y lo rompió sacando tiras, intentando colocarlas bien apretadas sobre la herida, pero no cesaba de sangrar. Estuvo tirado varias horas, hasta que, bien entrada la noche, alarmados en la casa por la tardanza, salieron en su busca. Koldo no solía retrasarse, así que con toda probabilidad tenía que haberle sucedido algo, tal vez un animal, una caída, incluso barajaron la posibilidad de un secuestro. De vez en cuando llegaban noticias por la prensa de intentos de secuestro con fines económicos, y ellos eran una de las familias más acaudaladas de la ciudad. No sería de extrañar, en cualquier caso, toda hipótesis sería posible.

La servidumbre con Iñaki y Mikel a la cabeza, salieron en su busca, recorriendo los campos a los que solía desplazarse para cazar. Después de unas horas le encontraron tirado en el barranco, inconsciente, ensangrentado y muy pálido. No reaccionaba ni a las voces que le daban ni a las bofetadas que le propinaban en la cara pretendiendo espabilarle. Al tratar de incorporarle observaron el sangrado a través de la herida, y un chorro de sangre caliente volvió a fluir a través de la herida, provocado por el cambio de postura. Solo en ese momento se percataron de la gravedad del accidente.

Su hijo y su nieto Mikel, ayudados por el resto del grupo, le sujetaron lo más rápido que pudieron, intentando moverle lo menos posible y le colocaron sobre el carromato. Mientras se dirigían al hospital, Iñaki observó en su padre un ligero movimiento de labios y la apertura de los ojos que clavó en él. Intentaba comunicarle algo, pero le fallaron las fuerzas y volvió a quedarse inmóvil. A Iñaki le pareció escuchar el nombre de su madre tal como la llamaban en Bermeo: Maitechu. Momentos después, su padre ladeó la cabeza y expiró. Un grito desgarrador cortó el aire en la noche.

Hijo y nieto lloraron abrazados hasta llegar a casa. Maite e Itziar junto a Guadalupe y María Cecilia se encontraban en la entrada de la hacienda, enteradas por uno de los peones que se había adelantado para informar del accidente de Koldo. Cuando les vieron llegar no hicieron falta palabras para saber que había fallecido, sus gestos lo dijeron todo. Fue una noche muy larga en la hacienda Ortiz de Urquiza.

El velatorio se instaló en la sala principal de la casa, ocultando el féretro con biombos negros. Acomodaron el ataúd mirando hacia la puerta principal con dos cirios colocados en los extremos de la cabecera y debajo colocaron ajo y vinagre para evitar el mal olor. Durante los dos días siguientes, hasta que se acercó la hora del funeral, fueron pasando por allí todos los amigos y conocidos de la familia. Varias veces al día rezaban el rosario, pidiendo por la salvación del alma del difunto, después sonaba la orquesta contratada a tal efecto y se servían tentempiés a todos los presentes. La familia nunca permanecía a solas, ni siquiera por la noche, siempre había personas que se turnaban para acompañarles en el duro momento que les estaba tocando vivir.

La mañana del entierro, el cortejo fúnebre iba presidido por una carroza negra, adornada con listones y mantas negras, tirada por un corcel de color azabache. La marcha transcurría en silencio, lentamente, mientras los familiares caminaban detrás hasta llegar al panteón. Los hijos y nietos de Koldo le llevaron a hombros hasta el camposanto, donde el sacerdote celebró la misa de cuerpo presente. Con gran dolor, entre lágrimas y sollozos, despidieron al hombre que había llegado a esas tierras muchos años antes casi con lo puesto y que a fuerza de trabajo y tesón logró hacer de su país de adopción el país de toda su familia.

¡Qué solo se quedó Koldo en el camposanto!

A partir de ese momento en la casa se empezó a vivir el luto, que se mantuvo a lo largo de doce meses. Dejaron de asistir a reuniones festivas, taparon los espejos, y evitaron lujos y demás frivolidades. Maite comenzó a vestir de negro y usaba un rebozo para cubrirse la cabeza. Además, instalaron un crespón negro en la puerta principal de la casa en señal de duelo. Al principio tanto Maite como Itziar, vestidas de negro riguroso, iban todos los días hasta el cementerio, rezaban unas oraciones y dejaban un manojo de flores frescas sobre la lápida. Pasados unos meses, las visitas se hicieron semanales.

Fue necesario que transcurriera mucho tiempo para que la familia recuperara un poco de normalidad. La ausencia del bastión principal removió algunas historias colgadas en la memoria de los tiempos.

Un mes después del fallecimiento de Koldo, Maite y su cuñada solicitaron al hospital psiquiátrico en el que se hallaba internado Ander que les permitieran visitarle, tenían que comunicarle que su padre había fallecido. No estaban seguras del estado anímico en el que le encontrarían, pero tenían el deber moral de intentarlo. Cuando le vieron se derrumbaron, Ander no era ni sombra de lo que había sido en su momento, y Koldo nunca se lo contó en las ocasiones que acudió a visitarle. Tenía la mirada perdida, arrastraba los pies sobre el suelo de piedras del patio, sus ropas estaban sucias, con restos de comida pegados a ellas y en los ojos asomaba alguna legaña reseca. Quisieron, a pesar de todo, acercarse a darle un abrazo, pero él lo rechazó con un gesto pausado, no se sentía merecedor de tal manifestación de cariño. Por unos instantes miró a su madre fijamente a los ojos y de sus labios salió un amago de sonrisa. Por el gesto, Maite dedujo que su hijo se alegraba de verla. Se colocaron a su lado mientras daban un corto paseo por el patio, momento que aprovecharon para informarle del fallecimiento de su padre. Al escucharlo, Ander reaccionó con brusquedad. Temiendo que se cayera por el impacto de la noticia recibida, aprovecharon la cercanía de un banco y se sentaron. Poco después, Ander se deshacía en sollozos abrazado a su madre, mientras con la mirada parecía pedir perdón a su tía Itziar.

Las dos mujeres regresaron a casa con una idea fija en su mente, intentarían por todos los medios llevarlo a vivir con ellas, se harían cargo de controlar su tratamiento y de acompañarle en las visitas periódicas que tuviera que efectuar con el psiquiatra. No podían permitir que Ander estuviera solo purgando la culpa de un pasado que se había convertido para él en un infierno, internado en un psiquiátrico, dopado por tanta medicación y a punto de perder la noción sobre sí mismo y sobre todo lo que le rodeaba. Maite no podía abandonar a uno de sus hijos, por mucho que se hubiera descarriado en el pasado, estaba segura de que era el que más la necesitaba en estos duros momentos.

Un año después del fallecimiento de Koldo, Mikel, como era tradición en la familia, heredó la hacienda. Para entonces el comercio del henequén estaba generando tantos beneficios que fue capaz de hacer sombra a otras actividades productivas tan importantes como la ganadería. Como consecuencia del auge del henequén se modernizaron en la Compañía Ortiz de Urquiza los instrumentos de trabajo, así como los medios de comunicación y transporte en la península, que se convirtieron en un importante aliado para la comercialización, pues con la llegada del ferrocarril se pudo aligerar el traslado de las pacas, formadas por las fibras del henequén, hasta el puerto a la espera de ser embarcadas.

Fue una época de modernización de la ciudad, dando comienzo por los servicios públicos, después el ferrocarril, que había iniciado su recorrido entre Mérida y Campeche en 1865, al que siguieron el alumbrado público, los tranvías y el saneamiento de la ciudad. El antiguo sistema de alumbrado de lámparas de petróleo dio paso a las bombillas eléctricas, principalmente en las calles del centro de la villa; se intentaron pavimentar y adoquinar todas las calles, intento que resultó infructuoso debido a los barrizales formados por las lluvias; se ideó también un sistema de drenaje para intentar resolver los problemas sanitarios resultantes de la acumulación de agua y desechos orgánicos que se habían convertido en fuente de infección y muerte, afectando sobre todo a la población infantil; sin embargo, fue un proyecto que no llegó a cristalizar.

El tranvía tirado por mulas fue un elemento de modernización muy bien aceptado entre la población en general, a pesar de que contó con algunos conflictos sanitarios derivados de los desechos orgánicos de los animales, y con accidentes como atropellos o caídas de pasajeros que viajaban con alguna copa de más. Sin embargo, el tranvía pronto empezó a recorrer los principales puntos de la villa y a unir Campeche y Mérida.

Campeche estaba viviendo una época dorada como consecuencia de la explotación henequenera. Llegó a ser tan importante esta industria que se la denominó “el oro verde”. La maquinaria moderna que llegó como resultado de la revolución industrial permitió a las haciendas henequeneras acelerar e incrementar su producción de manera vertiginosa, mientras que la creciente economía mundial incrementó la demanda.

Mikel, felizmente casado con María Cecilia, mantuvo a la Compañía en la misma dinámica de mercado establecida hasta entonces, que no era otra que la diversificación de los cultivos, sin embargo, había empezado a escucharse hablar de uno nuevo, que podría ser un buen sustituto de alguna de las actividades anteriormente conocidas y explotadas. Se comenzó a hablar del chicle, producto gomoso que se extraía del árbol denominado chico zapote y su extracción se realizaba mediante un proceso laborioso que consistía en hacer sangrar al árbol, realizando incisiones en la corteza, perpendiculares unas a otras, y procediendo después a un proceso de cocción. Esta nueva actividad llegó a ser tan importante que el gobernador tuvo que dictar disposiciones para el desarrollo de la industria chiclera que había surgido en los bosques de Campeche. Aunque para la familia Ortiz de Urquiza y el resto de comerciantes y hacendados resultó una explotación nueva, ya era conocido por los mayas, quienes masticaron el chicle, porque además de producir mayor salivación, les servía para limpiar los dientes, según dejaron constancia en su legado.

Campeche era la principal zona donde crecía el chico zapote, y lo hacía de forma silvestre. Pronto se convirtió en el principal productor y exportador de chicle, hecho que se prolongó a lo largo de muchos años, fluctuando en función de las crisis políticas de cada momento. Cada ampliación de cultivo o actividad requería mayor demanda de mano de obra que obtenían gracias a las clases bajas. Los hacendados dependían de ellas para poder seguir generando sus riquezas gracias al trabajo y servicios que prestaban.

Los bosques de Campeche parecían tener una riqueza inacabable. La producción chiclera se convirtió en un negocio cada vez más importante, hasta el punto de representar por sí solo más de la mitad de los ingresos. Las sendas para la explotación del chicle ofrecían a la vista un paisaje grotesco cuya naturaleza parecía estar enferma o atormentada, porque las raíces del árbol parecían gritar a los cuatro vientos que necesitaban ayuda, salían desesperadas arrastrándose por encima de las piedras y ocultándose en las grietas como si estuvieran intentando alargar su vida. Además de eso, entre sus oquedades se ocultaban reptiles, siempre dispuestos a atacar. Hubo trabajadores que fallecieron a causa de la mordida de esas serpientes. Otros, que libraron de milagro de las mordeduras, contrajeron enfermedades como el paludismo o fueron atacados por la temible mosca chiclera que les dejaba el rostro mutilado y no solo eso, también existía un grillo blanco que les producía abscesos monstruosos y podredumbre en diferentes partes del cuerpo, incluso unas larvas que les devoraban el nervio óptico dejando ciegos a muchos de ellos. Era un ataque salvaje de la selva y un alto precio el que se pagaba por obtener los beneficios del árbol chiclero. Atormentados, los trabajadores que se dedicaban a la extracción del chicle se reunían en cantinas donde dilapidaban alegremente todo lo que habían conseguido ganar durante meses internados en la selva. Después pedían al dueño adelantos para pasar el tiempo en que no se producía la extracción del chicle, de ese modo quedaban obligados a reintegrarse en la siguiente campaña. Estas se desarrollaban normalmente entre julio y febrero, coincidiendo con la época de lluvias.

El mismo año de la boda de Mikel, Campeche vivió el quinto y último bloqueo francés a la ciudad, que les dejó invadidos y sitiados. Sin embargo, en la casa de Mikel decidieron celebrar la fiesta de fin de año, manteniendo la costumbre española que se había transmitido desde los abuelos, de festejar y celebrar la llegada de un nuevo año, despidiendo al que se iba y siempre con los mejores deseos de que el nuevo fuera mejor que el que se terminaba. A la fiesta habían sido invitados los familiares y amigos de la pareja, quienes, por ser el primer año de matrimonio, quisieron ser los que agasajaran a sus amistades en su recién estrenada casa. Con ese acto pretendían fomentar el ideal de cordialidad impulsando los buenos deseos para reparar las disputas familiares que pudieran existir. En la fiesta se sirvieron canapés de salmón en aceite, sardinas sin espinas, macarelas en aceite, atún en aceite y tomate, ostiones frescos, camarones y almejas, todo ello regado con un buen vino importado. Para los postres eligieron frutas en almíbar y dulces como cocadas, suspiros y barquillos, acompañados de un buen tequila. Terminada la cena, dio comienzo la primera fiesta que se celebraba siendo ellos los anfitriones.

Las fiestas, en general, suponían una representación del olvido de las conductas inapropiadas que alteraban el orden social y, al mismo tiempo, se trataba de divertirse honestamente. Aun así, era frecuente que a altas horas de la noche se viera perturbado el orden social, unas veces por serenatas amorosas, otras por los que se embriagaban al tomar varias copas de más, los cocheros que conducían los carruajes a rienda suelta produciendo atronadores ruidos o el toque de campanas para quienes quisieran asistir a escuchar misa. En consecuencia, se dictaron leyes para favorecer comportamientos compatibles con la moral y las buenas costumbres. En tales reuniones familiares no podía faltar el baile, para lo que necesitaban una licencia. Era la forma que tenían las autoridades de intentar controlar el consumo de bebidas a sabiendas de que el exceso provocaba comportamientos inadecuados. Para amenizar la fiesta habían adquirido un piano, hecho llegar desde Europa, que se había convertido en el instrumento musical por antonomasia y en un símbolo de poderío de las familias adineradas de la ciudad, al que acompañaban otros instrumentos y a veces algún invitado se animaba a cantar alguna de las canciones de moda.

Los primeros años tras el matrimonio de Mikel y María Cecilia nacieron tres hijos, sin embargo, ella no era mujer educada para quedarse en casa cuidando de la misma y de su familia, sino que siempre tuvo amplitud de miras. Inquieta por naturaleza, su visión pareció adelantarse a los tiempos y desde antes de iniciar la preparatoria, decidió que su objetivo era ejercer como maestra. No quería depender de su esposo para realizar cualquier actividad o trámite, y él, persona comprensible y dispuesta a todo cambio que supusiera mejoras en la evolución de las mujeres hacia la igualdad con los hombres lo aceptaba; siempre vio en ella ese afán inquieto como algo positivo, algo que en el fondo le complacía. Cuando se casaron, decidieron de común acuerdo que María Cecilia seguiría trabajando, pero el momento llegaría tras el nacimiento de sus hijos. Era una época en la que el papel de la mujer, en general, dejaba de ser totalmente discriminatorio, no obstante, seguían viéndose rebajadas a un nivel sin voz ni voto. Por suerte, las cosas empezaban a cambiar para ellas hasta el punto de que la propia iglesia detectó que empezaban a estar menos adheridas a la moral, costumbres o reglas establecidas, lo cual no resultaba del agrado eclesiástico.

Las mujeres de clase media de la época, como María Cecilia, se sentían muy orgullosas de su linaje, se dieron cuenta de que si dejaban de ser analfabetas podrían acceder a mejores trabajos, de modo que comenzaron a tener participación en el mundo laboral y se percataron de que siendo personas instruidas no podrían dominarlas ni explotarlas los hombres de su familia ni la sociedad civil, ni caería sobre ellas la opresión de la iglesia católica ni la trampa de la burguesía. Como consecuencia, comenzaron a surgir mujeres ilustradas e intelectuales, profesionales de la medicina, de la abogacía, maestras, parteras, boticarias, etc. Así no solo podían desarrollar una profesión, sino que se ganarían el sustento, a pesar de que sus salarios eran más bajos que los de los hombres. Sin embargo, a pesar del abuso de recibir menores salarios, lo mantuvieron por dignidad y por demostrarles a los hombres que ellas también eran capaces de desarrollar las mismas tareas incluso con mejor calidad. Se dictaron leyes con el objetivo de favorecer la educación femenina, lo que permitió la creación de escuelas enfocadas a la educación de las mujeres, en donde las instruían para ser profesoras y poder trabajar posteriormente como educadoras.

Hubo voces masculinas de la época que apoyaban la igualdad de las mujeres y proponían en el congreso y el senado que las mujeres pudieran acceder a las universidades en las mismas condiciones que los hombres, dándoles la oportunidad de obtener los mismos títulos. Unos años después hubo mujeres licenciadas en medicina, en farmacia o ingenieras, sin necesidad de desplazarse a Europa para cursar los estudios equivalentes.

Sin embargo, la integración de las mujeres en el estudio y ejercicio de las carreras liberales no estaba resultando tarea fácil, ese proceso implicó largo tiempo y, sobre todo, el potente esfuerzo de una minoría para enfrentar una serie de prejuicios que durante siglos impidieron el avance intelectual y profesional. Sus inquietudes marcaron una revolución femenina porque buscaron la forma de participar en asuntos políticos, aunque no lo iban a tener nada fácil. La mayoría de los hombres, desde todas las esferas de la sociedad, se encargaban de ir poniendo zancadillas para que no llegaran a conseguir sus ideales. Al tener cierta preparación intelectual, sus armas de ataque fueron la política y la prensa, buscando la igualdad entre hombres y mujeres. No obstante, el proceso fue lento pero ininterrumpido, ya no permitieron una marcha atrás en derechos e igualdad entre ambos sexos.

Uno de los campos en los que más se plasmó la revolución femenina fue en la prensa y pronto comenzaron a surgir periódicos redactados por mujeres. Estos constituyeron un espacio privilegiado para el debate acerca de la educación femenina. Eran la voz de la sociedad y se hacían eco de las conquistas de las mujeres, así reconocieron a través de sus páginas a la primera mujer médica, entre otros reconocimientos no menos importantes.

A medida que pasaba el tiempo, cada vez había más mujeres que optaban por estudiar carreras que tradicionalmente habían sido exclusivamente masculinas como Medicina, Derecho o Ingeniería. Ya no se trataba solamente de estudiar lo que tradicionalmente se consideraba preparación específica para mujeres, siempre dirigida a anteponer a su familia por encima de todo, ahora estaban dispuestas a hacerse oír y a demostrar a la sociedad que podían estar a la misma altura que ellos, desarrollando su profesión con la misma preparación y responsabilidad, a pesar de que seguían teniendo sueldos más bajos por las mismas horas de dedicación, y en muchos casos más horas y con mejores rendimientos.

Para llegar a ser maestra pesaban más las relaciones políticas y familiares que un brillante expediente académico. La cercanía a los círculos del poder pesaba en la trayectoria profesional de las maestras, se percibía la facilidad que tenían éstas de llegar a puestos superiores, incluso de mando. Por tanto, las que no poseían ese respaldo del poder debían conformarse con desarrollar su trabajo de la forma más adecuada posible, siendo conscientes de que nunca tendrían la posibilidad de ascender en las escalas de la organización.

María Cecilia fue una de las primeras maestras normalistas, quienes estaban formadas en pedagogía moderna. Esa época coincidió con que el Estado mexicano desalentaba la educación de las niñas en colegios religiosos, y para ello utilizaban el argumento de que las monjas no formaban a las niñas para la vida matrimonial, lo que equivalía a que no fueran buenas madres. En cambio, propusieron la educación de las mujeres en colegios del Estado, razón por la que surgieron las escuelas liberales multifuncionales. Estas escuelas tenían como objetivo reunir a comunidades de mujeres, tanto del ámbito rural como urbano, en las que se les daba una preparación para trabajar en cosas útiles y de ornato, como el arte, la música o la pintura, educación primaria elemental y, en algunos sitios, algo equivalente a educación superior, que solía ser la formación pedagógica básica para ser maestras. También se brindaba preparación para dominar un oficio, bien fuera de dactilógrafas, telegrafistas, ayudantes de farmacia o costureras, entre otros. Casi todos los estados tuvieron estos colegios considerados como los sitios de la educación superior de las mujeres, o "casas de educación de niñas". De uno de ellos salió María Cecilia como maestra.

María Cecilia, dedicada en cuerpo y alma a su profesión, a la que amaba, acudía todos los días de la semana, exceptuando el domingo, día que dedicaba a sus obligaciones cristianas, a su trabajo en la escuela pública. Adoraba a los niños, y ellos la adoraban a ella. Sin embargo, un acontecimiento importante vino a trastocar su rutina. Desde la casa familiar le enviaron noticias del empeoramiento en la salud de la abuela Maite. Ya llevaba unos meses un poco resentida del aparato respiratorio, la maldita enfermedad había reaparecido con el transcurso de los años, le costaba respirar y se había hecho necesaria la ayuda de un tubo conectado a una máquina de oxígeno durante las veinticuatro horas del día para que le aliviara las fatigas y pudiera descansar. Habían acudido a los médicos del hospital y tras realizarle varios estudios habían dictaminado que padecía fibrosis pulmonar. Durante algunos meses la enfermedad estuvo controlada y estabilizada, pero de vez en cuando sufría crisis que la obligaban a permanecer en cama por varios días. Físicamente se iba desgastando y la edad tampoco ayudaba mucho, Maite ya era una mujer mayor, había disfrutado una vida longeva, había trabajado desde adolescente, había cambiado de continente siguiendo a su marido en un intento de evitar la dura vida del mar, dejando en Bermeo a sus padres, hermanos y amigos, incluso un trabajo que no le disgustaba. Tuvo seis hijos y muchos nietos que la estaban convirtiendo en bisabuela. Siempre luchó por los suyos, por tener una familia unida y sin duda lo había logrado a pesar de tener algunos tropiezos, sobre todo por la mala cabeza de su hijo Ander. Pero desde que le había reintegrado a su hogar y se había hecho cargo personalmente de su tratamiento, se sintió satisfecha. Él era en estos momentos su mejor compañía y quien se ocupaba de proporcionarle todos los cuidados que requería.

Maite sabía que le quedaba poco tiempo, y si algo la frenaba para no querer enfrentarse a la muerte era el temor de que Ander volviera a caer en la depresión que tan hundido le había tenido. Pero ya no estaba en sus manos tal decisión. Desde allí arriba, Alguien había considerado que había llegado la hora de reunirse con Koldo, el gran amor de su vida. Los últimos días ya no se sentía con fuerza física para salir de la cama, cualquier esfuerzo, por liviano que fuera, resultaba agotador para sus mermadas fuerzas. El médico acudía cada día para comprobar su estado, pero ambos sabían que no había mejoría posible. Sus días se agotaban sin remedio. Su fe y sus creencias religiosas necesitaban la visita del sacerdote de la familia, razón por la cual le hizo llamar. Necesitaba poner su alma en paz y solo en confesión conseguiría llevarlo a cabo. Cuando el sacerdote llegó, pidió en voz que apenas era un susurro que le dejaran solos en la habitación. Una vez hubieron cerrado la puerta, Maite recorrió mentalmente su vida, y confesó sus últimos pecados, siendo absuelta por el párroco. Antes de abandonar la habitación, pidió a los familiares que se hallaban presentes que se acercaran a la cama, iba a administrarle la Santa Unción. Poco después, rodeada por sus hijos y nietos que le tenían la mano cogida, exhaló su último suspiro.

El fallecimiento de Maite ponía punto y final a un matrimonio que había dejado su vida al otro lado del mar para iniciar una nueva lejos de su tierra. Si alguna vez se habían arrepentido por la decisión tomada, nunca lo transmitieron a sus hijos, pero entre ellos muchas veces sintieron enormes deseos de retornar a la tierra que les había visto nacer. Lo echaban todo de menos, sobre todo a sus respectivas familias y a una tierra de inviernos fríos y un mar embravecido, unido a un modo de vida duro, pero al irse renunciaron a la magia de vivir y hacerse mayores al lado de su familia. Solo se dieron cuenta de ello cuando ya había transcurrido el tiempo suficiente como para no poder dar marcha atrás. Fue muy duro asumirlo, sin embargo lo hicieron por sus hijos, ellos no merecían ver a sus padres rendirse y volver al origen tal como se habían ido. No después de todo lo que habían pasado.

En el aire quedó sin cumplir la promesa que le hizo Koldo el día que partieron de Bermeo. Sería una asignatura pendiente para sus descendientes, que desde entonces tendrían la obligación moral de intentarlo. Así lo habían prometido.

El ritual funerario tuvo lugar en la casa familiar y, a la forma tradicional muy semejante a la española, se unieron tradiciones propias de la cultura del país, donde vida y muerte conviven de acuerdo con el concepto de ente espiritual creyendo en la posibilidad de convivencia entre los seres espirituales en el otro mundo, el reencuentro con familiares fallecidos que son quienes reciben y guían al recién llegado.

Antes de colocar el ataúd en el centro de la sala comenzaron a arreglar la casa para recibir a las visitas, reunieron sillas, encargaron flores, movieron todos los muebles para dejar libre el mayor espacio posible, ordenaron llamar al sacerdote y colocaron cirios alrededor del ataúd. Las vecinas llevaban café y galletas para apoyar a la familia en el proceso de recepción de las visitas, quienes, a medida que se acercaban, se iban sentando alrededor del ataúd, preparándose para pasar la noche en vela. Como suele suceder, se reunieron personas que llevaban mucho tiempo sin verse y que comentaban entre ellos cómo habían crecido sus hijos, poniéndose al corriente de sus vivencias. Por momentos se olvidaban del motivo que les había reunido, sin embargo era una manera de sobrellevar el paso de las horas en una noche que parecía no tener fin.

Un acordeonista contratado por sus hijos ponía música a la congregación de personas que acudían a su velatorio, interpretando canciones típicas vascas, como homenaje póstumo a una mujer fuerte, que eligió seguir el camino marcado por una firme decisión y que fue siempre el bastión sobre el que se sustentaba la familia.

Al día siguiente, la familia se organizó ante la llegada de la carroza que portaría el ataúd hasta el camposanto, donde tendría lugar el enterramiento. En la carroza, como era costumbre, iba el hijo mayor. Tras el funeral regresaron caminando a casa y encargaron al sacerdote rezos por el eterno descanso de su alma durante los nueve días siguientes.

Toda la familia hubiera querido que Andoni, ya convertido en obispo de la iglesia de Roma, pudiera presentarse en México para oficiar el funeral de su madre, Iñaki se encargó de enviarle un telegrama dándole la triste noticia del fallecimiento, sin embargo no le fue posible organizar con tanta premura su salida. Programar un viaje tan largo le llevaría muchas horas y seguía estando desterrado, no se le olvidaba, había muchas probabilidades de que en cuanto pisara tierra mexicana fuera detenido. Lo hubiera intentado de todos modos, ver a su madre por última vez hubiera sido un regalo del cielo, pero el primer barco zarparía en dos días, era totalmente imposible llegar a tiempo. Tendría que conformarse con rezar por su alma en cada misa que oficiara.

Koldo y Maite eran muy conocidos y apreciados; llegados desde muy lejos con las manos vacías, habían conseguido levantar un imperio que había ido pasando de padres a hijos a lo largo de los años. La tercera generación era quien llevaba en este momento las riendas de la compañía Ortiz de Urquiza. Mikel y María Cecilia.

Tras el fallecimiento de Maite, un gran vacío comenzó a reinar en la casa. Itziar y Ander no tenían ya fuerza para superar su muerte, sobre todo Ander que vio cómo la tabla de salvación a la que se había amarrado en los últimos años falló, dejándole en la más espesa soledad. La convivencia con las dos mujeres, su madre y su tía, se había normalizado tras haberle rescatado del psiquiátrico, su tía y él se habían perdonado mutuamente, pero la ausencia de Maite volvió a abrir entre ellos un abismo. Incapaz de superarlo, Ander volvió a caer en un estado de depresión del que nunca se recuperó. Antes de que hubiera pasado un año, falleció sumido en la más profunda tristeza.

Apenas habían transcurrido dos días después de que Maite fuera enterrada en el cementerio municipal, junto a su esposo Koldo, cuando María Cecilia volvió a impartir sus clases en las aulas del colegio. Sus niños la recibieron con abrazos, querían transmitirle todo el cariño que sentían por su maestra, a la coloquialmente llamaban la seño.

Mientras, en su casa todo volvía a la normalidad, sus hijos estaban creciendo en un hogar feliz, su esposo Mikel llevaba las riendas del imperio que parecía no conocer límites y en su escuela, María Cecilia era muy querida y respetada.

Cuando en 1897 Julen se hizo cargo de la compañía Ortiz de Urquiza, contaba con una extensión y una infraestructura considerables que alcanzaban más de ciento veinte mil hectáreas de terreno, más de treinta y ocho kilómetros de línea de mar, casi veinte kilómetros de línea ferroviaria, a lo que había que sumar varios edificios, almacenes, miles de cabezas de ganado y grandes extensiones de tierra dedicadas a la actividad agrícola. Dicha expansión había sido posible gracias a las políticas gubernamentales decididas a estimular la colonización de un México en construcción, y que iba dirigida tanto a mexicanos como a extranjeros, preferiblemente europeos.

La propiedad fue inscrita en el Registro Público de la Propiedad y del Comercio de Campeche con el nombre de su nuevo propietario: Julen Ortiz de Urquiza.

Julen había cumplido los treinta y cuatro años cuando recibió la compañía en herencia. Se había casado en 1884 con María Eugenia, una hermosa mujer mexicana que destilaba bondad por los cuatro costados. Fruto de su relación, habían nacido dos hijos varones, Eneko, el mayor, nacido en 1885 y Aitor, tres años más pequeño. Por tradición familiar, seguían poniendo a sus hijos nombres vascos como ejemplo viviente de sus raíces lejanas.

Como era tradición en la familia, Eneko sería el siguiente propietario de la compañía, pero para eso aún faltaban muchos años, al menos eso hubiera sido lo normal y en todo caso, lo deseable. Sin embargo, un hecho vino a trastocarlo todo. Durante las revueltas políticas que tuvieron lugar en el año 1910, con las que dio comienzo la revolución mexicana, Julen tuvo un enfrentamiento con otro empresario de la zona por causa de negocios del que salió muy mal parado. Durante la discusión, el empresario venido a menos, y después de haber consumido más alcohol del que su cuerpo era capaz de metabolizar, le asestó una puñalada a traición en el costado izquierdo, aprovechando que era una noche oscura, de revueltas callejeras, terminando con su cuerpo en el hospital, herido de gravedad. Después de dos días debatiéndose entre la vida y la muerte, conectado a una máquina para poder respirar, entregó su maltratado cuerpo a la tierra que le vio nacer y su alma voló en busca de nuevos ideales, si es que algo de eso había en el más allá.

La tragedia ocurrida puso fin a un gobierno de la compañía bien llevado a lo largo de varias generaciones, en el que los negocios siguieron prosperando, sin embargo, ahora, con apenas veinticinco años, Eneko se tuvo que hacer cargo de la misma, y no consideraba sentirse preparado para tamaña empresa. No comprendía por qué su padre se había ido por una tontería, dejándole solo al frente del negocio. Necesitaba el apoyo de alguien que conociera bien el negocio, y por otra parte necesitaba estabilizar su vida, había contraído matrimonio hacía cinco años y fruto de ese matrimonio había nacido Amaia, su única hija, que contaba con cuatro años. La familia política poseía su propia compañía, por lo que no pudo ponerse a su lado para sacar adelante la hacienda, así que tuvo que contar con su hermano pequeño, Aitor, que aún desconocía la organización de los negocios familiares y abusar de los conocimientos de su abuelo Mikel, quien ya no se encontraba al frente de los negocios familiares. Entre todos, consiguieron encarrilar la marcha de la compañía de forma hondamente satisfactoria, aunque no sin grandes dificultades. Digna labor realizaron los empleados de los diferentes sectores con los que contaba la hacienda, que no dudaron en estar siempre a su lado para ayudarles en todo cuanto precisaran.

Parte II, primeros años del siglo XX

Catalina Josefa Alvarado y Villegas pertenecía a la alta sociedad meridana y procedía de una familia de políticos y mandatarios de la península yucateca, caracterizados por la dominación política y económica que ejercía el poder local, tal vez haciendo menos uso de la fuerza pública, pero manteniendo un sistema de explotación tan brutal como en los años precedentes, dando continuación a la aplicación de la ley agraria que legitimaba la esclavitud de los peones y sus familiares.

Catalina era una mujer aparentemente frágil físicamente, bien educada, pero poseía un temperamento fuerte y se mostraba poco respetuosa con la sociedad en general, seguía considerando que formaba parte de una escala social muy superior al resto de los humanos. Por su prepotencia, desde muy pronto tuvo enfrentamientos con sus padres y hermanos que no soportaban su orgullo manifiesto, menospreciando a cualquier otro ser humano de su entorno. Consideraba que todos y cada uno de ellos tenían la obligación de servirla y complacerla en sus caprichos. En general no trataba bien a nadie, siendo ella misma quien, en muchas ocasiones, descargaba la fusta de cuero sobre sus esclavos.

Debido a la alta consideración en que se tenía, no podía casarse con un hombre que no fuera de lo más pudiente de la zona, ciertamente lo que menos le preocupaba era si le amaba o no, o si llegaría a amarle con el paso del tiempo, su futuro tenía que estar asegurado tanto en riquezas como en la escala social a la que estaba habituada. Por eso no le importó sobrepasar en seis años a su futuro marido. Había puesto sus ojos en Eneko, el heredero de una de las Compañías más prestigiosas y pudientes del momento, con la seguridad de que se convertiría en su esposa no tardando mucho. A pesar de la edad, no se le habían conocido relaciones anteriores, simplemente nadie estaba a su altura.

Después de seis meses de noviazgo, contrajeron matrimonio en la Catedral de San Ildefonso, era el año 1905. El festejo se realizó en la mansión que los padres de Catalina tenían en Mérida y al evento asistió toda la flor y nata de la sociedad meridana y campechana. Allí se encontraron como invitados muchos políticos del momento, empresarios y comerciantes. La celebración no dejaba lugar a dudas, se casaba una de las mujeres más influyentes, y a la vez más temidas de la sociedad mexicana; fue todo un derroche de festejos y exhibiciones públicas que se recordaría durante varios años en las altas esferas de la sociedad. Durante el banquete fue muy llamativa la infinita cantidad de platos servidos de todas las categorías, incluidos postres típicos o bebidas en abundancia. No faltaron, a la hora del ocio y la diversión, las corridas de toros que tanto les gustaban, auspiciadas por los padres de la novia, ni los bailes durante toda la tarde. Los hombres asistían en el club a un match de béisbol mientras las mujeres optaban por realizar una ascensión en globo. Todo parecía insuficiente para agasajar a tantos invitados ilustres. Fueron varios días de festejos y algarabía que debían dejar constancia de la importancia social de los nuevos esposos, por ello los periódicos más importantes dieron cumplida cuenta del evento, en los que no faltaron fotos de los novios, de los familiares, de las mesas repletas de comida, de los bailes o de las corridas de toros. No todos los días se casaba una Alvarado con un importante empresario de la zona.

Tras una semana de celebraciones, el matrimonio se

trasladó a una gran mansión en el centro de Mérida que había sido el regalo de bodas de sus padres. Desde el primer día de convivencia, Josefa Catalina dejó muy claro quién sería de ellos dos el que llevara las riendas de la casa y de su vida, a él le dejaba los negocios, algo que a ella no le interesaba mucho, siempre y cuando siguiera entrando dinero a manos llenas, y de eso se aseguró cuando, de forma totalmente consciente, eligió al que sería su esposo.

Diez meses después nacía su primera y única hija, Amaia. El embarazo y posterior parto fueron para Catalina situaciones muy desagradables. Su fuerte carácter se agrió durante los meses de embarazo y no dudó en descargar su hastío de forma violenta contra la servidumbre. Fueron nueve meses horrorosos para ella, quien, por no aceptar la situación, se encerró en su alcoba a solas, y allí permaneció en cama buena parte del tiempo. No soportaba comprobar cada día como su cuerpo se deformaba con las redondeces propias, acostumbrada como estaba a mantener su figura, así que un buen día sacó el espejo que le devolvía su imagen deforme, y desde la terraza de la alcoba lo lanzó al vacío, haciéndose añicos al primer contacto con el suelo, en el jardín principal de la casa. Arrebatos similares tenía cada vez con más frecuencia. La servidumbre se cuidaba mucho de permanecer cerca de ella, nunca sabían con qué despropósito les podía sorprender en cada momento.

Durante el parto fue atendida, como no podía ser de otra manera, por una partera especializada, quien recibió en sus carnes las malas maneras de una mujer de la alta sociedad, a las que, por desgracia, estaba acostumbrada. Cuando la partera golpeó suavemente pero con firmeza en las nalgas a la recién nacida y comenzó a llorar, pretendió colocarla sobre el pecho de la madre, quien con un gesto de desprecio rechazó la maniobra.

—Señora, ha sido una niña—, y la partera abandonó la habitación tras dejar a la bebé en su cuna, limpia y envuelta en sus ropitas llenas de encajes y puntillas.

A partir de ese momento, Doña Catalina consideró

cumplidas sus obligaciones como madre, descargando toda la responsabilidad de la crianza y educación de su hija en la sirvienta Nila. De haber podido elegir, no hubiera tenido hijos. Lo que tenía por seguro era que no pariría más, aunque hubiera sido una niña y fuera ella quien heredara todo el patrimonio familiar.

Eneko, en cambio, se sintió feliz. La llegada al mundo de esta niña le colmaba de felicidad. Llevaba horas paseando nervioso por el corredor y solamente escuchaba las voces que profería su mujer contra los hombres, contra los hijos y contra todo lo que no fuera de su agrado, que por desgracia era mucho. Cuando escuchó el primer llanto del recién nacido se emocionó, y pronto supo por la partera que había sido una niña. Desde ese momento entendió que su vida no iba a ser la misma que fue hasta entonces. La responsabilidad de los hijos consideraba que era algo muy grande y no le importó en ningún momento que fuera niña, ya vendrían más hijos y alguno de ellos sería el varón que debía cumplir con la tradición de heredar la Compañía, pero aún quedaba mucho tiempo para eso. Con lo que no contaba era con que su esposa se negaría rotundamente a tener más hijos y, para evitar la tentación, no dudó en cerrar su alcoba con llave cada noche.

Nila, la mujer mulata que llevaba trabajando en la casa desde que tuvo fuerzas para sujetar la escoba, acompañando a su madre al principio y, después de un tiempo, realizando aquellas tareas que podía por edad y fuerza física, era una niña fuerte, por lo que pronto desempeñó tareas más pesadas dentro de la casa. Desde el nacimiento de la pequeña Amaia, Nila se convirtió en su nodriza. Doña Catalina no se podía permitir deformar su físico amamantando a la pequeña. Durante sus primeros años de vida, Amaia estuvo más tiempo al cuidado de Nila que de su madre, quien tuvo a su hija por mera obligación.

Nila era hija de una familia de sirvientes que llevaban en la hacienda Alvarado desde la época de sus abuelos. El abuelo Ericsson había sido secuestrado en África y vendido por un negrero llamado Mazatl, cuya fama llegó a traspasar fronteras. Los diferentes dueños fueron marcando su piel con un hierro candente para asegurarse su propiedad. La última hacienda en la que trabajó hasta su muerte, anticipada como consecuencia de una brutal paliza del capataz, pertenecía a los abuelos de Catalina. Se había casado con una mujer mulata que le ayudó a sobrellevar toda la angustia acumulada a lo largo de varios años de vejaciones y tratos inhumanos. Creyó poder merecer un cachito de felicidad, porque hasta eso parecía estar prohibido para los esclavos. Tuvieron varios hijos y todos se quedaron en la hacienda trabajando en las mismas condiciones de esclavitud.

Nila escuchaba a su madre con desmedida atención cuando le relataba la historia de sus abuelos, y sentía mucha rabia e impotencia, a pesar de que su situación no difería en mucho de la de sus antepasados. Daba la impresión de que el tiempo se hubiera detenido para ellos. A pesar de no conocerla, añoraba África y todo lo que tenía que ver con el continente negro. No dejaba de ser un sueño poder viajar algún día hasta el país de origen del abuelo. En sus ratos libres, tras finalizar todas las faenas de la casa principal y recogerse a su humilde hogar, leía libros que los señores arrojaban a la basura, en los que se contaban no solo historias de esclavos negros sino que hablaban de los maravillosos países y paisajes del lejano continente. Por suerte, nunca le fue prohibido acudir a la escuela en la que aprendió a leer y a escribir.

A sus veintiséis años, Nila era madre de tres niños, dos chicas y un chico, habidos en su matrimonio con Terrence, mulato como ella. Ambos habían nacido en la hacienda y ambos seguirían en ella probablemente hasta que murieran, tal como había sucedido primero con sus abuelos y posteriormente con sus padres. Aunque no eran pocas las veces que, a solas en su casa, fantaseaban con la posibilidad de que algún día todo pudiera ser diferente y pudieran al fin vivir en libertad. Libertad…, de vez en cuando les llegaban noticias de otros esclavos que habían conseguido huir y que se hallaban a salvo, lejos de amos y patrones, escondidos en algún lugar que nadie conocía y que eran libres. Nila deseaba vehementemente esa libertad, no ya por ella, sino por sus hijos. No podría soportar que ellos tuvieran que pasar por las mismas vejaciones que todos tuvieron que sufrir. Las muchachas, desde muy temprana edad, tenían que estar dispuestas a calentar la cama de sus amos para satisfacer sus más bajos instintos. Consecuencia de ello, tenían hijos que nunca eran reconocidos por los amos, aún a sabiendas de que eran suyos y que nunca gozarían de los beneficios de ser sus hijos, incluso peor aún, sintiendo el desprecio del que hacían gala los hermanos blancos.

Doña Catalina solamente veía a su hija a la hora en que esta se iba a la cama, quien, acompañada por Nila, se acercaba a su madre a darle un beso de buenas noches. El carácter de su madre, siempre tan arisca con la niña y tan despreocupada, le dejaba un amargo sabor, que desde la infancia la marcó para su futuro, ayudando en buena medida a que se formara un carácter de rebeldía. En consecuencia, Amaia se acostumbró a obtener todo lo que quería a fuerza de protestas y desgaste moral de su padre y de la servidumbre. Le gustaba salir a los jardines y desde allí observar a los sirvientes, mezclarse con ellos, a pesar de que lo tenía prohibido, ellos pertenecían a otra clase social muy inferior a la suya y no podían mezclarse. Se escapaba en muchas ocasiones a las casas de los peones, a la escuela o a la iglesia durante las celebraciones dominicales, y les observaba a cualquier hora del día, llegando en ocasiones a ponerles en un compromiso, pues si la descubrían por allí, el castigo nunca sería para ella sino para quien la consentía. Esa costumbre se arraigó tanto que llegó a convertirse en parte de sus escapadas diarias.

Amaia seguía con el mismo comportamiento a pesar de todo. Nila recibió muchos latigazos por culpa de sus escapadas, se mostraba incapaz de hacerle ver a la niña las consecuencias de sus actos. Hubo ocasiones en las que la niña pudo presenciar cómo descargaban sobre la espalda desnuda de Nila series de cincuenta latigazos, a los que ella respondía en silencio, sin una palabra ni gesto de dolor. Solo sus ojos, anegados de lágrimas, y un charco viscoso en el suelo de tierra, delataban el intenso dolor que sufría por los golpes. Pero Nila quería a esa niña. En el futuro, Amaia recordaría el maltrato que se aplicaba a los criados, lo que supondría su implicación en la lucha activa por los derechos de todos los hombres y mujeres en igualdad de condiciones, sin importar color de piel ni clase social.

Louis, el único hijo varón de Nila, tenía pocos meses más que Amaia. Después llegarían dos niñas que hicieron las delicias de unos padres deseosos, a la vez que temerosos, de tener hijos que no pudieran dejar atrás la esclavitud, tal como les había sucedido a ellos. Pero, a pesar de todo lucharían por ello, no consideraban de justicia que los desprecios, los malos tratos, las enormes desigualdades entre seres humanos se perpetuaran… Así que, a solas en su casa, eran muchas las veces que hablaban de ello, después de asegurarse de que nadie les podría escuchar, lo que provocaría que continuaran recibiendo castigos físicos. En su mente permanecían continuamente los deseos de que sus hijos fueran personas cultas, estudiados, que pudieran realizar sus propios proyectos de vida. Era un sueño y como tal debía permanecer en el mundo de los sueños. Harían lo que buenamente pudieran, si es que podían hacer algo, pero siempre sin arriesgar su vida ni la de sus hijos. Por esa razón, Nila permitía que su hijo Louis jugara con Amaia, no veía qué podía haber de malo en ello, a fin de cuentas la madre de ella no se enteraba de nada, preocupada única y exclusivamente en organizar actos sociales y en demostrar a la sociedad mexicana que era una mujer poderosa. Fueron unos años en los que los sueños de unos padres esclavos se permitían imaginar otro mundo diferente para sus hijos.

Sin embargo, pronto llegó la orden desde la casa de

los amos con la prohibición de que Louis y cualquier otro niño o niña de la servidumbre se acercaran por los jardines o la casa principal. Cada uno debía ocupar el lugar que le correspondía y los esclavos no podían ni mirar de frente a los amos ni a los hijos de estos, ni siquiera podían acceder a la casa principal. Cuando Josefa Catalina supo que Amaia jugaba con Louis y los otros niños, se puso furiosa, era algo que no podía permitir. Su orden tajante lo dejaba muy claro. Desde entonces, Louis y Amaia tuvieron que dejar de verse y cada uno fue creciendo de acuerdo con su condición social, perdiendo por completo el contacto. Amaia, niña caprichosa, pronto buscó otras formas de distraerse tan pronto como le fue impuesta la prohibición de su madre.

Petra Mendoza, mujer soldado

En 1900 nació en Mérida Petra Mendoza, hija de un nuevo comerciante rico. Desde siempre fue una niña rebelde, recibió sus estudios básicos de primaria, pero debido a su carácter se enfrentó continuamente a su padre provocando que se fuera de casa a los trece años porque quería dedicarse a la enfermería. A esa edad se presentó voluntaria para integrarse en el cuerpo de asistencia médica de una Asociación Mexicana, quienes eran los encargados de asistir a los soldados que combatían en los distintos frentes, donde se libraban las batallas de la Revolución Mexicana y los catorce años se alistó en las filas del ejército. Petra, mujer inquieta y curiosa, al tiempo que valiente y heroica, participó activamente en la lucha, siendo elegida para trabajar en un grupo de enfermeras que apoyaban al ejército revolucionario. Entre el ajetreo de la fuerza militar y los hospitales, conoció a un capitán del que se enamoró perdidamente, con el que contrajo matrimonio un año más tarde, pero que en poco tiempo murió en el campo de batalla. Fue el gran amor de su vida.

Al igual que ella, muchas otras mujeres de diferentes clases sociales se unieron a la lucha armada, unas por convicción, otras por obligación, sobre todo las que vivían en el campo, y muchas lo hicieron por acompañar a sus maridos, padres o hermanos. Cuando sus familiares morían, eran ellas las que tomaban el relevo, ocupando el mismo cargo que ostentaban ellos. Sin embargo, a la guerra se unieron otras con su lucha intelectual, como periodistas, incitando desde el periódico a las mujeres a formar parte de la lucha, pero la realidad fue que muchas veces su papel se limitaba a proveer de alimentos a las tropas y quedaban fuera de la logística de la guerra.

Las mujeres soldado arriesgaron su vida igual que los hombres, pero no todas compartían su idea revolucionaria, muchas vieron como eran atacadas sus familias y se incorporaron buscando una seguridad que en sus casas no tenían, donde encontraban en repetidas ocasiones la violencia de los grupos revolucionarios que no dudaban en agredirlas y violarlas. Con un arma en la mano decían sentirse más seguras.

La imagen de Petra Mendoza era siempre la de una mujer que sobre el pecho llevaba cruzadas las cananas y el fusil en la mano. Era bajita de estatura, de mirada alegre y penetrante, curiosa, siempre sonriente, eficiente, que acabó por convertirse en la mimada de las tropas debido a ese singular carisma y esa entrega absoluta al servicio. Atendía a los soldados heridos, daba de comer a quienes la necesitaban y enterraba a los muertos. Salía a luchar al frente de batalla si era necesario, y luego regresaba a las tiendas de campaña para seguir ayudando en la tarea de curar enfermos.

Petra y Amaia se conocieron en Mérida, de casualidad, cuando Amaia apenas contaba con diez años. Petra, en apoyo a las tropas revolucionarias, se desplazaba por los diferentes territorios donde fuera necesaria su ayuda, que no consistía solamente en cuidar a los soldados heridos, una parte importante de su cometido consistía en proporcionarles comida a las tropas, lo que en ocasiones la llevaba a reunirse con familias pudientes de la sociedad para solicitar ayuda económica. Ocurrió en uno de esos encuentros, a los que, por supuesto, Amaia no estaba invitada, pero que, siempre al acecho de cuanto ocurría en la casa, y más intrigada por lo que ocurría tras las puertas cerradas, esperó a que terminara la reunión y se hizo la encontradiza con Petra. La acompañó hasta la salida del patio y aprovechó este lapso de tiempo para hacerle mil preguntas. Para Petra fue un soplo de aire fresco, y se mostró encantada de responder a las preguntas de la niña inquieta. A partir de entonces se convirtió en ídolo para la niña Amaia, quien comenzó a seguir sus andanzas por el país a través del periódico, donde además se instaba a las mujeres a participar en la guerra. A su padre le extrañó que de pronto estuviera interesada en la lectura del diario, sin embargo, no le dio más importancia. "En todo caso, mejor que se dedicara a leer el periódico que a pasar el día sin realizar nada de provecho aparte de su asistencia al colegio de monjas donde estaba realizando la formación primaria", pensó. Nunca se imaginó que las enseñanzas que extraía a través de tales lecturas iban a influir sobremanera en un futuro cercano, frente al que debería posicionarse.

Sin duda, Petra fue una gran referente para Amaia, quien siguiendo su ejemplo estuvo muy tentada de unirse a la lucha a su lado, de no haber sido por la total prohibición de su padre. Fue una etapa muy difícil; acostumbrada como estaba Amaia a conseguir todo lo que se proponía, no dudó en chantajear a su padre recurriendo a su madre, quien le permitía hacer todo lo que se propusiera con tal de no tener que soportar sus caprichos. Sin embargo, en esta situación tan comprometida, Eneko no lo permitió. Egoístamente no podía permitirse correr el riesgo de perder en la lucha armada a su única y adorada hija, lo que provocó un desagradable enfrentamiento entre Eneko y Catalina, más partidaria de defender los derechos civiles de las mujeres que los de su propia hija.

Durante los años siguientes, Amaia vivió una época caracterizada por la guerra, que influiría en la política del país y, por ende, también en la política de Mérida. Su familia era de las más influyentes en el poder político del momento, debido a la gran amistad y el parentesco que unía a sus padres con el gobernador, por el hecho de ser hermano de su madre. Los primeros años del siglo XX se habían caracterizado por la dominación política y económica de un pequeño grupo que ejerció el poder local. Cuando su tío, el gobernador, llegó al puesto, derrotó a las tropas opositoras con facilidad. Una de sus primeras acciones fue decretar la liberación de los campesinos de la servidumbre, esclavizados en las haciendas, anulando las deudas que tenían con los hacendados y prohibiendo otras formas de opresión, tales como azotes, la retención de los hijos o el confinamiento.

Como consecuencia de la acción decretada por el gobernador, muchas familias concedieron la libertad a sus campesinos, en cambio las hubo que ignoraron el decreto y siguieron manteniendo a sus campesinos subyugados, quienes siguieron al servicio de los amos en idénticas condiciones. Tal fue la situación de Nila y su familia, que siguieron perteneciendo a la hacienda Alvarado como hasta entonces, sin que nada cambiara.

Amaia, adolescente rebelde

Habían pasado ya quince años desde el nacimiento de Amaia. Olvidada por completo de sus pretensiones de unirse a la lucha armada, lo que al final había resultado un capricho como tantos otros, retomó su rutina de escaparse de la casa, pero ya no tanto para mezclarse con los sirvientes, sino que amplió sus escapadas a los campos de cultivo. Se había acostumbrado a utilizar para sus desplazamientos uno de los carruajes tirados por caballos que formaban parte de la hacienda.

En sus idas y venidas por el campo en el carruaje familiar, ataviada con hermosos vestidos de gasa y tul, acompañándose de abanico y parasol, solía pasar cerca de los peones que trabajaban en los campos, así lo venía haciendo desde algún tiempo atrás, sin prestar mayor atención a lo que se encontraba de camino, hasta que un día descubrió al lado de un pozo a un muchacho con el torso descubierto mientras se lavaba con el agua fresca recién extraída del mismo. Se quedó impactada con aquella imagen y a partir de entonces sus paseos se centraron especialmente en las cercanías del pozo, siempre con el deseo de ver de nuevo al muchacho de piel oscura. Admiraba su color de piel. No tardó en averiguar que se trataba de Louis, el hijo de Nila, a quien hacía mucho tiempo que no veía porque desde que tuvo fuerza para ello debió acompañar a su padre y al resto de los esclavos a los campos y porque la prohibición del ama había sido tajante. En consecuencia, habían pasado varios años sin tener contacto entre ellos, y no le reconoció a primera vista. Ambos habían cambiado mucho tras dejar atrás la infancia.

Algo cambió en ella desde el momento en que le observó de espaldas mientras se refrescaba en el pozo. Observaba todos sus movimientos desde que volvía del campo, acercándose sin recato hasta la casa. Sus visitas se prolongaban a la noche, momento de descanso tras las agotadoras jornadas. Procuraba pasar por delante casi todas las noches sin excepción, a veces le veía a través de los cristales de la cocina mientras cenaban, otras veces le veía sentado en el banco que completaba el mobiliario del jardín, un jardín que su madre atendía con esmero; algún día le escuchó entonar bellas canciones acompañadas de los acordes de una guitarra, al atardecer, mientras sus hermanas correteaban por el camino que llevaba hasta la orilla del río. Cuando pasaba cerca de él y se lo quedaba mirando con descaro, observaba cómo él bajaba la cabeza, y ese halo de misterio hacía que por momentos estuviera más interesada en él.

Un domingo, después de asistir a la celebración de la misa, las hermanas de Louis pidieron permiso a su madre para acercarse al río. Hacía mucho calor y les gustaba mojar sus pies calurosos en el agua. Ante la tardanza en regresar, Louis se dirigió al río en su busca. Mientras esperaba que se secaran los pies al aire y calzaran las zapatillas para iniciar el regreso, se sentó en el tronco de un árbol y permaneció en silencio, escuchando el rumor del agua. Allí, ensimismado, no se percató de que se acercaba Amaia; no la vio hasta que estuvieron a una distancia tan corta que no le dio tiempo a reaccionar. De sus labios salió un "hola" entrecortado y ya se iba a marchar cuando Amaia le detuvo preguntándole por su nombre; a pesar de conocerlo, era una forma de provocar una reacción en el muchacho. Louis sabía perfectamente quién era ella, pero nunca se le hubiera ocurrido dirigirse a ella en otro tono que no fuera el de un sirviente hacia los señores. Nunca olvidaría como les separaron muchos años atrás porque, según el ama, su compañía era una pésima influencia para la niña, prohibiéndole desde aquel momento acercarse ni siquiera por los alrededores de la casa.

Últimamente la veía con bastante frecuencia, incluso para sus adentros pensaba que le estaba siguiendo, de lo contrario, no entendía qué buscaba rondando por las zonas de la servidumbre. Así, aquella mañana, cuando ella le preguntó por su nombre, Louis agachó la cabeza y le respondió en un tono apenas perceptible. No vio bien su rostro por la posición en que se encontraba, pero de haberlo hecho se habría dado cuenta de que el muchacho enrojeció hasta el punto de que su piel se puso en tensión y tuvo miedo de que estallara.

Louis en el fondo se sintió halagado sabiendo que era observado por la hija de los amos, él también estaba sintiendo algo muy especial, pero jamás se le hubiera ocurrido acercarse a ella ni demostrárselo de manera alguna. Sin embargo, siendo ella quien le buscaba, creyó en los sueños que a veces se cumplen. De ese modo fue cediendo a la resistencia impuesta por sí mismo y aceptó entablar conversaciones con ella, ratos de charla y paseo por caminos poco frecuentados, a espaldas tanto de los amos como de los sirvientes.

Sus encuentros se convirtieron en habituales, solían verse en lugares alejados de la hacienda, donde hubiera pocas posibilidades de ser observados. Sin apenas darse cuenta, sintieron la necesidad de verse más, conversar más, compartir confidencias en la oscuridad de una habitación o a la luz de la luna. Se estaban enamorando. Eran jóvenes, sin embargo, no tardaron en entregarse en cuerpo y alma. Habían llegado a un punto en el que ya no podían vivir uno sin el otro. Pero no podían seguir viéndose en secreto. Las noches en una de las casas de peones que había quedado deshabitada desde hacía algún tiempo eran cada vez más frecuentes, y pronto se darían cuenta en ambas familias de que algo irracional estaba ocurriendo. Para evitar un escándalo, serían ellos mismos quienes le dieran la información.

Amaia, aunque en un principio se temía una mala reacción, pensó que sus padres terminarían aceptando la relación, acostumbrada como estaba a que siempre le concedían sus caprichos, solo que esta relación para ella no era un capricho pasajero. En cambio, Nila y Terrence, conscientes de los encuentros de ambos, llevaban un tiempo advirtiéndole a su hijo que se separara de ella, que nunca sería aceptado en su familia, que todos ellos tendrían problemas con los amos, pero Louis ya no podía separarse de Amaia. Su amor era tan fuerte que decidió arriesgarse, a pesar de todo. No fue consciente en esos momentos del tornado que acechaba sus vidas.

Cuando Amaia habló con sus padres, una tormenta se precipitó sobre ellos, dejándoles totalmente perturbados. Abordó primero a su padre, siempre más cercano a ella.

—Padre, tenemos que hablar —Le dijo a su padre en un tono que no parecía demasiado trascendental.

—¿De qué quieres que hablemos, hija?

—Padre, hay un chico que me gusta mucho —dijo ella con cierta timidez.

—Ah, ¿sí? ¿Cómo es que no sabíamos nada?, ¿quién es?, ¿a qué hacienda pertenece?, ¿quiénes son sus padres?, ¿les conocemos?

Eneko no esperaba que su hija le confesara, como si fuera lo más normal del mundo, que había iniciado relaciones con un chico sin haberles pedido a ellos permiso para verse. En ese momento lamentó no haber prestado más atención a las idas y venidas de la niña. Dada la importancia de lo que le estaba relatando, Eneko hizo llamar a su mujer, quien se presentó como si fuera a ser decapitada en una guillotina, no le gustaba nada que la interrumpieran cuando estaba entregada a lo que ella consideraba sus obligaciones. Llegó dispuesta a enfrentarse a él una vez más, como tantas otras. Sin embargo, a la vista de su gesto mohíno, sospechó que en esta ocasión se trataba de un asunto verdaderamente serio.

—¿Qué ocurre?, ¿a qué viene esta urgencia? —dijo, dirigiéndose a su esposo y a su hija—. Espero que sea lo suficientemente importante como para haber tenido la osadía de distraerme de mis asuntos.

—Tienes que escuchar lo que nos tiene que contar Amaia.

—Habla, niña, que no tengo todo el día. ¿Qué ocurre?, ¿qué es eso tan importante que no puede esperar?

—Madre, estoy en relaciones con un muchacho de mi edad y me voy a casar con él.

La noticia cayó en la estancia como el filo de una navaja, cortando el ambiente, mientras Catalina simulaba un golpe de efecto dejándose caer sobre el sillón orejero de terciopelo beige, que adornaba el pintoresco rincón de la estancia en la que estaban reunidos.

—Pero, ¿qué dices, acaso te has vuelto loca? Eso no puede ser. —dijo, mientras se abanicaba con gesto desmedido y solicitaba a voces sus sales.

Hasta ahora su madre había cedido siempre a los caprichos de la niña, pero este superaba con creces a todos los demás.

—Lo es, madre. Y aunque no me deis vuestro permiso para seguir viéndole, ya os advierto que no me pienso separar de él. —El tono de Amaia se había vuelto prepotente y autoritario.

—¡Aún no nos has dicho quién es!, —comentó Eneko cada vez más preocupado.

—Es Louis, el hijo de Nila.

—¿Quéeee?, ¿un negro en mi casa?, ¿sentado a mi mesa? ¡Por encima de mi cadáver! —respondió Catalina ciega de ira.

Ahora sí empezaron a pensar que se avecinaba un problema serio. Amaia estaba seria y contenida, al contrario que cuando se le metía algún capricho entre ceja y ceja, que empleaba toda su zalamería para conseguirlo.

Aquella noche ninguno de los tres pudo dormir.

No podían tolerar que su única hija, la heredera de una

de las haciendas más importantes de la región, se casara con un criado, siendo además negro, lo que provocaba aún más rechazo por parte de Catalina. Tenían que poner una solución y había de ser inmediata. Su primera decisión fue encerrarla en su habitación, bajo llave, y vigilada continuamente para evitar que se escapara, pretendían así, de momento, evitar que se siguieran viendo. Y mientras tanto buscarían otra solución, que necesariamente tendría que ser definitiva.

Esa noche no pudo verse con Louis. Como siempre, a la hora acordada se reunían en la casa de los peones que se habían concedido para sus encuentros, pero el tiempo pasaba y Amaia no se presentaba. ¿Le habría sucedido algo?, ¿se habrían enterado ya sus padres? Esa posibilidad le puso muy nervioso. La esperó hasta medianoche, pero desistió cuando se acercó a la casa grande, aun a riesgo de ser apaleado, y vio que la luz de su alcoba se mantenía encendida. Era una señal que habían acordado anteriormente para indicar que no había posibilidad de acudir al encuentro. Un poco más tranquilo se retiró a su casa a descansar, sin embargo, algo le perturbaba el sueño, no podía imaginarse la causa que justificaba su ausencia, pero por momentos le inquietaba más.

Encierro

Catalina procedía de una familia compuesta por varios hermanos, uno era el gobernador y otra era la superiora de un convento ubicado en Ciudad de México, que admitía en internamiento a muchachas de clases sociales bajas, abandonadas por sus familias o repudiadas por la sociedad. Ese lugar se convirtió en el destino inmediato de Amaia. La decisión pasaba por ingresarla en el internado a las órdenes directas de su tía y pronto lo pondrían todo en marcha. Durante la reclusión de Amaia en su alcoba, su padre realizó un viaje relámpago al convento para concretar con su cuñada los detalles.

Su hija debería estar siempre vigilada, tanto por el día como por la noche, no podría salir del colegio si no era acompañada de una de las monjas, nunca la dejarían salir de paseo con las demás internas fuera del mismo. Comería con todas y lo mismo que comieran el resto de internas. Si dejaba algo de comida en el plato, se lo servirían para la cena. No quería ningún trato de favor para ella por ser sobrina de la superiora. Si fuera necesario, para acabar con su rebeldía, daba su consentimiento para que, en caso de necesidad, fuera castigada según los métodos usados habitualmente en el colegio. Y daba por sentado que mantendrían una comunicación fluida para rendirle cuentas del comportamiento de Amaia. Programaron su llegada para el lunes de la semana siguiente.

Entretanto, encerrada en su habitación, Amaia lloraba amargamente por la decisión que sus padres habían tomado. Pretendían acabar de un plumazo con una historia de amor que, según ellos, nunca debió empezar. Pero no se lo iba a poner nada fácil, ya buscaría la manera de continuar con su relación. Su cabeza era una bomba a punto de explotar, le surgían mil y una ideas acerca de cómo salir airosa de la situación actual, y una mil veces se veía derrotada por la imposibilidad de llevarla a cabo. Sin embargo, no pensaba desistir, no era ella persona de abandonar fácilmente sus ideas una vez se habían instalado en su cabeza. Daba vueltas por la habitación intentando serenarse, pero no lo conseguía. Los momentos de sosiego que conseguía los pasaba rememorando a su amado Louis, extrañándole como nunca creyó que fuera capaz, sintiendo aún el temblor de sus cuerpos bajo las sábanas, recordando esas canciones que le cantaba muy bajito para que solo ella pudiera escucharlas, saboreando los miles de besos que se daban en cada encuentro. Necesitaba serenarse, pensar, buscar alguna alternativa posible, estaba segura de que tenía que haberla, pero no la encontraba, su lúcida mente en ese momento no daba más de sí.

En la madrugada del lunes siguiente sintió pasos acelerados acercándose a su alcoba; al abrirse la puerta, comprobó que se trataba de sus padres. El asunto que les concernía tenía que ser grave para que ambos se presentaran ante ella, Amaia todavía desconocía los planes familiares de internarla en el convento. Era la mejor manera de poner tierra de por medio, evitando así cualquier posibilidad de que siguiera viéndose con Louis. Amaia les preguntó por lo que sucedía, sin obtener respuesta. Simplemente le indicaron que salían de viaje. Ni siquiera tuvo tiempo de preparar alguna ropa para el camino, le dijeron que no le haría falta. No llevaban maletas, ni otro tipo de equipaje, por lo que no sospechaba que pudiera tratarse de un viaje sin retorno. Cuando llegaron al colegio, su tía salió a recibirles.

Allí se enteró de la peor forma posible de la decisión tomada por sus padres y estalló en cólera. Habían acordado que su hija pasaría una temporada en el internado hasta que se hubiera tranquilizado y se olvidara de Louis, estaban completamente seguros de que sería un capricho como tantos otros y que pronto se le pasaría. Si no resultaba tal como pensaban, Eneko realizaría las gestiones oportunas para rehabilitar la casa de Bermeo y enviarla allí. Su primera reacción, al conocer la decisión de internarla, fue salir corriendo del despacho de la monja, pero, advertidas como estaban, otras monjas le obstaculizaron el camino, cerrándole la marcha y obligándola a retroceder sobre sus pasos. Cuando la acompañaron a la habitación que ocuparía a partir de aquel momento, comprobó que se trataba de un dormitorio compartido, en el que se situaban unas cincuenta camas, separadas por un diminuto armario en el que apenas tenían cabida sus escasas pertenencias personales; era alargado y se asemejaba más a un local de venta de frutas y hortalizas que a un dormitorio, ni siquiera habían tenido la decencia de asignarle uno para ella sola, pensó con rabia, estaba segura de que los tenían. Acto seguido la obligaron a despojarse de su bonito vestido de gasa y tul y a colocarse una especie de túnica marrón, con un cinto como único complemento. Sus padres querían despedirse de ella, pero no manifestó el más mínimo interés en verles. Se recluyó en la habitación y desde allí escuchó el trote de los caballos al iniciar el viaje de retorno, dejándola en la más absoluta desesperación.

Ellos también abandonaron el convento derrotados, no alcanzaban a entender qué los había llevado a esta situación en tan escaso período de tiempo. Su regreso se produjo entre lamentos, lágrimas y largos silencios, eran conscientes de que habían dejado a su hija en unas manos a las que no les temblaba el pulso ante cualquier contratiempo que pudiera surgir, y estaban seguros de que con Amaia surgiría no tardando mucho, por la rebeldía de su carácter era posible que en este momento ya estuviera recibiendo su primer castigo. Se preguntaban si estarían actuando correctamente o por el contrario se estaban excediendo. Aun así, no hubo marcha atrás, habían decidido que se merecía un castigo ejemplar y siguieron adelante con su idea, por más que le doliera, sobre todo a Eneko, el mejor aliado que Amaia tenía en su círculo familiar.

Los primeros días de estancia en el internado fueron una auténtica tortura para Amaia. Rebelde por naturaleza, se negaba a comer, a acudir a los baños, a la lavandería, donde debía lavarse ella misma la ropa, a componer la cama de acuerdo con las directrices de las monjas. A cada negativa ellas respondían con castigos como tenían por costumbre entre las internas. Eneko y Josefa Catalina les habían dado carta blanca para actuar con ella como lo harían con cualquier otra muchacha. Aunque nunca se imaginaron la dureza de los castigos. Uno de los más habituales consistía en apretarles la lengua con la tijera que llevaban siempre colgada del hábito, junto a un rosario y un manojo de llaves. Si no acudían a los baños le afeitaban la cabeza, si no comían le guardaban el plato con los restos de la comida para la cena, y en alguna ocasión se le escapaban unos dolorosos cuerazos. Sin embargo, todos esos castigos no consiguieron doblegar su voluntad.

Amaia, tumbada en la cama con la mirada fija en el techo grisáceo y húmedo del amplio dormitorio, seguía rebuscando posibilidades para escapar de allí, algo se le tenía que ocurrir. Su pensamiento saltaba de Estados Unidos a Bermeo o a Cuba, buscando alguna posibilidad y no descartaba ninguna, pero antes de eso, debería poder salir de ese maldito convento en el que la encerraron contra su voluntad. Y, lamentablemente, no se le ocurría nada. Allí tuvo tiempo de pensar en la mejor opción posible, Cuba y Florida los contemplaba por la cercanía, pero Bermeo, tan lejano y desconocido, le atraía enormemente. Su padre le había relatado en una larga conversación uno o dos años atrás la historia de sus antepasados, de los bisabuelos Koldo y Maite, llegados un siglo antes desde esa villa marinera de la hermosa costa vasca española y la promesa que se hicieron al partir, promesa que ninguno de sus descendientes había llegado a cumplir. Conocía además que allí había una casa esperando que alguno de sus herederos la habitara, siempre y cuando estuviera en condiciones de habitabilidad. Cada vez pesaba más la idea de huir a Bermeo, pero antes tenía que solucionar sus problemas. Si conseguía escapar del convento, lo primero que pensaba llevar a cabo era ir en busca de Louis, suponía que pasados estos primeros días ya le habrían castigado en la hacienda, quién sabe si todavía permanecía allí con su familia o los habían echado a todos. Sufría enormemente al pensar en ellos.

Mientras tanto, en la hacienda, los sirvientes se mostraban muy preocupados por Louis, quien desde que no podía ver a Amaia, no comía, no rendía en el trabajo, estaba todo el día como ausente, no tocaba la guitarra ni cantaba sus lindas canciones, apenas salía de casa, excepto para acudir al duro trabajo de cada jornada, mas ni siquiera eso le distraía de su tristeza. Había dejado de ser un muchacho alegre, sus hermanas intentaban alegrarle con sus juegos y risas, sin embargo, no había nada que consiguiera sacarle del estado apático en que se hallaba. Louis ya no era el mismo muchacho que conocían desde siempre, en pocos días parecía haber madurado sobremanera.

Con el paso de los días se iba consumiendo, la ausencia total de noticias le inquietaba, los amos ni siquiera le permitían acercarse a la casa grande, y le prohibieron seguir cuidando de los caballos, que hasta entonces eran su responsabilidad. No se atrevía a preguntar por Amaia ni siquiera a los sirvientes del ama Catalina. Desesperadamente, buscaba la manera de encontrar a Amaia. Desde hacía muchos días, la luz de su alcoba permanecía apagada y eso probaba una señal de preocupación. Algo ocurría y no sabía qué, pero estaba seguro de que no sería nada bueno para ellos. Sospechaba que no se encontraba en la casa, lo que le sumía en una profunda desesperación. A veces se mostraba culpable ante su propia conciencia por haber permitido una relación prohibida a los ojos de los demás, aunque para ellos se hubiera convertido en su razón de vivir.

Nila, en calidad de sirviente del ama Catalina, tenía acceso a todas las dependencias de la casa, excepto a la de Amaia, que se encontraba cerrada con llave, para la que le habían dado instrucciones concretas de no acceder a ella, bajo pena de látigo. Sin embargo, Nila, muy preocupada por su hijo, prestaba atención a los detalles que le pudieran servir de pista. Escuchaba a través de la puerta de Amaia, asegurándose de no ser vista, por si percibía algún sonido que le pudiera indicar que se encontraba allí, pero el silencio era demoledor. Otros detalles comenzaron a llamar su atención, todos los días colocaban en la mesa del comedor familiar su plato en el lugar que ocupaba habitualmente, pero todos los días se retiraba sin haber sido usado, al lavadero y al cuarto de la plancha no llegaba su ropa, los sombreros que debían cepillar cada día ya no se los entregaban, todo parecía indicar que Amaia no se encontraba en la casa.

Durante la cena, Nila transmitió a su hijo sus sospechas, que no sirvieron más que para acrecentar su incertidumbre, aunque él ya lo venía desconfiando. Estaba seguro de que, de permanecer en la casa, Amaia hubiera hallado la manera de ponerse en contacto con él, posiblemente a través de una nota enviada por mediación de alguna criada. Los amos habían sido tajantes con Nila: si Louis se empeñaba en seguir buscando a Amaia, toda la familia sería expulsada de la hacienda y ese sería el menor de los problemas. Por el momento a los amos les pareció suficiente con la amenaza, no les interesaba que la noticia trascendiera fuera de los muros de la casa y, por otro lado, dieron por hecho que el miedo a lo que lo que pudiera sucederles les paralizaría.

Los días continuaban pasando con extrema lentitud, como si el tiempo se hubiera detenido. La rutina se había instalado de nuevo en la casa principal, aunque solo en apariencia. Nila continuaba observando cada detalle, cada palabra, cada gesto o movimiento de los amos, quienes parecían vivir al margen de la situación, al menos era lo que demostraban. Uno de los días cayó en la cuenta de que últimamente estaban llegando al amo más cartas de lo habitual, en las que pudo apreciar una escritura muy cuidada y diferente a las que recibía con anterioridad, cartas que, por otra parte, no llevaban remitente ni sello alguno que permitiera identificar su procedencia, algo inusual ciertamente, pero que eran muy frecuentes. Pocos días pasaban sin que tuviera que llevar una al despacho del amo. Cuando él no se encontraba allí atendiendo sus asuntos, Nila dedicaba un poco más de tiempo a rastrear indicios hasta que cayó en la cuenta de que todos los días encontraba en la chimenea los restos quemados de las cartas. Intuyó que ahí podía estar la clave, en algún resto que hubiera quedado sin quemarse. Con suma delicadeza para evitar que se desintegrara al extraerlo de entre las cenizas, buscó algún dato, algún indicio que le diera alguna pista. Era muy difícil, por no decir imposible, el amo se aseguraba bien de que no quedara nada a medio quemar. Las removía bien con el atizador hasta lograr convertirlas en ceniza. Sin embargo, en una ocasión, Nila pudo averiguar un resquicio al hallar, aunque de forma poco definida, el nombre que aparecía en la firma de la carta. Se trataba de la hermana del ama Catalina, que dirigía un convento en Ciudad de México. ¿Sería una pista?

A partir de aquel momento una idea fue tomando forma en su cabeza, era muy arriesgada y lo sabía, pero era una única oportunidad y pensaba aprovecharla, debía hacerlo por su hijo. ¿Y si la siguiente carta no llegara hasta el despacho del amo?, ¿si se "perdiera" por el camino? Cuando la idea hubo madurado, una vez calculados los pros y los contras, decidió ponerla en práctica. Así fue como la siguiente carta recibida se "resbaló" de la bandeja de plata en la que repartía el correo y cayó al suelo. Por si alguien la estaba observando, no se dio por enterada del hecho y continuó avanzando hasta llegar al despacho.

Estaba muy nerviosa y su temblor de manos y un sudor frío recorriendo su espalda la delataban. Si alguien encontraba esa carta, sabía que el castigo por el despiste serían cincuenta latigazos. Pero valía la pena si con ello lograba averiguar el destino de la señorita Amaia.

De regreso a sus quehaceres, vio la carta en el mismo lugar donde había caído, tuvo suerte de que nadie hubiera pasado por el corredor en aquellos minutos que a ella le parecieron eternos. Se detuvo a observar si había alguien cerca que pudiera delatarla, y viendo que no, se agachó a toda prisa, la recogió y la guardó en el bolsillo de su delantal. El resto del día se dedicó a las faenas encomendadas, aunque extremando las precauciones, no fuera a suceder que alguien se diera cuenta de que llevaba una carta en el bolsillo que no le pertenecía. Con frecuencia la tocaba con la mano para asegurarse de que continuaba allí. Su tacto le aseguraba que estaba a punto de descubrir algo importante.

El resto del día transcurrió con extrema lentitud, Nila no alcanzaba a ver el momento de terminar las faenas y regresar a su casa. Cuando al fin pudo hacerlo, aún tuvo que esperar a finalizar la cena con los suyos, y una vez que todos se hubieron retirado a descansar, se cerró en su habitación y abrió la carta. Sin pérdida de tiempo, comenzó a leer el contenido:

"Querido cuñado,

Espero y deseo que te halles en la Paz de Dios.

Como todos los días, paso a relatarte el comportamiento de Amaia, que como tú bien sabes por misivas anteriores, se muestra cada día más rebelde. Ayer se negó, una vez más, a comer. Pero no solo eso, sino que cogió la comida con sus propias manos y se la tiró a la cara a la hermana responsable del comedor. El castigo fue ejemplar, veinte latigazos le dieron, tal como acordamos, pero los aguantó estoicamente, como si no le dolieran lo más mínimo.

Te confieso, querido cuñado, que nos tiene a todas turbadas, nadie quiere ir al comedor. Ya no sabemos qué hacer con ella, sigue sin hablar con nadie, sus compañeras de habitación ya no la esperan para bajar al comedor ni para ir a la sala de estudios. A la lavandería tampoco va, y te puedes imaginar cómo está su hábito. Me duele verla así, pero como verás, cumplimos a rajatabla con las instrucciones que nos disteis para con ella.

Me gustaría poder darte noticias más amables, pero creo que, si Dios no lo remedia, el asunto se irá agravando cada día un poco más.

Quedo a la espera de nuevas instrucciones, si así lo consideras oportuno. Mientras tanto, seguiremos con lo pactado.

Que Dios nos ayude con esta pesada carga.

Siempre a tu disposición,

Sor Ángela.

PD: No olvides saludar a mi hermana, y dile que la tengo siempre en mis oraciones."

Cuando Nila terminó de leer la carta, sus manos y todo su cuerpo le temblaban como una vara verde. Nunca se hubiera imaginado que los amos fueran así de crueles para con su propia hija. Estaba acostumbrada a que entre la servidumbre se infligieran castigos, pero lo que no se podía imaginar era que su hija estuviera recibiendo lo mismo, con la connivencia, además, de las monjas del colegio. Desecha en lágrimas cerró la carta y la puso a buen recaudo, donde nadie pudiera dar con ella.

¿Qué iba a hacer ahora que conocía la verdad de lo que estaba sucediendo?, ¿se lo diría a Louis o se lo callaría? No sabía qué decisión tomar. De momento guardaría el secreto porque si Louis se enteraba, era capaz de cometer cualquier locura, y no quería arriesgarse a perderle. Era una postura egoísta, lo reconocía, pero tenía miedo de su reacción. Sin embargo, los hechos le pesaban en demasía.

El tiempo transcurría lentamente mientras el desánimo en la casa de los sirvientes era cada vez mayor. Nila y Terrence ya no sabían qué hacer para ayudar a su hijo a salir del estado apático en el que se encontraba, ni siquiera sus hermanas se mostraban capaces de arrancarle una sonrisa. Solo algún atardecer le vieron coger su guitarra de la que salían canciones tristes y melancólicas, nada que ver con las canciones alegres de otros tiempos. Al finalizar, por su rostro corrían lágrimas de desesperación.

Consciente de que el paso del tiempo no conseguía suavizar la pena que embargaba a Louis, Nila tomó la importante decisión de hablar cara a cara con su hijo, por ello aprovechó un día, cuando todos en la casa ya se habían recogido a descansar, se sentó frente a él y hablaron distendidamente. A Louis le costaba sincerarse, pensaba que nadie se percataba de lo mal que lo estaba pasando, y por eso se sorprendió cuando su madre le habló de Amaia.

—A una madre no se le escapan ciertas cosas— le dijo. En un arranque de sinceridad le habló de lo que sabía, primero por lo que intuyó y después por lo que constató con la carta.

Cuando Louis finalizó la lectura de la misiva, estaba sumido en un mar de lágrimas. No concebía que su amada Amaia tuviera que estar pasando por ese cruel castigo y una vez más volvió a sentirse culpable. Esa noche, una vez superado el impacto inicial, en su mente comenzó a tomar forma una idea que en principio se podía considerar descabellada.

Faltaban aun dos horas para que amaneciera cuando Louis salió de la hacienda, en silencio, con un pequeño hatillo que contenía lo mínimo imprescindible para varios días de viaje y su inseparable guitarra. Solo su madre conocía su partida y el destino de su viaje y le apoyaba, aunque sentía mucho miedo por las consecuencias que dicha acción pudieran acarrear a todos ellos. A Terrence no quisieron ponerle al tanto de los planes, era de carácter más débil y Nila estaba segura de que si lo supiera, al momento se sabría que se había ido en busca de Amaia, era un hecho que había que mantener en secreto con todas las consecuencias. Nila intuía que pasaría mucho tiempo antes de que pudiera abrazar de nuevo a su hijo, si es que alguna vez se volvían a encontrar.

Su destino, Ciudad de México.

Ciudad de México

Louis llevaba la carta a buen recaudo. Tenía por delante un largo viaje que le ocuparía más de un mes realizar y no se podía arriesgar a perderla. Varias veces la leyó y cada una de ellas acababa llorando, acongojado por la suerte que estaría corriendo Amaia. Pronunciar su nombre le reconfortaba, cada kilómetro recorrido era un kilómetro menos que les separaba. Su grato recuerdo le provocaba el impulso que en ocasiones creía que le faltaba.

Mientras caminaba, cavilaba en cómo podría acceder al convento; eran lugares de puertas cerradas que solamente se abrían en determinadas situaciones, como la llegada de nuevas internas o las visitas de algún familiar. Esta era una posibilidad a tener en cuenta. Pero, una vez dentro, necesitaría un margen de tiempo suficiente para buscar a Amaia. Además, era varón, lo que complicaba aún más las posibilidades. Se preguntaba quienes podían entrar en el convento sin llamar demasiado la atención y solo recordó la figura del sacerdote, que seguro que iba todos los días a decir misa y a confesar a las hermanas. Se podía hacer pasar por sacerdote, pero ¿cómo justificar la ausencia del habitual? Tal vez pudiera esperarle cerca del muro, y antes de traspasar la puerta, abatirle y dejarle noqueado, aprovechando después para vestir sus ropas y adentrarse en el convento. Podía ser una idea si no se le ocurría otra mejor. Pensar en las escasas o nulas posibilidades que tendría le desmoralizaba todavía más.

Durante su viaje, pasaba por diferentes pueblos y ciudades, en los que aprovechaba para comer un poco y descansar. Cuando hacía excesivo calor se tumbaba en alguna pradera a la sombra de algún arbusto o árbol y se concentraba, con los ojos fijos en el límpido cielo azul del mediodía, pensando en Amaia. De pronto cayó en la cuenta, ¿cómo no se le había ocurrido antes? Saber que contaba con alguna opción, por remota que fuera, le animó a seguir adelante.

Habían transcurrido más de treinta días cuando llegó a Ciudad de México. Por su aspecto bien se podía considerar el de un pordiosero pidiendo limosna por las calles y a la puerta de las iglesias. Sus ropas estaban sucias y malolientes y las zapatillas presentaban algún desgarro. Solamente la guitarra era capaz de mejorar el aspecto que presentaba el muchacho. Consciente de la impresión que podía estar causando, y en un intento de evitar que las fuerzas del orden le llamaran la atención, o peor aún, que le echaran de la ciudad, se acercó a un arroyo donde se lavó a conciencia, sentado sobre las piedras del lecho y dejando que el agua cristalina cubriera todo su cuerpo. Tampoco se podía presentar de esa guisa en el convento, mucho menos ante Amaia.

Sentir la frescura del agua acariciando su piel le hizo evocar su río, el que conoció y disfrutó desde niño, el mismo río que fue testigo mudo de muchas conversaciones mantenidas en sus veredas, disfrutando de momentos inolvidables y de los primeros besos robados a su querida Amaia. Una vez se hubo refrescado y secado al sol, retomó el camino hacia el interior de la ciudad. No dejaba de pensar lo cerca que estaba ya de Amaia, solo esperaba que todo saliera tal como había planeado.

Sacó la carta para preguntar por el convento, mostrando el membrete a los transeúntes a quienes preguntaba. Todos los requeridos conocían bien donde se ubicaba el "Convento de las Madres Hermanitas de los pobres". Gracias a sus indicaciones acertó a llegar sin dificultad a la puerta principal de acceso. Se tomó el resto del día para estudiar toda la zona que circundaba el convento, estuvo atento a las entradas y salidas de las diferentes personas, al número de puertas exteriores de las que constaba, la altura de los muros, si existían árboles cercanos a los muros, en fin, todo aquello que le pudiera ser de ayuda en un momento dado. Si todo salía bien y quisiera Diosito que así fuera, al día siguiente podría por fin ver a su amada Amaia y sacarla de ese infierno al que la llevaron, tanto él por permitir continuar con la relación a sabiendas de que era una relación prohibida, como sus padres por ponerla al cuidado de personas que confundían el castigo con una práctica eficaz para enderezar a las personas que se habían separado del redil, según sus propias palabras.

Louis no se podía presentar en el convento acompañado de una guitarra, así que tuvo que cavilar dónde resguardarla, que quedara bien oculta a ojos ajenos si no quería encontrar el sitio vacío cuando regresara, tras haber rescatado a Amaia. Encontró muy cerca del convento unas paredes de tapia medio derruidas, que contenían en su interior, en lo que probablemente hubiera sido una cuadra de animales, por el aspecto que ofrecía, un suelo lleno de zarzas que trepaban por lo que quedaba de las paredes y daban la vuelta por encima, cubriendo también buena parte de las mismas en el exterior. El conjunto a simple vista ofrecía cierta seguridad, le dio la impresión de que hacía mucho tiempo que allí no pisaba ni persona ni animal alguno, si acaso algún gato callejero. Con mucho cuidado, dejó la guitarra apoyada en una esquina, la que le pareció más cubierta de vegetación. Solo esperaba que a la vuelta siguiera en el mismo sitio.

La noche previa, como todas desde hacía más de un mes, la pasó a la intemperie, resguardado bajo un arbusto y se concentró en dormir, pero no lo consiguió. Su corazón estaba tan acelerado que ni siquiera podía permanecer en la misma postura, continuamente se levantaba, caminaba un poco, se volvía a recostar. El día no tenía prisa por llegar.

Con total determinación, a hora bien temprana, llamó

desde la puerta principal haciendo sonar la campanilla. Cuando la hermana responsable del recibidor le abrió la puerta, se encontró con un muchacho que venía a reparar una tubería de agua que se había estropeado, según le habían transmitido. El hombre que hasta entonces se encargaba del mantenimiento del colegio estaba aquejado de fiebre —le empezó a contar— y le había encargado a él que le sustituyera mientras no pudiera hacerse cargo nuevamente de los trabajos encomendados. Y como no sabían el lugar exacto de la fuga, —continuó su perorata—, tendría que poder acceder a todas las dependencias del colegio hasta que diera con la avería, antes de que el agua extravasada comenzara a estropear algún mueble, o lo que era peor, alguno de los techos. —Con un poco de suerte, hoy mismo quedará reparada—, le dijo a la hermana. Por unos momentos ella se mantuvo recelosa, no había escuchado comentar a las hermanas que tuvieran una fuga en alguna parte del convento, pero si venía de parte de Israel no había motivo para desconfiar. A veces él no les comunicaba las averías que se encontraba. Para evitar suspicacias sobre el encargo que le había hecho supuestamente el hombre de mantenimiento, la tarde anterior se había procurado unos trozos de tubo tirados en un campo que bien podrían ayudar a disimular. Por el momento sería suficiente para superar la primera impresión. Necesitaba tener mucha suerte para no precisar más herramientas ni justificaciones. Se estaba arriesgando demasiado, pero haber llegado hasta aquí le daba el empuje necesario para continuar con la representación. El plan estaba saliendo como esperaba.

El Convento de las Madres Hermanitas de los pobres era una construcción de más de un siglo de antigüedad y constaba de piso bajo y dos alturas, rodeado de un alto muro que hacía imposible mirar al interior en condiciones normales. Los gruesos muros resguardaban un edificio construido alrededor de un patio de medios arcos, con hermosas plantas exóticas, una fuente de grandes dimensiones en el centro, varios bancos de piedra robustos y muchos parterres bordeando cada rincón del jardín. En la mayoría de las ocasiones, el único ruido que se escuchaba era el del agua mientras descendía serpenteando entre las piedras.

Desde el patio se accedía a través de una amplia escalera y un largo corredor a la zona de dormitorios, los correspondientes a las internas se hallaban situados en la primera planta. Constaban de dos espacios similares a los que denominaban dormitorio rosa y dormitorio verde, calificativo derivado del color de sus paredes, cada uno estaba ocupado por más de medio centenar de camas, distribuidas en filas de diez y separadas entre sí solamente por una taquilla en la que apenas cabían los efectos personales de las internas. En la segunda planta estaban ubicados los dormitorios de las monjas, individuales. La puerta de acceso a los mismos siempre se encontraba cerrada con llave.

En la planta baja se hallaban todas las dependencias de uso común, cocina, comedor, lavandería, secadero, cuarto de la plancha, etc. Un lugar destacado lo ocupaba la capilla, a la que se accedía a través de varios escalones. Entre el edificio principal y el muro exterior había un extenso espacio que dedicaban a huerta, donde un viejo hortelano, con ayuda de un mozalbete indígena, cultivaba todas las verduras, hortalizas y tubérculos necesarios para el abastecimiento del convento, y otro destinado a la crianza de gallinas, conejos, ovejas, terneras o vacas de los que obtenían toda la carne, huevos y la leche que precisaran, con la que elaboraban además riquísimos quesos. El excedente lo vendían en un mercado de la ciudad, de ello obtenían importantes ingresos que ayudaban al sostenimiento del convento. Una zona un poco más alejada estaba poblada de árboles frutales de los que obtenían sabrosas frutas. De ese modo, se autoabastecían prácticamente de todo lo necesario sin apenas necesitar otros productos como podía ser el pescado, y de eso se encargaba personalmente un comerciante que lo adquiría en el puerto más cercano y lo repartía dos veces por semana.

Louis inició su recorrido por el colegio siguiendo a la hermana, quien le iba mostrando las dependencias del mismo, al tiempo que él iba memorizando cuanto la hermana le decía, y observando detenidamente cada espacio, en busca de la hipotética fuga. No observaron ningún escape en el comedor, ni en la sala de estudio, ni en las zonas comunes de la planta baja. Pasaron después a la capilla, allí tampoco había ninguna humedad. Ahora subirían al primer piso donde se encontraban los dormitorios de las internas, aprovecharían que era la hora de patio, por lo que se los encontrarían vacíos, dejando para el final la segunda planta, que era la que usaban en exclusiva las monjas. Apenas habían culminado la escalera que daba acceso a la primera planta, cuando sonó la campanilla y la hermana tuvo que ausentarse para atender a la visita. Louis la disculpó y aprovechó la circunstancia para adentrarse en uno de los dormitorios. Tendría que estar vacío, tal como le había dicho la monja, pero desde una de las camas le llegaron los gemidos de una muchacha que se encontraba tumbada mirando al techo. Apenas se escuchaba, pero Louis se acercó hasta el lugar de donde procedía el sollozo y allí se encontró cara a cara con Amaia. Cuando ella le vio enfrente y escuchó su nombre, se lanzó a sus brazos y le suplicó entre lágrimas de desesperación que la sacara de allí. No había tiempo para preguntas, en estos momentos era urgente salir de allí antes de ser descubiertos.

Tuvieron poco tiempo antes de que volviera la monja, pero Louis ya le había contado el plan de fuga que tenía en mente y, cuando ella volvió, continuaron el recorrido a través de todo el colegio. Mientras, Amaia se disponía a salir del dormitorio, era la hora de acudir a la capilla para escuchar la misa y después, como todos los días, acudiría al comedor, con la diferencia de que hoy sí tomaría todo el alimento que le pusieran en el plato. Necesitaba coger fuerzas para salir corriendo en cuanto la ocasión se presentara. El momento ideal sería cuando, al finalizar la misa, se dirigieran todas las internas acompañadas de varias monjas al comedor. Después de ingerir un reconfortante desayuno, Amaia, cabizbaja como era habitual en ella, observaba los movimientos de las compañeras y, en un momento dado, le puso la zancadilla a una de ellas haciendo que se derrumbara en el suelo de piedra. Tras el accidente se armó tal revuelo y desorden que todas las internas se apostaron en torno a la compañera caída para ayudar. En ese momento Amaia se alejó, a sabiendas de que nadie estaba pendiente de ella, y cruzó el patio en dirección a la puerta lateral de acceso al colegio, por donde entraba el personal de servicio y allí, esperándola por fuera del muro, a una distancia prudencial, estaba Louis, con su inseparable guitarra.

Poco después de salir Louis de su habitación, Amaia había preparado sus escasísimas pertenencias en una bolsa y la había bajado al jardín lateral izquierdo del convento, el que estaba menos expuesto a miradas indiscretas desde las ventanas del piso superior, la dejó cerca de la puerta de entrada del servicio, la había escondido entre unas enredaderas de agradable aroma que cubrían buena parte del muro, alejada de la vista y se había reintegrado junto al resto de internas al comedor. Cualquiera que la observase en ese momento de ese día en concreto y la comparase con la imagen que presentaba en días anteriores, se hubiese dado cuenta del cambio de expresión, de su sonrisa a flor de piel, de su amabilidad desconocida, de su semblante risueño, pero no, nadie se fijaría en ella, había acostumbrado a sus compañeras a mantenerse a distancia, ya nadie se atrevía a hablar con ella, ni siquiera a mirarla. De ese modo pudo disfrutar de su desayuno como hacía tiempo que no lo conseguía. Por su mente desfilaban las indicaciones que le había dado Louis, repasándolas una y otra vez para que no se le olvidara ningún detalle. Impaciente, tenía la impresión de que el tiempo se había detenido en aquel desayuno, que, si todo salía como estaba previsto, sería el último que tomaría en el convento, donde no era la sobrina de la superiora, sino una muchacha rebelde e ingobernable.

Durante el revuelo que se armó tras la zancadilla de la compañera, Amaia cruzó los pasillos corriendo, bajó al patio de columnas, y siguió el recorrido sin mirar atrás hasta el jardín lateral, donde había escondido su bolsa. Sin pérdida de tiempo la recogió, y esperó escondida entre el follaje, hasta que el jardinero, como todos los días, se dispuso a realizar las labores propias que tenía encomendadas como regar los jardines o cavar las malas hierbas, entre otras, momento en el que con frecuencia dejaba abierta la puerta que daba acceso a la calle, para quitar la maleza que crecía indomable en su entorno. Eran unos pocos minutos los que la puerta quedaba abierta y desprotegida de vigilancia, momento que aprovechó Amaia para cruzarla y huir corriendo. El buen hombre apenas se percató de que alguien hubiera cruzado aquel portón, le pareció una sombra negra y echó la culpa a las brujas, continuando con sus quehaceres habituales.

Cuando en el convento se percataron de la fuga, había pasado el tiempo suficiente para que los amantes hubieran puesto tierra de por medio. El siguiente plan no estaba pensado, por lo tanto debían pensar en ello, no podían volver a la hacienda ni quedarse en la capital, era lo único que tenían claro. Eneko movería cielo y tierra en su busca, y lo más probable, si les encontraban, era que mataran a Louis, a toda su familia y quién sabe si a ella también. Una ofensa de tamaña envergadura se merecía un castigo del mismo nivel y viendo lo que habían sido capaces de hacer encerrándola en ese lugar y permitiendo que la maltrataran, no se extrañaba de que algo grave tramarían también contra ella.

Pasaron varios días antes de que sor Ángela se decidiera a poner en conocimiento de su hermana y su cuñado que Amaia se había escapado del convento. Habían puesto en ella toda la confianza y responsabilidad para enderezar a la niña y, en lugar de eso, se le había escapado. No entendía cómo pudo lograrlo. Había interrogado en primer lugar a la hermana de la portería, y tras su relato interrogó al encargado del mantenimiento. Ni el resto de hermanas ni las muchachas supieron cómo pudo suceder. Ahora sor Ángela debía rendir cuentas ante su familia, rebajarse no era propio de ella, en eso se parecía a su hermana Catalina Josefa. Mil veces comenzó a escribir la carta y, otras tantas, fue a parar a la papelera hecha añicos.

Finalmente optó por redactar una escueta misiva. Estaba segura de que en cuanto la recibieran se personarían en el convento pidiendo explicaciones. Tal vez, dada la gravedad del suceso, hasta ella misma se vería obligada a abandonar el convento y la enviarían al interior de la selva, donde la congregación tenía una casa de recogimiento para sus ejercicios espirituales, alejada del mundo. Sería una grave humillación.

La carta que consiguió finalizar rezaba en estos términos:

"Querido Eneko,

Espero y deseo que te halles en la Paz de Dios.

Esta carta es en todo muy diferente a las que hemos intercambiado desde que me trajiste a tu hija para que me hiciera cargo de ella. No quiero extenderme mucho porque lo que te voy a relatar es extremadamente grave. Después de esto, aceptaré cualquier castigo que quieras imponerme como persona terrenal, porque el castigo divino depende solamente de Dios, y Él sabe muy bien lo arrepentida que estoy. Purgaré mis culpas con la condena que Él me quiera enviar.

No me preguntes cómo ocurrió, porque ninguna lo podemos explicar, solo te diré que tu hija Amaia se fugó del convento, para ello contó con la ayuda de un muchacho mestizo que se hizo pasar por fontanero y entró a los aposentos de las muchachas arrastrándola con él. Solo Dios sabe dónde se hallan.

Me hubiera gustado no tener que darte nunca esta noticia, sabes que me duele a mí tanto como a vosotros.

Quedo como siempre a lo que dispongas.

Sor Ángela.

Cuando la carta llegó a la hacienda Alvarado, Encko mandó preparar el coche y, sin pérdida de tiempo, acompañado de su esposa, salieron a toda prisa para Ciudad de México. Lo que contaba sor Ángela en la misiva era del todo inaudito. Querían explicaciones y no se conformarían con cualquier excusa banal. Conocían bien a su hija y sabían que sería capaz de intentar cualquier cosa, pero contaban con la seguridad del convento y la disciplina férrea de las monjas. Parecía imposible que hubiera hallado la manera de escapar. Sor Ángela tendría que darles muchas explicaciones, por muy familia que fuera.

Pocos días después llegaban a las puertas del convento donde fueron recibidos directamente por Sor Ángela. Cruzaron el patio de fuentes y los exuberantes jardines hasta llegar a su despacho, cuyas ventanas miraban para el mismo. Una vez se hubieron acomodado en las sillas dispuestas a tal efecto, sin rodeos iniciaron lamentos y reproches contra ella, sin darle apenas tregua para que pudiera explicarse. Cuando por fin pudo tomar la palabra, la hermana se deshizo en halagos hacia ellos y hacia la buena dirección del convento, gobernado por ella, que se le consideraba como uno de los mejores de la capital y, por descontado, a ella se le tenía en alta estima. Sin embargo, el mensaje no paliaba el enfado que mostraba el matrimonio. Era Catalina la que había tomado la palabra anticipándose a Eneko.

—¿Cómo pudo escapar?, habíamos puesto en este convento, pero sobre todo en ti, mi querida hermana, toda la confianza no solo para que cuidaras de nuestra hija sino para que la enderezaras y la llevaras por el camino de la rectitud. Se había descarriado y nosotros ya no podíamos hacer nada más por ella. ¡Quiero una explicación!

—Creedme cuando os digo que no tengo palabras. Nunca había ocurrido nada semejante, os lo puedo asegurar. Solo puedo ponerme de rodillas ante vosotros y suplicar vuestro perdón.

—¿Crees que con pedir perdón va a ser suficiente? Espero que ya hayas dado aviso de inmediato a las autoridades competentes y que la estén buscando, de lo contrario…

—Lo lamento tanto como vosotros, —le cortó en seco su hermana—Pusimos la denuncia por la desaparición el mismo día de su huida, pero no han podido seguirle el rastro. Me consta que la búsqueda continúa.

—No creo que sea tan difícil encontrar a dos muchachos, ella blanca, él negro, vagabundeando por los caminos de este país.

—¿Y si no están vagabundeando?, ¿y si están alojados en algún lugar que desconocemos?

—Todo eso poco importa. Voy a entrevistarme con nuestro hermano Rafael, el gobernador, —dijo Josefa Catalina poniendo especial énfasis en la palabra gobernador— para que ponga a todo México patas arriba, si hace falta. Amaia tiene que aparecer, no creo que se la haya tragado la tierra. Y del negro mejor no hablamos. Mira que dejar entrar a un desconocido y además negro en el convento…, vergüenza debería darte, hermana.

Eneko asentía levemente con la cabeza, reforzando las palabras de su esposa, mientras Sor Ángela agachaba la suya como muestra de sumisión, aunque nada más lejos de la realidad. Era una mujer soberbia, igual que su hermana, y nunca se humillaría ante nadie, pero necesitaba acallar cuanto antes los reproches. Solo deseaba que se fueran. Amaia ya no era su problema. "Si la hubieran tenido más vigilada y menos consentida, tal vez nada de esto hubiera sucedido, quizás ni siquiera hubiera sido necesario internarla en el convento", dijo para sus adentros.

—¡Jajá, reproches a mí! —murmuró entre dientes.

Dos horas después se despedían en la puerta principal del convento. Su próxima parada sería el despacho de Rafael, su hermano.

—Queda en paz, Ángela. Seguiremos nosotros con la búsqueda, esto no se puede quedar así.

—Id en la Paz de Dios y que Él os muestre el camino a seguir.

Finalizadas las despedidas, tomaron rumbo a Mérida donde se hallaba el edificio de gobernación de Yucatán. Allí esperaban que su hermano pudiera recibirles sin concertar cita alguna.

Tal como esperaban, su hermano les recibió de inmediato, el asunto que les traía tenía que ser grave, de lo contrario esperarían al domingo, cuando se reunían todos para comer. En su despacho le pusieron al corriente de los hechos acaecidos. Rafael no dudó ni un segundo en ordenar a las fuerzas del orden público la búsqueda de su sobrina, debería aparecer aunque tuvieran que dedicar media vida a ello, —dijo en un tono grave. Ellos se despidieron un poco más satisfechos.

Tras el rastro de Louis y Amaia

Con la desaparición de Amaia, se resquebrajó el núcleo familiar y la estabilidad emocional de sus padres. A pesar de intentarlo de todas las maneras posibles, llegó un momento en el que tuvieron que darse por vencidos. Los hombres de Rafael habían iniciado una búsqueda intensa por toda la zona, pero nada lograron. Ampliaron las zonas de búsqueda, con el mismo resultado, buscaron por ríos, lagunas, cenotes, bosques, llegaron hasta el puerto, preguntando por la salida de barcos de pasajeros, sin embargo, toda búsqueda resultó infructuosa. Los amantes habían desaparecido sin dejar rastro.

Tras la conversación mantenida con Sor Ángela, pudieron constatar que la huida de su hija había sido por culpa de Louis y no dudaron en fustigar a sus padres, incluso a sus hermanas, a pesar de que todavía eran unas niñas, infligiéndoles series de latigazos de forma repetida, pero con el transcurso del tiempo se convencieron de que ellos no sabían a dónde se habían fugado, y siguieron contando con sus servicios en la hacienda. Por el momento. Tampoco se libraron de los castigos el resto de criados, a los que consideraban conocedores de los planes de Louis. No obstante, la relación entre los amos y ellos era cada día que pasaba más difícil, se sentían siempre vigilados, controlados, expuestos a los caprichos de una dama de la más alta clase social que no dudaba en descargar contra ellos toda su rabia contenida, le importaba muy poco si eran culpables o no, pero lo pagaban con creces.

Llegó un momento en el que tanto Eneko como Catalina

se echaron la culpa mutuamente, uno por ser demasiado complaciente con su hija y la otra por su extremo y agrio carácter, llegando a ser insoportable en la mayoría de las ocasiones. Qué lejos quedaban aquellas fiestas familiares de los primeros años, en las que desplegaban todo su poderío y su encanto personal con los invitados, ya fueran amigos, familiares o los políticos de turno, o las que celebraron con motivo del ascenso a gobernador de su hermano, o de tantas y tantas otras, en las que su hija, niña aún, hacía las delicias de los invitados. Pareciera que hubieran pasado miles de años desde entonces.

Se sintieron envejecer por momentos, a medida que sentían cómo se les estaba escapando de las manos la situación propiciada como consecuencia de la desaparición de su hija. Cada uno de ellos se encerró más en sí mismo y en sus historias personales, alejándose cada día un poco más si cabe de lo que ya lo estaban antes de que la noticia les explotara en la cara. De los escasos momentos que compartían desde hacía tiempo uno era el almuerzo, al que dejaron de asistir juntos, en ellos tenían por costumbre comentar los asuntos que afectaban a ambos o a cualquier otro miembro de la familia. Así, sin verse apenas en todo el día, también dejaron de tomar decisiones compartidas entre ambos.

Eneko, desde entonces, pasaba más horas en los campos de cultivo y en las naves de trabajo con sus empleados, a ello contribuyó también que se desplazaba con mucha frecuencia a Campeche, donde permanecía varios días seguidos sin retornar por la noche a Mérida, donde la situación era angustiosa, lo necesitaba como vía de escape si no quería que la situación terminara por ahogarle. Le dolía profundamente que su hija hubiera tomado semejante decisión, echando por tierra todas las buenas perspectivas que la vida le regalaba. Pero, ¿acaso era eso lo más importante? Él, muy en el fondo, y sin que nunca hubiera manifestado nada al respecto más que para sus adentros, hasta podía entender su comportamiento. Su matrimonio, que en principio parecía ser muy satisfactorio, pronto dio muestras de fracaso, desde el mismo momento en que Catalina le comunicó, a las pocas horas del nacimiento de Amaia, que no pensaba tener más hijos y le cerró para siempre la puerta de su habitación. Muchas veces, a solas en su alcoba, meditaba la situación y, de haber tenido una ligera idea de lo que le deparaba su futuro en común con ella, nunca hubiera aceptado ese matrimonio. ¡Qué decepción se había llevado! Desde entonces solamente se veían a la hora del almuerzo debido a que ella "siempre estaba muy ocupada". Sus asuntos dentro de la vida pública y debido a la clase social a la que pertenecía, se convirtieron en imprescindibles, cerrando la puerta de su matrimonio, su familia, incluso la de su hija, a la que le costaba prestar atención.

Catalina Josefa dejó de participar en la intensa vida social que había llevado hasta entonces por miedo a que sus amistades le hicieran el vacío en cuanto fuera de dominio público la huida de Amaia. Todavía no había trascendido, pero estaba segura de que no tardaría en conocerse. La primera muestra de ello la tuvo una semana después de la visita a su hermano, cuando, presenciando una corrida de toros, a las que asistía con cierta frecuencia, Margarita, una de sus inseparables amigas, cuyo marido ocupaba un cargo importante en la política desde que se convirtió en la mano derecha del gobernador, y que siempre ocupaba el asiento contiguo al suyo, se fue a otro lugar de la grada. Catalina Josefa no tuvo necesidad de preguntar nada, la mirada de su amiga lo decía todo. De pronto sintió clavarse en ella todas las miradas del público asistente al festejo; decidida, con la soberbia que la caracterizaba, se puso en pie y abandonó la plaza. Fue la última vez que asistió a algún espectáculo fuera de casa. Casi al mismo tiempo comenzaron a llegar devueltas las tarjetas de invitación que solía enviar para las fiestas que organizaba, así que también dejó de enviarlas, y por supuesto dejaron de llegar nuevas invitaciones. La rabia inició un ascenso en su temperamento que la convirtió en un ser mucho más despreciable, si es que eso era posible.

Así las cosas y con todo el tiempo para ella, sin tener ocupación alguna en la que entretenerse, la casa se le empezó a venir encima. El tedio hizo acto de presencia hasta abrumarla y, acostumbrada a estar siempre ocupada entre proyectos, visitas, fiestas, espectáculos, la ópera o al teatro, así como excursiones a la Ciudad de México, para observar la belleza de sus alrededores y contemplar la inigualable vista del volcán Popocatépetl, de pronto se vio deambulando por la casa, a solas, descargando su ira contra todo y todos los que se le cruzaban por delante. Nadie estaba a salvo si se encontraba muy próximo a ella, ni personas, enseres o plantas, ni siquiera las hermosas y aromáticas rosas que se repartían por todos los floreros que adornaban y aromatizaban las diferentes estancias de la casa. Se empeñó en modificar todo el mobiliario, adaptándolo a tiempos más modernos, siguiendo las tendencias que llegaban de Europa, ordenó modificar techos, paredes, colores, pero nada la satisfacía. Estaba sola, completamente sola. Su mente ya no encontraba nada agradable en lo que emplearse, de modo que empezaron a asaltarla terribles pensamientos y culpas por lo ocurrido, así fue como inició un proceso de destrucción personal que no tendría otra salida más que el internamiento en una casa de reposo.

Louis y Amaia salieron de Ciudad de México a toda prisa, escasamente se habían detenido para que ella pudiera cambiarse de ropa y arrojar para siempre el apestoso hábito que le obligaban a llevar en el convento. La ropa que se estaba poniendo la había "tomado prestada" a una interna que tenía su armario muy cerca, armarios de fácil acceso debido a que no se podían cerrar con llave, porque nada importante se podría guardar en ellos que no pudiera ser controlado por las monjas. Para su desgracia, las monjas se habían deshecho de su ropa el primer día de llegada al internado, siguiendo las instrucciones dadas por sus padres. La de su compañera le quedaría floja, casi seguro, debido a que ella había dejado de comer casi hasta la mínima expresión y presentaba una delgadez extrema, casi enfermiza se podría decir. Se sintió renovada desde ese mismo momento, al sentir el aire fresco que aportaba el roce de la ropa sobre su piel como una caricia arrebatadora, que le devolvía sensaciones olvidadas en el tiempo.

La huida supuso para Amaia tocar con la mano la tan ansiada libertad que se le había resistido demasiado en los últimos meses. Llegó a estar tan bloqueada que dejó de rebuscar posibilidades de escapatoria. En los primeros momentos de libertad trató de respirar profundamente, lentamente, sintiendo en cada inspiración cómo el chorro de aire penetraba en sus pulmones y la hacía sentirse plena y viva. Sin detenerse más que para coger impulso, agarrada de la mano de Louis, se fue llenando de vida por dentro y por fuera, todo lo que encontraba a su paso ofrecía ahora una imagen fresca, alegre, real y prometedora. Aún no era consciente de las dificultades que se encontrarían a lo largo del camino, pero en este momento poco le importaba. El primer paso, y el más atrevido, ya lo habían culminado.

La pareja, tras la huida, inició una vida de recién casados, a diferencia de que su luna de miel sería totalmente imprevisible; desde entonces compartieron promesas, pactos, melodías queditas acompañadas de su inseparable guitarra, noches a la intemperie, bajo la luz de la luna, en las que compartieron lecho y pusieron en práctica los rituales del amor profundo. Se sentían tan felices que nada se interpondría en su camino. Estaban forjando su destino en común.

Con total determinación, habían salido de la ciudad sin apenas mirar atrás, querían alejarse de allí lo antes posible. Mientras cruzaban los campos saltaban de alegría, corrían por caminos y praderas, se besaban, cantaban a dúo muy bajito mirándose tiernamente, a veces se detenían a robar en los campos y los huertos que se iban encontrando a lo largo de los caminos para comer, o se acercaban a alguna hacienda a pedir comida a cambio de realizar labores en los campos o en sus casas. Louis estaba acostumbrado y era un muchacho fuerte que no solía tener problemas para unirse durante unos días a alguna cuadrilla. En cambio, Amaia se enfrentaba a una situación totalmente desconocida; acostumbrada a encontrarlo todo dispuesto y en perfecto estado, tuvo que emplearse a fondo para acatar órdenes sin rebelarse, tuvo que aprender a cuidar de niños, lavar ropa, ayudar en la cocina, servir el comedor, fregar cacharros de cocina y suelos de rodillas, lo que fuera necesario para subsistir. No le iba a resultar nada fácil, pero no había marcha atrás, no quería dar muestras de debilidad, por lo que afrontó la nueva situación con la mejor voluntad posible. A veces advertía desconfianzas por el hecho en sí de ser blanca, lo que podía hacer pensar que se trataba de una muchacha de mala vida, a pesar de que lucía una hermosa piel blanca, sin rastro de haber sido castigada por las miserias de la prostitución o del abandono familiar tan frecuentes, sin embargo, se estaba relacionando con mestizos y negros en la mayoría de las haciendas y el hecho no le planteaba ningún problema. A medida que la iban conociendo, entendían sus razones y terminaban apoyándola y compadeciéndose de ella. Todos sabían mejor que ella que el futuro no se le presentaría nada fácil.

No se habían planteado ningún destino en concreto, lo único que tenían claro era a dónde no debían volver; a medida que cruzaban poblaciones y avanzaban por campos y caminos que no sabían dónde finalizarían, sencillamente se iban empapando de lo que era la libertad, cada uno desde su perspectiva. Como un recuerdo lejano llegó a la mente de Louis un relato que escuchó varias veces de boca de su madre, y que se comentaba entre la servidumbre, muchos soñando con la tan ansiada libertad. En ese relato hablaban de negros y mestizos que escapaban de las haciendas donde vivían en esclavitud y se dirigían, aunque no lo sabían a ciencia cierta porque nadie volvió nunca para contarlo, a las montañas, lugares muy alejados donde poder llevar una vida lo más normalizada posible. Lo conversó con Amaia y no parecía una idea descabellada, pero no tenían ni la más remota idea de qué dirección tomar, simplemente se dirigieron a las montañas, a la aventura sin rumbo, tratando de esquivar preguntas incómodas. Cada vez que se cruzaban con alguna cuadrilla, con algún viajero solitario u otros grupos que les parecían alborotadores, y sobre todo con las fuerzas del orden público, se escondían alejados de los caminos, parapetándose tras arbustos, plantas de agave o árboles, buscando un mínimo de seguridad. Si se sospechara que estaban huyendo y en busca de un lugar de ensueño, no alcanzarían a ver la luz del amanecer sin aparecer asesinados, tirados en cualquier cuneta del camino. El atrevimiento se pagaba con la vida.

Tardaron varios meses en llegar a las montañas, en la sierra madre de Chiapas, y aún escondidos en ellas, les costó tiempo de vigilancia, caminatas, desplazamientos en busca de algún indicio que les diera una pista, por mínima que fuera, de que en algún lugar cercano se encontraba el poblado que buscaban, pero no hallaban nada, su desesperación aumentaba con cada día que pasaba. ¿Y si ese lugar no existía?

Por si eso fuera poco, pocos días después de su llegada a las montañas, Amaia empezó a sentirse más cansada de lo habitual, no le dolía nada, pero su estado físico se resentía. Dormía bien, siempre acogida en los brazos de Louis, sin embargo, algo no marchaba como debía. Tal vez la niebla de las madrugadas o la humedad de las lagunas podrían ser la razón de su malestar. Cambiaron de zona, tal vez más alejados de zonas boscosas mejorarían los síntomas, sin embargo, el malestar no solo continuaba sino que iba a más. Entonces, ¿qué podía estar sucediéndole? Tuvo miedo de no resistir, de ser un lastre para su amado, de entorpecerle más que de ayudarle a buscar hasta hallar el lugar soñado. No tardó mucho en darse cuenta; con la preocupación de idas y venidas en busca de la fortificación, se había olvidado de un detalle importante: hacía dos meses que no tenía sangrado menstrual, así que estaba en estado de buena esperanza, concluyó, ¡estaba embarazada! Locos de alegría recibieron la noticia como el momento mágico más deseado por la pareja. Tras la alegría inicial llegó la reflexión, iban a tener un hijo, pero llegaba en el peor momento posible, sin trabajo, sin paradero estable, sin vivienda, ¿cómo lo iban a sobrellevar? Sus destinos y el de su pequeño estaban, más que nunca, en manos de la providencia.

A partir de entonces la búsqueda continuó, pero a otro ritmo, debían ser más cuidadosos por Amaia y por el bebé, no podían arriesgarse a sufrir un tropiezo o una caída que pudiera provocar la pérdida de ese hijo que estaba en camino o daños en la madre. Avanzaban lentamente, Amaia se encontraba cada vez más torpe, y la desesperación pronto les hizo sucumbir. La realidad se mostraba cruel ante sus ojos, apenas encontraban algo para comer, a pesar de que Louis era experto en cazar piezas y de vez en cuando conseguía un conejo que después preparaban en las brasas de una hoguera. De nuevo apareció la culpa, si él no hubiera permitido que Amaia le siguiera, si no hubiera ido a Ciudad de México en su busca, si no la hubiera amado como la amaba con todo su ser hasta el punto de no poder vivir sin ella… no, sencillamente no podía renunciar a ella, o se moriría. Tenía que seguir luchando, tanto ella como su hijo dependían de él y no se podía permitir flaquear.

Derrotados, se abandonaron a su suerte, apenas encontraban qué comer, les costaba conciliar el sueño, Amaia estaba cada día más redondita pero mucho más débil, hasta que llegó un momento en el que se sintieron superados por la realidad. En su intento por no sucumbir, Louis se puso a gritar con desesperación en un claro del bosque, tal vez Dios se apiadara de ellos.

—¡Socorro, necesitamos ayuda!

La respuesta fue el atronador eco que detuvo hasta las hojas de los árboles que se cimbreaban suavemente.

—¿Alguien me escucha?

El silencio era absoluto, ni siquiera se percibían los cantos de los pajarillos o el ruido de algún animal del bosque que ante las voces de Louis se quedaron mudos.

—¡Dios, si estás ahí arriba escucha mis súplicas, no tenemos fuerzas para continuar! Nos vamos a morir, pero si tú nos ayudas, encontraremos la manera de sobrevivir. Dame fuerzas para conocer a mi hijo y cuidar de los dos. No merecen un final así. Si tengo que morir yo, haz que pase, ¡pero no permitas que les ocurra nada a ellos!

Louis se derrumbó tras las últimas palabras pronunciadas y se dejó caer sobre la pradera, al lado de Amaia, si Dios no lo remediaba ese podía ser su destino final.

El poblado de los cimarrones

Desde la sombra proyectada por la espesa arboleda en la que habían establecido temporalmente su escondite, alguien observaba desde hacía días a la pareja, les veía cómo dejaban de luchar, prácticamente de comer y tuvo la sensación de que en cualquier momento se derrumbarían y se dejarían morir. Le parecieron tan inofensivos que su conciencia no le permitió esperar más, con determinación se aproximó a ellos y les acercó a la boca una cantimplora con agua, y una vez se hubieron hidratado un poco, les dio un trozo de pan seco con un pedazo de carne también seca que llevaba en el morral. La pareja al principio, viendo que alguien se acercaba, sintió miedo, por un momento pensaron que ese sería su final, aunque en la situación en la que se encontraban poco importaba ya morir a manos de ese hombre o de una fiera salvaje que daría buena cuenta de sus tiernas carnes, sin embargo, al comprobar que el mulato les daba agua, demostraron mucho agradecimiento hacia ese desconocido en el que sintieron de inmediato que podían confiar.

Cuando estuvieron medianamente recuperados, Cornell, el hombre mulato, inició una conversación con ellos. Necesitaba saber quiénes eran, qué hacían por allí perdidos, hacia dónde se encaminaban. Si les iba a llevar con él no podía arriesgar la seguridad de la fortaleza, debía conocer a fondo todos los detalles. De su cautela y la de los que se dedicaban como él a vigilar el entorno del palenque, dependía de que pudieran seguir ocupando un territorio seguro, fuera del alcance de los explotadores y esclavizadores. Ellos, por su parte, necesitaban ayuda, en este momento aceptarían lo que les propusieran. Pasaron aún varios días viviendo y pernoctando a la intemperie, necesitaban recuperarse un poco antes de iniciar un viaje que no sabían ni lo largo que podía ser ni a dónde les llevaría. Simplemente confiaron su seguridad personal a quien les trató correctamente y les facilitó comida y bebida. Alguien así no podía ser mala persona. Tres días después iniciaron ese viaje soñado, sentados en las tablas del carromato que tenía Cornell como compañero inseparable de viaje, tirado por un viejo caballo de pelo castaño. Siempre salía con él, podía terciarse en cualquier momento la captura de un animal del bosque o de la pradera y no estaban para desperdiciar ninguna posible presa, debido a que en el palenque el grupo era cada vez más numeroso.

Su viaje, además de largo, fue bastante accidentado. El primer día se desarrolló con normalidad, sin incidencias que alteraran la tranquilidad de todos, tanto Louis como Amaia descansaron gracias a la posibilidad de desplazarse en el carromato, a la bondad de Cornell, y a que precisaban el descanso tanto como la comida, por lo que ni siquiera los baches del camino consiguieron incomodarlos, sin embargo, en la mañana siguiente, a poco de reanudar su marcha, debieron esconderse entre los árboles y camuflar el carromato. Un grupo de policías se acercaban con los fusiles cargados sobre los hombros, y no venían con cara de buenos amigos. Tuvieron la suerte de que les alertó el polvo del camino que levantaban con sus botas. Escondidos, esperaron a que el grupo se hubiera alejado lo suficiente como para no ver ni escuchar ruido alguno. Dos días más tarde, cuando se detuvieron a descansar a la orilla de un río, y mientras se refrescaban un poco en las aguas cristalinas, escucharon una mustia voz pidiendo ayuda. Parecía de mujer y daba la impresión de que no tenía apenas fuerza para hablar. Con las debidas precauciones, tal como les había indicado Cornell, se acercaron a ella, nunca se sabía si podía ser una trampa.

Cuando estuvieron a su lado, descubrieron a una hermosa muchacha mulata que se desangraba como consecuencia de un certero disparo de bala que le había penetrado en el abdomen. Parecía encontrarse a punto de perder la consciencia. Ante la imagen que presentaba, se dieron prisa en practicarle un taponamiento con tiras de una camiseta que Cornell llevaba en el pescante del carromato. Después de que hubieron realizado un primer intento por detener la salida de la sangre, y con las tiras bien apretadas alrededor del abdomen, la cargaron entre Louis y Cornell, acomodándola con sumo cuidado sobre las tablas del carro. La envolvieron en una manta debido al frío que sentía por la tiritona que mostraba, posiblemente provocada por la fiebre que había empezado a hacer acto de presencia; la muchacha mulata se dejó acompañar por los dos jóvenes desconocidos que le sujetaban la mano, uno a cada lado, intentando reanimarla, aplacando el dolor con palabras de aliento, aunque a pesar de ello, poco después entró en un estado de semiinconsciencia y por un momento tuvieron miedo de perderla. No quedaron tranquilos hasta que la escucharon respirar de manera calmosa. La infusión que Cornell le había preparado con hierbas recogidas en los montes cercanos a la fortaleza por la hechicera del poblado y que siempre llevaba con él, empezaron a hacer efecto. Horas después, restablecida de la fiebre, pero muy dolorida, inició el relato de lo que había sucedido. Era una historia trágica que a punto estuvo de costarle la vida en más de una ocasión.

Agradecida a Dios por haber encontrado a tres buenas personas, inició una conversación en la que ella era la única interlocutora, el resto se limitaban a escuchar. Tenía dieciocho años, —comenzó a decir—, pero su vida había sido muy dura. Hija del patrón de la plantación y de una esclava negra, descendiente de otros esclavos llegados directamente desde África varias generaciones antes, desde muy temprana edad se vio forzada a trabajar en la casa de los amos. Se llamaba Kimani.

Con apenas trece años tuvo a su primer hijo, fruto de las relaciones con los dos hijos del amo. El niño crecía con aparente normalidad, pero al cumplir los tres años, debido a una deuda de juego, fue canjeado por los amos como pago de la misma a otro hacendado de la zona. Kimani nunca más supo de él.-

Sus fuerzas estaban muy mermadas, a pesar de que los cuidados de sus nuevos amigos habían logrado que recuperara no solo la fuerza física sino también la fortaleza de espíritu. Por momentos había cuestionado la existencia de Dios, le había pedido ayuda a gritos en la noche, y en tantos momentos en los que se vio desfallecer, pero ahora sabía que solo gracias a Él había sobrevivido y hallado a tres buenas personas. Diosito las puso en su camino. Se sintió culpable por haber dudado de su existencia y rezaba continuamente para hacerse perdonar, en cada silencio se la veía interiorizar sus oraciones. Tras los rezos y el descanso, un poco más animada, continuó relatando a sus amigos los avatares de su escapada.

Su historia era como tantas otras, a Louis y a Cornell no le impactaba excesivamente, ellos habían conocido muchas similares, y no todas habían conseguido finalizar bien, en la mayoría de las ocasiones sus protagonistas habían muerto a consecuencia de las palizas y los malos tratos a los que eran sometidas habitualmente, en cambio para Amaia, era un mundo por descubrir, un mundo que fue conociendo poco a poco y al que no era capaz de encontrarle sentido alguno. Simplemente le horrorizaba y se preguntaba cómo era posible que existieran tantas diferencias entre seres humanos. Cada vez estaba más convencida de haber hecho lo correcto cuando decidió dejar su maravilloso mundo para huir con Louis. En el futuro, si es que había un futuro para ellos, lucharía por la igualdad de todos los seres humanos, sin distinción de raza ni color de piel. El hijo que estaba próximo a nacer no pagaría las dolorosas consecuencias de haber sido engendrado por la semilla de un mulato de piel color oscura.

Amaia se detuvo un instante para comparar su escapada con la de Kimani, aunque no tenían prácticamente nada en común. La suya no fue ni tan accidentada ni tan dolorosa, viajar al lado de Louis la hizo sentirse segura, a pesar de que para ella todo era nuevo e ingrato al principio. Sin embargo, fue acostumbrándose a sobrevivir, a trabajar sin poder elegir ocupación, pero estaba decidida, aprendería de las nuevas experiencias que le estaba tocando asimilar. ¿Acaso no lo habían hecho tantas y tantas mujeres para lograr llevarse un mendrugo de pan a la boca, la de sus hijos y la propia? Eso sin contar la violencia y los malos tratos a los que eran sometidas con demasiada frecuencia. Sin duda, fue afortunada, no podía considerarlo de ninguna otra manera.

A medida que fueron pasando los días, Kimani se recuperó no solo de las heridas físicas, sino también de las psicológicas. Su sufrimiento empezó a quedar en segundo plano, pero no se olvidaba de la tragedia ocurrida ni de lo que aún tenía por delante si seguía obstinada en buscar a su hijo. Pasaría toda una vida y mil más, pero ella nunca olvidaría.

Todos ellos sintieron una pena enorme por Kimani, había sufrido mucho y había perdido lo más preciado que una mujer puede tener, su propio hijo. Que Amaia estuviera próxima a dar a luz no sabían si incrementaría su pena o, por el contrario, le ayudaría a superar el proceso de duelo por la pérdida de su pequeño, a pesar de que ya habían pasado dos años. ¿Cómo sería ahora su hijo?, ¿se acordaría de ella? Pensando en él, se quedó quieta, muy quieta, rápidamente se dieron cuenta de que tenía la frente ardiendo y el rostro rojo como la grana. La fiebre la dejó de nuevo postrada y a punto de convulsionar.

Cornell aún no había dicho a ninguno de los tres hacia dónde se dirigían, solo sabían que habían sido rescatados por una buena persona y no importaba el destino, sería bueno con toda seguridad. No quiso adelantarles nada, sabía que la decisión que había tomado era la correcta y que los tres serían bien recibidos en el palenque. Tenía poder de decisión entre la comunidad y nadie iba a poner en tela de juicio si era correcto o no que los llevara con él. Serían bien recibidos sin ninguna duda. Allí podrían curar sus heridas y proporcionarles otras ropas, teniendo en cuenta que las que llevaban puestas estaban hechas jirones.

Cuando Kimani abrió los ojos, pasadas varias horas, se encontró dentro de una especie de cabaña, construida con barro y la techumbre recubierta con grandes hojas de palmera con un hueco por donde salía el humo de la hoguera central, que hacía de la estancia un lugar acogedor y caliente. Estaba cubierta con varias pieles de animales, cuyo tacto le hacían sentirse bien. A su lado habían colocado un cuenco con agua, y otro con una especie de potingue espeso, con el que habían cubierto las heridas del abdomen. Tras la primera inspección, la curandera había hallado además varias fracturas óseas por diferentes zonas, el hombro derecho o las muñecas, de las que se había ocupado, fijándolas con tablas y vendas, pudiendo contemplar además unos pies totalmente destrozados. Estaba llena de hematomas por todo el maltrecho cuerpo, pero esos no le preocupaban, ya estaban pasando del color morado al amarillo y pronto desaparecían.

El nerviosismo que sintió Kimani al despertarse desapareció de inmediato. No sabía dónde se encontraba, pero quien lo hubiera hecho, la había cuidado, por lo que dedujo que se encontraba en lugar seguro. Escuchó risas de niños, y varias voces de mujer. Hablaban su dialecto, así que supuso que eran esclavos como ella. No tardó en ver a su alrededor a Amaia acompañada de una mujer de edad avanzada que era quien se encargaba de cambiarle el potingue que curaría sus heridas. Era la curandera del poblado. La mujer ofrecía un aspecto un tanto desaliñado, con sus cuatro pelos alborotados, más blancos que grises, y le faltaban un par de dientes, pero esa imagen nada tenía que ver con su conocimiento de las plantas medicinales y el buen uso que hacía de ellas. Era una anciana simpática y muy agradable, todos los habitantes del poblado le debían la cura de alguna que otra herida, conocía el remedio contra la mordedura de las serpientes, o los brebajes que debía administrar para los dolores de barriga. Ayudaba a traer niños al mundo y les aplicaba pomadas en las magulladuras de las rodillas. Todos en el poblado la querían y la respetaban.

Después de la llegada de Cornell con los tres jóvenes, y tras dejar a Kimani en la choza de mujeres a los cuidados de la curandera, la siguiente preocupación era Amaia, se encontraba al final del embarazo y debía ser vigilada de cerca por la buena mujer, con el fin de que todo se desarrollara con normalidad. Bastantes riesgos había corrido hasta el momento. Mientras construían un alojamiento para la pareja, se quedaron en la choza de mujeres o en la de hombres según correspondiera; solamente fueron unos pocos días, el tiempo mínimo necesario para edificar una cabaña con troncos recogidos de los bosques cercanos y cubrirla con hojas de palma. Louis fue el más dispuesto colaborador, no solo por su propio interés, sino porque no sabía cómo agradecer a todas esas personas la acogida que les dispensaron. Se sintieron a salvo desde el primer momento de su llegada al poblado. Su agradecimiento iba mucho más allá de la colaboración en la construcción de viviendas, también ayudaba cuanto podía en el cultivo de los campos y en la caza de alguna pieza con la que abastecer de comida a la población. Era buen rastreador y estuvo encantado de dedicarse a ello durante unas horas al día, raro era que no se presentara con varias piezas, que después eran cocinadas para todas las familias.

Kimani manifestó gran interés por el conocimiento de las hierbas, su recogida, su preparación, su utilización para los diferentes problemas de salud que surgían entre los vecinos. A regañadientes, la curandera permitió que la acompañara en sus primeras salidas por los alrededores en busca de las mejores, le mostró la zona donde crecía cada una de ellas, después en su cabaña le enseñó cómo tratarlas, si era la raíz o las hojas la parte que se aprovechaba, a su lado aprendió a diferenciar entre las que se podían preparar como infusión para los dolores de barriga o para las calenturas, o en preparación de cataplasmas para dolores de los huesos, incluso para aliviar el intenso dolor de las picaduras de las serpientes o los mosquitos. Kimani aprendía rápido, tanto que la hechicera supo que había llegado para dar continuidad a su labor, ciertamente ella estaba envejeciendo y había muchos días en los que apenas podía moverse por las montañas con la agilidad acostumbrada. Pronto la vio como la mejor compañera posible para sustituirla.

Cuando quedaban pocas existencias salían de viaje, ataviadas con sus ropas desgastadas y con víveres suficientes para pasar varios días fuera, y se dirigían primero a las zonas más alejadas, donde crecía alguna de las plantas utilizadas con mayor frecuencia, después cruzaban las praderas donde recogían la mayor cantidad posible de ellas y alguna más que crecía por entre viejas plantaciones abandonadas mucho tiempo atrás. Con sus cestos llenos de hierbas aromáticas volvían al poblado, donde iniciaban el proceso de separar unas de otras, colgar algunas del techo para favorecer el proceso de secado, otras las trituraban, alguna más la cocían para guardar el agua de cocción y tomar en infusión, así empleaban una buena parte de su tiempo. Se hicieron grandes amigas.

Sin embargo, Kimani no acababa de hallar su sitio en el palenque. Un rictus de tristeza le acompañaba permanentemente, solo Cornell, Louis y Amaia conocían la causa de su desasosiego, se lo había relatado durante el viaje y sabían que no se detendría ante nada; en cuanto su salud estuviera recuperada por completo y se sintiera con fuerzas, saldría de nuevo a los caminos en busca de su hijo, aunque tuviera que abandonar de nuevo la seguridad que le ofrecía el poblado. Ya había empezado a conversar con los hombres de la comunidad en un intento de obtener toda la información posible acerca de los diferentes caminos que componían las rutas más seguras. En breve iniciaría la búsqueda.

Kimani consideró que había llegado el momento de retomar la búsqueda de su hijo, sin embargo, no quería comentarlo con nadie, sabía que si eran conocedores de sus intenciones inmediatas no permitirían que saliera sola, y alguien se empeñaría en acompañarla. Para no levantar sospechas diría que tenía que viajar hasta las faldas de la montaña en busca de las apreciadas hierbas medicinales que ya conocía y aplicaba a la perfección, porque se estaba quedando sin reservas. Cada vez que se ausentaba por tal motivo se demoraba varios días, así tendría mucho margen de tiempo hasta que se dieran cuenta de que no estaba realmente en la montaña. Dado el grado de compromiso y el conocimiento adquiridos, la curandera había permitido que se ausentara sola, sus huesos ya no estaban para emprender viajes de varios días. Kimani preparó su hatillo como lo hacía habitualmente y emprendió el camino, después de haberse despedido de los suyos. Los niños de la aldea la acompañaron, como siempre, hasta donde iniciaba la empinada cuesta, ese era el límite marcado para los habitantes del poblado y nadie lo podía traspasar por seguridad.

En cuanto quedó sola cambió de camino, pero no sabía ni cual coger ni por dónde empezar a buscar, a pesar de las referencias que había obtenido de los hombres del poblado. Todos los días le pedía a su Diosito que le ayudara a encontrar la dirección correcta. Pasó varios días recorriendo sendas y ocultándose cada vez que alguien se acercaba por el camino, a veces eran viajeros solitarios, otras eran grupos de esclavos que se dirigían a los campos de sus amos. Esa tarde lo que se acercaba era un carromato un tanto destartalado, conducido por un único hombre negro, y algo dentro de sí la puso en alerta. Sin retrasarse mucho y con extremo cuidado, salió de la espesura en la que se había refugiado y siguió a cierta distancia al hombre y al animal. Quiso la suerte que el cansancio se apoderara de aquel hombre, que en cuanto tuvo ocasión se acercó al río a refrescar los pies, y de paso, descansar sobre la verde pradera. Total, estaba solo, nadie le iba a controlar si tardaba algo más o menos. De lo que sí estaba seguro era de que su ama le iba a recompensar muy bien, no en vano había dedicado muchas horas y muchas personas a la búsqueda de Francisco y los demás esclavos escapados.

Aprovechando que el esclavo se había dormido y desatendido sus obligaciones, Kimani se acercó al carromato y lo que vio la dejó horrorizada. Allí estaba Francisco, o lo que quedaba de él, inconsciente, con un surco de sangre reseca pegada en las comisuras de los labios, con un brazo descoyuntado y una pierna envuelta en una vieja manta que desprendía un olor putrefacto. Fue peor cuando quitó la manta que le cubría, la pierna estaba hecha jirones, como si de un trapo se tratara, unida al cuerpo apenas por el hueso y llena de gusanos que saltaban en todas direcciones al sentirse libres de la manta. Tuvo que reprimir las ganas de gritar por el horror de lo que estaba viendo. Lo que no pudo evitar fueron las ganas de vomitar. Sin darse un respiro, empezó a arrastrar a su amigo hasta que consiguió bajarle del carro y colocarle suavemente sobre la hierba fresca. No supo de dónde sacó las fuerzas, pero poco después se encontraban a salvo de la vigilancia del esclavo. Había dejado la manta que le envolvía tal como la encontró, confiando en que al esclavo no le llamara la atención, como así resultó por suerte para ellos. Hubieron de esperar más de una hora hasta que el esclavo despertó y reinició su camino, sin percatarse de que viajaba solo. Cuando Kimani consideró que ya no había peligro, inició los primeros cuidados. Gracias a sus conocimientos medicinales pudo empezar a darle reconstituyentes que poco a poco le fueron devolviendo a la vida. La pierna no la pudo salvar, solo pudo hacer un corte limpio y curarle con emplastos para evitar que la infección se propagara por todo el cuerpo. No supo cuantos días pasaron hasta que por fin pudieron comenzar el regreso a la aldea, donde, seguramente, ya estarían impacientes esperándola. El encuentro con Francisco retrasó la búsqueda de su hijo. Tendría que posponerlo, ahora tocaba ayudar a su amigo.

Los días fueron transcurriendo lentamente, no sin muchas dificultades. Francisco se iba recuperando poco a poco y ya se estaba acostumbrando a verse limitado por la falta de la pierna. Cornell y Louis habían fabricado unas muletas con las que se ayudaba para caminar, recuperando la fuerza de su maltrecho cuerpo. Durante aquellos días le fue contando a Kimani todos los sufrimientos padecidos, cómo el ama se ensañaba con todos los esclavos desde que ella escapó, cómo se obsesionó con la búsqueda hasta el punto de descuidar los trabajos de la hacienda, cómo se convirtieron en rutina los latigazos a todos los esclavos y cómo, al final, la locura del ama, a la que no le importaba que murieran todos. Así fue como emprendieron la huida.

Un día, poco después, llegó al campamento un grupo de esclavos, antiguos compañeros de Francisco y Kimani, que relataron cómo se quemó la hacienda y se llevó en el incendio a muchos de los suyos. La columna de humo se podía ver a una gran distancia. Incluso hubo quien dijo que se oían las voces del ama desde la lejanía.

Amaia, madre de familia

Habían pasado tres meses desde su llegada al palenque cuando Amaia se puso de parto. Kimani no se separó de ella ni un solo momento, por su propia experiencia, a pesar de lo joven que era cuando dio a luz a su hijo, sabía que podía ayudar, ya fuera calentando agua o acercando paños a la curandera, cualquier ayuda sería bien aceptada y recibida. En perfecta colaboración, ambas daban instrucciones a Amaia de cómo debía actuar para no sufrir desgarro alguno. Ella, en cambio, no estaba preparada para ese cambio tan importante, y sintió a lo largo de varias horas que se rompía en pedazos.

Al sentir los primeros dolores de parto, la curandera le preparó un brebaje amargo para aliviar el dolor, controlando de esa manera la firmeza de la muchacha a la hora de colaborar en el alumbramiento. Sabía que una mujer con mucho dolor no tendría el empuje necesario para ayudar en el momento más delicado del parto, la expulsión del bebé. Tras haberlo ingerido, Amaia sintió casi de inmediato un gran alivio, sin embargo, era mucho el dolor que todavía sentía provocado por la cabeza del bebé que luchaba por encajarse entre los huesos de su pelvis y abrir el canal del parto, un dolor intermitente, que le provocaba momentos de descanso y otros de un impacto que veía muy difícil de soportar. "Tengo unas ganas de empujar que me muero", decía cada vez que el dolor se intensificaba. Cuando la curandera creyó que había llegado el momento de parir, la ayudó a colocarse de pie en el centro de la estancia, sobre mantas fabricadas con suaves pieles de animales y le ayudó con las maniobras de alumbramiento. Kimani no se separó de ellas ni un instante, tan pronto ayudaba a Amaia cogiéndole fuertemente la mano y dirigiéndola para empujar de forma correcta, o para secarle el sudor que desprendía por el esfuerzo que estaba realizando, como se colocaba al lado de la curandera y le proporcionaba paños húmedos, a la espera de que el bebé asomara la cabeza entre las piernas de Amaia.

Solo pedían interiormente que no hubiera ninguna complicación. Aún estaba reciente el parto de una mujer a la que se le presentaron graves complicaciones, cuando el bebé nació con el cordón umbilical enredado alrededor de su cuello y murió asfixiado, o el de aquella otra que después de haber parido un bebé sano, sufrió una grave hemorragia que no se pudo controlar, falleciendo después de unas horas, y dejando a sus tres hijos al cuidado de un marido ebrio que se preocupaba de todo excepto de cuidar de los niños. Él, como el resto de los hombres, reconocía que no estaba hecho para eso, razón por la cual no tardó en buscar una nueva compañera que se ocupara de los niños, la casa, lavar la ropa, cocinar, todas las obligaciones que tenía una mujer por el simple hecho de ser mujer.

De pronto Amaia sintió que se vaciaba al tiempo que dejó de sentir el intenso dolor de los momentos previos. Notó la humedad que resbalaba por sus piernas mientras esperaba escuchar el llanto de su hijo. Fueron instantes que le parecieron eternos, solo hizo falta un cachete en las nalgas del bebé para que rompiera a llorar con tanta energía que en ese mismo momento decidió el nombre que le iba a poner. Se llamaría Elroy, que significaba "el rey".

Era la primera vez en cien años que un descendiente de Koldo Ortiz de Urquiza no sería bautizado con un nombre vasco, Amaia era consciente de ello y no quiso continuar con una tradición que le pareció que podía marcar a su hijo para el resto de sus días. Pesaba mucho el apellido Ortiz de Urquiza en la península de Yucatán. Se sintió bien tomando decisiones por iniciativa propia, quizá las estaba saboreando tras pasar toda su vida dejando que otros decidieran por ella. Ya era hora de tomar las riendas de su vida y la de su hijo.

Su color de piel café con leche le produjo un estremecimiento de satisfacción cuando la curandera colocó al bebé sobre su abdomen y pudo fijarse bien en él, era la huella viva de sus progenitores compartiendo mitad y mitad el color de piel de ambos. En ese preciso momento se olvidó de todos los dolores sufridos, actuales y pasados, de todas las angustias anteriores, de todo el sentir entre el amor a sus padres y el dolor de que no aceptaran compartir su elección de vida. Elroy le proporcionó un estado de felicidad nuevo, diferente, ni siquiera era comparable con la felicidad que sentía al lado de Louis, al que amaba profundamente. Se detuvo tiempo observando a su pequeño, la suave piel, el pelo oscuro y con ondas, ojos grandes que buscaban a su madre sin verla, sus deditos alargados, todos al completo, no faltaba nada. A pesar de haberse sentido angustiada en múltiples ocasiones desde que supo que estaba embarazada, y tener miedo a las posibles consecuencias derivadas de los esfuerzos realizados, el bebé nació sano y hermoso. Amaia le contemplaba embelesada deteniéndose en sus rasgos y en cómo gateaba por el tórax hasta alcanzar el pecho.

Se había olvidado de Louis, sin embargo, él, nervioso, no paraba de pasear por delante de la choza hasta que salió la curandera y le abrió la puerta tupida con gruesas telas invitándole a pasar. Se quedó extasiado contemplando a Amaia y a su hijo, la imagen de felicidad que su amada reflejaba era totalmente nueva. Por un momento se sintió desplazado y celoso, dejando de percibir que era el único receptor de las palabras, las sonrisas, los gestos…, instantes después Amaia le indicó con un gesto de la mano que se acercara, despacito y en silencio para no molestar al bebé, quien descansaba plácidamente en sus brazos. Les contempló absorto, sin saber qué decir ni qué hacer, ante él se hallaban las dos personas más importantes de su vida, y solo pudo abrazarlos llorando de alegría. En ese embelesamiento le llegaron a la mente nuevas melodías que pronto transportaría a las cuerdas de su ajada guitarra.

Cómo echaba de menos en esos momentos tan importantes a su familia, sobre a todo a su madre, quien se había convertido en los últimos tiempos de la hacienda en su gran confidente. ¿Qué sería de ellos?, ¿habrían sufrido algún castigo por su decisión de irse y llevarse consigo a Amaia?, ¿se imaginarían que había conseguido rescatarla del convento? Era imposible saber algo, por lo que no tuvo más remedio que seguir haciéndose una y otra vez las mismas preguntas que ya se había hecho desde su huida. No se atrevía a pensar en ello, seguiría creyendo que estaban bien, lo necesitaba para mantenerse fuerte. Soñaba con poder regresar algún día a su lado, deseo que se quedaba entre sus más profundos anhelos a sabiendas de que nunca podrían volver. Mucho tendrían que cambiar los acontecimientos para que ese sueño pudiera convertirse en realidad algún día. Pero nunca se sabía, de momento soñar era agradable y lo seguiría haciendo.

Los días posteriores, los recién estrenados padres desbordaban felicidad por los cuatro costados, el bebé se alimentaba bien y descansaba mejor. Apenas lloraba más que cuando estaba sucio y el culito le escocía, entonces acudía Kimani para aplicarle la cataplasma correspondiente. Ese niño se había convertido en su segundo hijo, de alguna manera le recordaba al suyo, tanto por su color de piel como por sus cabellos negros y rizados. No pasaba día sin acudir a verle, exceptuando los que se hallaba fuera del poblado recogiendo hierbas y raíces. El mayor honor del que pudo presumir fue que la nombraran madrina de Elroy, se sentía muy orgullosa por ello y cumpliría con la responsabilidad y confianza que los padres habían puesto en ella al nombrarla, vaya que lo haría.

Por unos días parecieron vivir ajenos a cuanto acontecía a su alrededor que no era poco, la población que habitaba en la fortificación era cada vez más numerosa y a veces provocaban disputas poco deseables, ya fuera por ideas políticas o por no querer seguir las reglas por las que se regía la comunidad. Lo cierto es que, a pesar de no quererlo, se vieron implicados en más de un problema, había quien aceptaba de mala gana que Louis se ocupara de su mujer y su hijo, cuando muchos consideraban que era trabajo exclusivo de las mujeres; no podían permitir que ningún varón sentara precedentes que les acarrearan con el tiempo las obligaciones destinadas exclusivamente a ser realizadas por el sexo femenino, al que llamaban sexo débil. En el fondo sentían envidia, sobre todo las mujeres que abandonaron la esclavitud en las haciendas o ranchos para continuar siendo esclavas de sus maridos e hijos varones. ¡Cuándo llegaría ese momento tan deseado por cualquier mujer de que se las tuviera en la misma consideración que a los hombres! Había algún avance legislativo, pero aún se estaba muy lejos de conseguir la igualdad entre los dos sexos.

Pronto Amaia alzó la voz en el poblado en defensa de los derechos de la mujer, quien siempre fue subestimada a lo largo de siglos y siglos. Vivían la época de la Revolución mexicana y les llegaban noticias de que muchas de ellas se habían unido a la lucha. Amaia conocía bien a una de ellas, a quien pretendió unirse varios años atrás. Era Petra, quien se convirtió en ejemplo a seguir, aunque no fuera participando activamente en la lucha armada. En estos momentos cobraba fuerza su imagen y Amaia la utilizaba en sus discursos como la heroína que estaba rompiendo barreras ideológicas en favor de las mujeres. Sus alegatos no gustaban en absoluto al género masculino, que temía por su supremacía indiscutible, y pronto se crearon grupos enemigos que dejaron de considerarla como una vecina amiga para pasar a englobar la corriente de las rebeldes. Además, Amaia era blanca y los hombres se tomaban a mal el discurso feminista que procedía de una mujer blanca y rica que nunca conoció, al contrario que ellos, necesidad alguna.

Aunque Amaia no lo viera llegar, la convivencia en el poblado se le estaba poniendo por momentos más difícil.

Después de cenar, todas las noches se sentaban a la puerta de su choza, con Elroy delante de ellos en la cunita que Louis había fabricado y, unido a su inseparable guitarra, hacía sonar acordes que nunca antes conoció. Era música dulce, suave, nanas sobre todo, pero también había alguna dedicada en especial a Amaia. Era inevitable que todas las noches, tras la sesión de guitarra, hablaran de futuro, un futuro incierto que no tenían idea de cómo plantearse. No deseaban permanecer en el palenque durante mucho tiempo, así que, cuando llegaban nuevos convivientes, les aturdían a preguntas de lo que ocurría en el exterior. Hacían lo mismo con quienes salían a los pueblos cercanos a vender los sombreros y demás elementos que fabricaban ellos mismos como ayuda para subsistir. Les llegaban noticias de la lucha armada que se estaba aproximando a la zona de las montañas, el peligro acechaba, pensaban, sin embargo, lo que no sospechaban era que otro peligro más cercano e inminente les iba a hacer cambiar de idea de un día para otro.

Cornell, el vigía que con más frecuencia salía del poblado, se dirigió a ellos con cara de preocupación. Su gesto hablaba por sí mismo, se habían granjeado enemigos dentro que estaban dispuestos a todo con tal de no perder derechos ni supremacía, y se estaban organizando para echarles de la fortificación.

Eran rumores que le habían llegado de forma totalmente fortuita, que implicaban un problema serio de ser ciertos. Alertados por Cornell, Amaia suavizó un poco el tono de sus alegatos, pero la semilla del mal ya estaba sembrada. Pocos días después, mientras dormían, prendieron fuego a su choza y tuvieron que salir corriendo del poblado, peligrando hasta su integridad.

Un adiós inesperado

Un año había pasado desde que llegaron al palenque en el carromato de Cornell. Sin tiempo de recoger ningún utensilio personal, abandonaron para siempre el poblado de los cimarrones, escondido entre las montañas. Iniciaban así otra huida en la que no podían contar solamente con la velocidad de sus piernas para correr, Elroy con nueve meses les hacía caminar con lentitud y los peligros acechaban en cada recodo de cada camino.

Decidieron utilizar la lógica para intentar no ser capturados, habían escuchado en el poblado que las guerrillas atacaban por el día, dedicando la noche a descansar, así que ellos descansarían las horas de luz natural, escondidos lo mejor que pudieran y caminarían por las noches. Sin la seguridad de la fortificación ni del alimento seguro, de nuevo se dedicaron cada uno a realizar una actividad diferente pero complementaria, Louis cazaba algún animal pequeño y Amaia lo asaba junto a hierbas aromáticas y raíces que aprendió a reconocer al lado de Kimani. Por suerte, el niño apenas lloraba, siendo más fácil pasar desapercibidos.

Al pensar en las guerrillas, Amaia no pudo evitar recordar a la soldado Petra, tal vez si la buscara, si preguntara por ella en los grupos armados…, pensaba que tal vez les ayudaría; hace tiempo lo hubiera llevado a cabo sin ninguna duda, sin embargo, ahora no estaba sola ni contaba con la seguridad de su familia y su bonita vida regalada. Tenía una pareja y un hijo, no podía jugar a guerras ni enfrentamientos. Bastante habían tenido que pasar ya. Lo mismo que la recordó descartó la idea. Ya no era la Amaia del pasado.

¿Qué estarían pensando ahora Cornell y Kimani? Se sentían con la obligación moral de actuar, tenían que ayudar a sus amigos y debían ser exageradamente prudentes si no querían ponerlos en peligro. Los que provocaron el incendio de la choza les vigilaban, razón por la que necesitaban una excusa convincente para salir del poblado sin llamar la atención. Las salidas del vigía estaban justificadas siempre, no así las de Kimani que casi siempre salía en compañía de la curandera. Decidieron entonces salir por separado, él con su carromato y ella en dirección contraria con la curandera, lo tenían concretado previamente. Ya vería la manera de separarse cuando hubieran llegado al límite del campamento. Al salir de allí, Cornell se dirigió por el camino que le pareció el menos probable que pudieran haber elegido a sabiendas de que desde el muro hecho de troncos le estaban observando. Después de recorrer varios kilómetros cambió la dirección y, ahora sí, se dirigió a la que había creído más probable. En el viaje anterior, la pareja no había conocido más caminos ni sendas que las que le había tocado recorrer, así que había muchas posibilidades de que hubieran tomado la misma. Pasó todo el día y no dio con ellos, sin embargo, observador como era, se fijó en detalles como un fuego extinguido, pero reciente, o restos de huesos que aún no habían sido ingeridos por los animales silvestres. Estaba en el camino correcto.

Kimani hacía un buen rato que había salido en compañía de la curandera, y, sin demorarse demasiado, simuló un malestar en el pie, provocándose un enrojecimiento por fricción en un tobillo que obligó a la curandera a enviarla de nuevo al poblado; aunque pudiera preparar algún remedio sobre la marcha, su pie no soportaría el peso del cuerpo, ese ligero imprevisto obligó a la curandera a prescindir de ella en el viaje. De buena gana hubiera querido volver para acompañarla, pero se estaban quedando sin existencias y no podían demorar más la recogida. Se despidieron siendo conscientes de que pasarían varios días sin verse. Cuando se perdieron de vista, Kimani aceleró el paso para tomar el mismo camino que había elegido Cornell unas horas antes. Le tocó pasar la primera noche a la intemperie, buscando un refugio adecuado para mantenerse a salvo de bandidos y animales silvestres que bien pudieran dar cuenta de ella. De madrugada retomó el camino que había abandonado para pasar la noche, cogió su macuto y avanzó con paso firme hasta que, pasadas varias horas, dio con Cornell. Debían hallarse ya muy cerca de los muchachos.

Louis y Amaia escucharon cómo se acercaba alguien por el camino, y sin dudarlo corrieron a refugiarse entre los agaves de una antigua plantación que había quedado abandonada. Elroy notó la punta de una hoja al clavarse sobre su piel y rompió a llorar cuando vio asomar una gota de sangre. Su padre, que lo portaba en brazos, le tapó la boca para que no hiciera ruido. Demasiado tarde, los tres escucharon cómo se acercaba alguien con mucho sigilo.

Quienes se estuvieran acercando caminaban muy despacio, en dirección a ellos, sin duda les habían localizado y se aproximaban con la intención de capturarles para entregarles a las autoridades o matarles directamente. Sus corazones latían a mil por hora, todo parecía indicar que la escapada había llegado a su fin. Sin embargo, la precaución venía dada por el hecho de no verse atravesados por las fibras de la hoja que se hendían en la piel, provocando un importante malestar. Cuando Cornell y Kimani se acercaron lo suficiente para ver sus caras, no pudieron por menos que echarse a reír, tenían el gesto contracturado y los ojos casi cerrados, solo Elroy se mantenía con ellos abiertos y sonrió en cuanto vio a su madrina acercarse para cogerlo entre sus brazos.

Tras el susto inicial, todos se echaron a reír, solo entonces se percataron de que tanto Cornell como Kimani eran amigos de los de verdad. No se podían creer que hubieran llegado a encontrarles, y mucho menos que hubieran puesto su vida en peligro para ayudarles. Sin embargo, esa era la realidad. Era un privilegio contar con amigos como ellos.

Tras la huida del palenque, y arropados por Cornell y Kimani, recorrieron caminos durante muchos días, escondiéndose entre sembrados de maíz y de agave, barrancos y bosques, siempre con el miedo de ser capturados. Elroy, ajeno a cuanto sucedía a su alrededor, crecía feliz. Fueron días de nuevo difíciles, en que además tuvieron que decidir qué camino tomar, la mejor decisión que podrían adoptar era la de salir del país, sabían que Eneko no cesaría en la búsqueda por mucho tiempo que transcurriera. Amaia recordaba con mucha frecuencia a sus padres; más a él, con quien tuvo siempre más afinidad y confianza. Dudaba de si su madre estaría preocupada por su huida, o por el contrario se habría alegrado, su relación siempre fue muy distante y sabía a ciencia cierta que su madre no quería a nadie, ni a su marido ni a su hija, era una mujer a la que solamente le preocupaba su vida social y mantenerse en lo más alto de la esfera social y política. Nunca se imaginaría Amaia la difícil situación en la que se encontraba su madre actualmente, desencadenada a consecuencia de su huida, al no poder mantenerlo en secreto tal como le habría gustado, y lo duro que le resultó tener que hincar la rodilla ante sus amistades, cuando había sido la mujer más soberbia que por allí se había conocido.

Mucho menos podía imaginarse la tristeza de su padre, quien se había quedado completamente solo. Si supiera que tenía un nieto, quizás, solo quizás, aceptara la relación de su hija, pero no estaba en condiciones de buscarle e intentarlo. De momento su primera preocupación era decidir su destino. Con la ayuda de Cornell y Kimani, optaron por salir del país, para ello necesitaban extremar las precauciones. Si se dirigían al puerto de Progreso, en Campeche, fácilmente podrían ser reconocidos por algún esclavo de la hacienda o algún comerciante de los muchos que tenían negocios con su padre. Ante el miedo de que ese temor se hiciera realidad, optaron por tomar otra dirección, trasponiendo su destino de embarque a la ciudad de Veracruz. Ese cambio de destino retrasó en varios días la salida del país, pero aportaba algo de tranquilidad, cuantos menos riesgos corrieran, mejor. A medida que se acercaban al puerto, tanto Cornell como Kimani sabían que estaba próximo el momento de la despedida. Se habían hecho grandes amigos y sería muy difícil continuar sin ellos. Existía además el miedo de que a la vuelta al poblado fueran castigados, estaban seguros de que a estas alturas todos los habitantes del poblado sabían que les ayudaron a escapar.

Cornell se estaba haciendo mayor y no temía por su vida, como mucho le dejarían envejecer en el poblado y nombrarían a otro más joven para sustituirle, eso si no lo habían hecho ya. Pero, ¿y Kimani? Aunque no hubiera dejado traslucir en ningún momento sus temores, sabía que con ella no tendrían contemplaciones. Durante los días que transcurrieron desde la salida del poblado, una idea se iba forjando en su mente, había decidido no regresar con Cornell al poblado, a pesar del dolor de separarse de nuevo de su hermano y de Francisco, ahora que al fin se habían reencontrado, pero, ¿qué otra opción tenía?, sabía que les pondría a todos en peligro si volvía, ¿estarían conformes Louis y Amaia con que se marchara con ellos? No se había atrevido a plantearlo a pesar de la confianza que les tenía, utilizaría la excusa del gran amor que sentía por su ahijado para que la aceptaran como compañera de viaje. ¿Qué pasaría si no aceptaban su propuesta? Un mar de dudas le nublaba la mente. Su rostro reflejaba la preocupación que crecía por momentos, un detalle que no se le escapó a Amaia quien le preguntó directamente por la causa de su preocupación. Aunque intentó disimular, al fin rompió su silencio y planteó a Amaia sus miedos, no podía volver al campamento, sabía que la castigarían severamente por haberles ayudado a escapar de los pirómanos e intolerantes, y no tenía otro lugar donde ir.

Antes de atreverse a plantearle la posibilidad de alejarse del país con ellos, fue la propia Amaia quien se lo ofreció sin ambages.

—Vendrás con nosotros, Kimani. Estoy segura de que Louis estará encantado, y más Elroy, sabes el gran cariño que te profesa.

—No sabes lo tranquila que me dejas, no me atrevía a sugerirlo, a pesar de la ilusión que me hace.

—Pero, ¿no te gustaría permanecer al lado de tu amigo Francisco y retomar la búsqueda de tu hijo? No me malinterpretes, solo te recuerdo que es posible que nunca más pisemos estas tierras.

—Claro que me gustaría permanecer a su lado, sé que con él podría salir a buscar a mi hijo, pero creo que todos tenéis razón al decirme que sería una búsqueda infructuosa, no sabría por dónde empezar, ni a dónde dirigirme. Con todo el dolor de mi corazón, creo que ha llegado el momento de asumir que nunca más sabré de mi hijo Jimmie. En consecuencia, he decidido ir donde vosotros me llevéis. Agradecida, Amaia, seré siempre vuestra fiel sirvienta, para lo que necesitéis.

—¿Qué? ¡De eso nada!, tú vienes con nosotros como un miembro más de la familia. Se acabó la esclavitud y la servidumbre en esta familia, esa lucha continúa y no estoy dispuesta a ser yo misma quien trasgreda las leyes de igualdad. No se hable más. Nos vamos en busca de nuestra libertad.

Cuando llegaron al puerto, localizaron la ventanilla de venta de boletos para el embarque y consultaron los destinos que salían en primer lugar. Debían tomarlo lo antes posible, si algo no podían ni debían hacer era demorarse por días en la localidad, aunque estuviera lejos de su punto de partida. Los poderosos tentáculos de Eneko y de la familia Alvarado eran capaces de llegar a todos los puntos del país. En las siguientes horas solo había dos embarques, uno con destino a Florida en Estados Unidos y el otro destino era Cuba. No lo dudaron mucho, en Cuba se manejarían mejor con el idioma.

—Tres boletos para La Habana, si es tan amable.

Las horas previas al embarque recorrieron la ciudad de Veracruz, admirando la arquitectura colonial que se mantenía intacta a pesar del paso de los años, sus calles y jardines, y aprovecharon la ocasión para agradecer a Cornell todos los desvelos que tuvo para con ellos desde aquel lejano día en que los encontró más cerca de la muerte que de la vida, desfallecidos en un claro del bosque. Había mucho que agradecerle y poco tiempo. También Kimani tenía mucho que agradecerle, de no ser por él…

A medida que se aproximaba la hora de subir al barco, sus rostros adquirían un rictus serio. ¡Qué duras eran las despedidas! En el muelle, con los billetes en la mano, ascendieron la rampa que les separaría definitivamente de México, país que les había dado mucho bueno, pero también mucho malo, más para unos que para otros. Amaia no se consideraba privilegiada por haber tenido la suerte de nacer blanca, en el seno de una familia rica. De qué le servía todo eso si no podía ser feliz. Todos estaban tristes por las personas que dejaban atrás, padres y madres, hermanos y hermanas, hijos o amistades, aunque estos se contaban con los dedos de la mano. La despedida de Cornell fue más dura de lo que pensaban, allí dejaban no solo a un gran amigo, sino a la persona que obró el milagro de que continuaran viviendo, de no ser por su ayuda y generosidad, quién sabe si alguno de ellos estaría vivo para contarlo. Sin que ninguno hiciera comentario alguno al respecto, todos temían por su integridad cuando llegara de nuevo al palenque, seguros de que descargarían sobre él toda la rabia contenida por haber ayudado a escapar a los insurgentes desagradecidos. No se imaginaban hasta qué punto estaban en lo cierto, y lo peor de todo es que él también lo sabía.

Desde la cubierta del barco se despidieron de Cornell y de México con los brazos en alto, lo mismo que hacían el resto de pasajeros con sus familiares y conocidos. A medida que el barco se separaba del muelle, las lágrimas corrían descontroladas por sus rostros, si hubieran podido captar la imagen de Cornell se habrían dado cuenta de que también sus ojos estaban profusamente húmedos y enrojecidos.

Cuba

La travesía en el barco que les acercaba a una nueva vida no se hizo demasiado pesada, salvo algunos mareos lógicos ocasionados por la falta de costumbre de viajar por mar. Pero navegaban por el Caribe, y salvo que se presentara por sorpresa un huracán, la travesía prometía ser tranquila. La distancia que separaba las dos ciudades les ofreció tiempo y tranquilidad para recapacitar acerca de sus decisiones. ¿Estarían haciendo lo correcto?

Al llegar a La Habana hallaron la primera dificultad, tenían que buscar un lugar donde alojarse y apenas tenían con qué pagar una habitación, por lo que era urgente encontrar un trabajo, mientras tanto tendrían que pasar los días con sus noches a la intemperie. Lo poco que le quedaba sería para adquirir alimentos, sobre todo para Elroy. Antes de partir de Veracruz, Cornell les había entregado una bolsa que contenía los dineros que había sido capaz de ahorrar mientras estuvo en el palenque, pero se gastaron la mayoría en adquirir los pasajes de barco.

Mientras preguntaban aquí y allá por posibles haciendas que precisaran mano de obra, y les enviaban de un lugar a otro, se detenían a contemplar bellos edificios que ocupaban cualquier callejuela o plaza de la ciudad. Caminando por ellas, descubrieron una hermosa ciudad, en la que daba la impresión de que el tiempo se hubiera detenido siglos atrás; era una ciudad muy hermosa, ciertamente, pero no llegaron a la isla para admirar sus monumentos más o menos emblemáticos. Cuando estuvieran asentados, dedicarían más tiempo a recorrer la ciudad y empaparse de cultura e historia colonial que, por lo que ya habían podido ver, abundaba.

Era primordial en estos momentos centrarse en buscar ocupación, y durante su recorrido por la ciudad haciendo preguntas ya les quedó claro que las mayores industrias del país se centraban en la producción de azúcar, el tabaco y la ganadería. Entre los lugares que les aconsejaron visitar en busca de ocupación se hallaba un pueblo no muy alejado de La Habana, de nombre Viñales, en el que había asentamientos de agricultores. Debían buscar la manera de llegar allí lo antes posible, aún le quedaban algunas monedas que no dudaron en invertir en el viaje.

La aldea de Viñales era la puerta de entrada al valle del mismo nombre. Al llegar, se encontraron con un pueblo fundado unos cincuenta años antes, que se dedicaba sobre todo a la producción de tabaco. Ya les habían adelantado en La Habana que era la tierra que producía el mejor tabaco del mundo. Pronto hallaron una plantación en la provincia de Pinar del Río en la que precisaban mano de obra. Sin dudarlo, aceptaron la oferta que les hicieron, y que incluía una pequeña vivienda. Al día siguiente de su llegada, Louis y Kimani iniciaron los trabajos en los campos de la plantación. Su primer cometido era recoger con sumo cuidado las hojas de la planta para continuar después con los diferentes procesos de elaboración del tabaco, llevándolas al punto de ensarte. Amaia por el momento se quedaría con el pequeño Elroy, hasta que le ofertaran un trabajo en el que pudiera tener al niño con ella, un trabajo que llegó en pocos días, como ayudante de cocina.

Las plantaciones de tabaco les parecieron sorprendentes, se trataba de un cultivo muy diferente a los que conocieron en México, pero por contra resultaba muy atractivo. Entre esas plantaciones podrían hallar fácilmente un refugio para sus sentidos y un lugar idóneo para mantenerse alejados de los capataces de Eneko, les constaba que no se detendrían nunca, mientras no les hallaran y les devolvieran a su casa en Mérida. No obstante, confiaban en que sería muy complicado seguirles hasta ese entorno. Necesitaban pasar inadvertidos casi tanto como comer o respirar. Había sido demasiado tiempo de inquietud, escapadas, nervios, incertidumbre. Se quedarían en ese mágico lugar, lo decidieron en el mismo momento que llegaron al valle.

Además de las extensas plantaciones, que calcularon que no se podrían recorrer si no era a lomos de un caballo, les llamaron la atención unas formaciones geomorfológicas de gran tamaño, cubiertas por una delgada capa de tierra con una tupida vegetación, que podían tener cientos de metros de altura, a las que se les conocía por el nombre de mogotes. Las plantaciones de tabaco con los mogotes de fondo eran un espectáculo de la naturaleza que no se cansaban de contemplar.

Con muchos nervios, pero con una gran ilusión, iniciaron la jornada al amanecer del segundo día de su llegada al valle. Louis, tal como le habían indicado, se dirigió a los campos en compañía de otros muchos trabajadores y Kimani fue conducida al lugar donde se torcían las hojas. Era finales de octubre, la época del inicio de la recogida de las hojas para su posterior tratamiento que habría de pasar por diferentes fases hasta convertirse en tabaco, de allí salían los mejores puros habanos y de la mejor calidad, todos los campesinos se sentían orgullosos de ello y no dudaban en repetirlo tantas veces fuera necesario y a todo aquel que quisiera escucharles.

Para Louis, el trabajo de los campos no difería mucho del que realizaba en México, con campos extensos y muy productivos, en los que pasaban todo el día. A su regreso a casa, solo quería descanso y el profundo bienestar que le producía la compañía de Amaia y Elroy, sus dos amores. Poco a poco fueron recuperando sus habituales charlas después de la cena, hasta que llegaba la hora de retirarse a descansar. Se estaban integrando muy bien, los campesinos les habían recibido con los brazos abiertos y ellos respondían con gratitud. Louis solamente echaba de menos un elemento que durante varios años formó parte de su vida, era su guitarra, gran compañera en sus ratos de ocio y veladas familiares entretenidas. Al salir corriendo de la choza del palenque, al echar la vista atrás, vio cómo estaba siendo pasto de las llamas, igual que todo lo que tenían, que era muy poco. Recordar ese momento le producía un gran malestar y se preguntaba si tras la escapada habrían hecho lo correcto. Fuera como fuera ya no había marcha atrás, ahora solo quedaba mirar para adelante con las miras puestas en solucionar su futuro de la mejor forma posible.

A esas charlas nocturnas se había unido Kimani, para quien el nuevo trabajo sí implicaba muchos cambios. Desconocía casi todo del trabajo de los campos, su labor en la hacienda de los franceses se desarrollaba dentro de la vivienda. Asombrada por todas las novedades, les contaba cada día cuál era su cometido en el trabajo, cómo se desarrollaba para que el torcido de la hoja fuera perfecto. Pronto consiguió ser una de las mejores torcedoras de la plantación, según le hacían saber los dueños. Se aficionó al tabaco, no pasaba día sin que fumara uno o dos puros. Vivir entre el aroma de las hojas le seducía y fumar le relajaba en gran medida. Quizás era de los tres adultos quien mejor se estaba adaptando a la isla.

Pasados los primeros meses, Kimani dejó de asistir a las charlas nocturnas, había encontrado a una buena persona en la plantación que se interesaba por ella. Se llamaba Marcel. Al comienzo le costó mucho relacionarse, aún estaba fresco el recuerdo de todo lo que le había tocado vivir y sentía miedo. Sin embargo, él se la fue ganado con su forma de ser, era cariñoso, respetuoso, trabajador, responsable y, sobre todo, paciente. Le posibilitó que mantuviera en silencio su pasado, no tenía ninguna necesidad de conocerlo si ella no estaba dispuesta a contarlo. Se estaban entendiendo bien y, cada día que pasaba, su compañía era más grata para ambos. Pero, ¿qué pasaría si tenían que salir huyendo nuevamente?

Era consciente de que ese riesgo existía, y no quería pensar en la remota posibilidad de que algún día se tuviera que ir. Después de todo, no la buscaba la familia de Amaia, pero se había comprometido con ella a que la acompañaría donde quiera que fuera, siempre y cuando Amaia se lo siguiera pidiendo. Llegado el caso, ¿se iría Marcel con ella?, ¿o le pediría que se quedara a su lado?, ¿aceptaría Amaia de buen grado que no se marchara con ellos? Muchas inquietudes la asaltaban y no había motivos para pensar que las cosas se desarrollaran desfavorablemente para ellos. Así que, por lo pronto, se imponía la tranquilidad. De ese modo fueron pasando los días y los meses, con esa aparente tranquilidad, lo que les hizo creer a todos que ya estaban a salvo. Nada más lejos de la realidad.

Kimani se había casado con Marcel, y estaban esperando un hijo, sería el primero para él, pero no para ella. Tiempo atrás había decidido ponerle al corriente de todo lo que había tenido que sufrir hasta llegar al momento actual. El peor momento fue cuando le confesó que había dado por finalizada la búsqueda de su hijo, a pesar del dolor que le producía, sabiendo que nunca le hallaría debido a la falta de datos para un posible reconocimiento. Marcel, en silencio, la dejaba hablar y llorar, estando a su lado para secarle las lágrimas que habían optado por recorrer su rostro sin ningún tipo de cortapisa. Habían adquirido una casita cerca de la de Louis y Amaia, y mientras llegaba el hijo que esperaban con tanta ilusión, se dedicaron a pintar paredes, reparar el techado, plantar flores en el jardín o pintar la valla de tablas.

Los meses siguientes se instaló en sus vidas una paz que hacía mucho tiempo habían dejado de percibir. Louis y Amaia tenían una bonita casa construida con tablas, disponía de cuatro habitaciones y el suelo era de tierra apisonada; cambiaron todo el mantillo que cubría el tejado, aprovechando también para colocar en la pared de entrada cuatro columnas redondas que formarían el porche, donde instalaron un banco de tablas realizado por

Louis y dos hamacas. Las ventanas, pintadas de azul, se abrían al porche, dejando entrar el aroma de los diferentes perfumes que procedían de las flores que Amaia se encargaba de cuidar a diario. La casa estaba rodeada de palmeras además de muchas flores exóticas y se accedía a ella a través de una valla de tablas y alambreras, la puerta de acceso también estaba formada con tablas. A un lado de la vivienda se encontraba un cobertizo donde decidieron criar gallinas, conejos y un cerdo, les aportarían una buena parte del sustento diario. Adquirieron también un caballo para tirar del carromato durante sus desplazamientos por la zona. Sin querer, Amaia recordaba los paseos que realizaba por la hacienda Alvarado, al inicio sin objetivo alguno, después, cuando se enamoró de Louis, para encontrarse con él. Le costaba recordar cuánto tiempo había pasado desde entonces, a ella le pareció una eternidad.

Su casa por fin se había convertido en un hogar. Por detrás de ella, la finca disponía de un terreno en el que decidieron cultivar un huerto, así obtenían artículos de primera necesidad entre los que se contaban una gran cantidad de verduras, y cerca se podían contemplar varios árboles frutales que producían riquísimas frutas exóticas.

Asentados definitivamente en la aldea de Viñales, con su casita reconstruida y adaptada a la familia, Louis y Amaia decidieron escribir una carta a Nila y Terrence, necesitaban comunicarles que estaban vivos, y que estaban bien. A la hora de relatar sus avatares, echaron en falta una foto de los tres, nunca se habían hecho ninguna y la ocasión era propicia para ello. En Viñales no había posibilidad de obtener una, sin embargo, recordaron que en La Habana se habían topado con un estudio fotográfico en una de las calles principales, que exponía en una urna acristalada adosada a la pared exterior algunas de las fotografías que realizaba, como muestra del buen hacer del fotógrafo. Aprovecharon el día de domingo para viajar a la capital y a su regreso portaban una preciosa fotografía en la que Elroy ocupaba el centro de la misma. No podía ser de otra manera, el niño era el centro de sus vidas, aunque en breve espacio de tiempo no sería el único protagonista. Amaia estaba embarazada de su segundo hijo.

Transcurridos dos años desde que Louis se marchó en busca de Amaia, llegó a la hacienda Alvarado una carta sin remite dirigida a Nila y Terrence, que procedía de un lugar del continente americano. ¡Están vivos!, fue lo primero que pensó Nila. En el sobre reconoció la letra de su hijo y no pudo por menos que detenerse en cuanto pudo y abrirla. Cuánto tiempo había vivido angustiada, confiando por una parte en que hubieran podido superar todos los obstáculos que la vida les hubiera puesto en el camino, de lo que estaba muy segura, pero siempre con el miedo de que les hubiera ocurrido algo y nunca más hubiera sabido nada de ellos. ¡Louis y Amaia están vivos!, repitió una y otra vez para asegurarse, y un hormigueo cruzó todo su cuerpo. Escondida para evitar ser descubierta, rompió con gesto nervioso la solapa del sobre y sacó la fina hoja manuscrita. No llegaba sola, al sacar el papel se deslizó entre sus dedos una foto en la que aparecían Louis, Amaia y, para su sorpresa, también un niño que calculó que podría tener unos dieciocho meses de edad. En ese momento habría saltado de alegría, y llamado a voces a Terrence y a sus hijas para que conocieran la dicha que la embargaba. Ellos también se alegrarían infinitamente. Lo habían pasado muy mal desde que Louis se marchó, sin recibir noticias, pensando cada día si habría podido cumplir con el sueño de rescatar a Amaia del convento, o si por el contrario les habrían cazado como a animales salvajes y les hubieran dado muerte. Conocían bien el poder de los Alvarado y los Ortiz de Urquiza en Yucatán, y que tenían ojos en todas partes también lo sabía, sin embargo, esta carta era la prueba de que no fue así, a pesar de que más de una vez estuvieron cerca de ser alcanzados.

En la carta, Louis contaba a sus padres algunos de los incidentes que tuvieron que soportar para establecerse en un lugar tan diferente al que habían conocido y cómo llegaron a ese punto de sus vidas. Sus principios no fueron nada fáciles, —les narraba— pero siempre se mantuvieron unidos a pesar de las adversidades. Les relataron en primer lugar algunas de las situaciones que tuvieron que sobrellevar desde su huida del convento hasta que llegaron, gracias al azar y a la bondad de un buen hombre de nombre Cornell, al palenque, en la sierra madre de Chiapas, donde vivieron durante un año, añadieron los pormenores del nacimiento de su hijo, cómo debieron huir por culpa de los enemigos que se granjearon, sobre todo por los discursos de Amaia al intentar cambiar de forma tajante el curso de la historia en un lugar dominado desde siempre por los hombres, que no estaban dispuestos a aceptar que las mujeres adquirieran poder alguno. Aunque los detalles más dolorosos nunca se los contarían, al menos de momento.

Al principio las cartas llegaban de cuando en cuando, pero, con el paso del tiempo y con la confianza que daba el no haber sido descubierto su paradero a través de ellas, estas empezaron a llegar con más frecuencia. No pasaba semana en la que no tuvieran noticias recientes de sus hijos. A través de ellas conocieron también a Kimani, quien se había convertido en un miembro más de la familia.

La foto de Louis, Amaia y su hijo, llevó la perdición a la familia de Louis, Nila la llevaba siempre en el bolsillo y en un descuido, la foto cayó al suelo, con tan mala suerte que el ama Catalina Josefa, que se hallaba muy cerca de ella, pudo contemplar el rostro de su hija. Sus ojos se pusieron rojos como la grana. Había sido una imprudencia, a pesar de que Terrence se lo había advertido en más de una ocasión, pero ella necesitaba tenerlos cerca y fue la única manera que halló. A partir de aquel momento se inició en la hacienda Alvarado un período de castigos y humillaciones para intentar sacar una verdad que nunca consiguieron, pues todos prefirieron dejarse matar antes que revelar dónde estaban sus hijos. La más castigada fue sin duda Nila, bien por cercanía o porque pensaban que sería la más débil y la que primero sucumbiría. Pero nada lograron. Tras varios días de vejaciones, parecía que su muerte sería algo inminente y la dejaron tirada como se tira la basura en mitad del campo. Con los cuidados de su familia, consiguió mantenerse con vida, pero en la casa principal nadie debería saberlo. Era la única escapatoria que se les había ocurrido. Terrence debía actuar como siempre, manifestando además la pena propia por el fallecimiento de su esposa, sus compañeros de faenas tampoco debían sospechar nada.

Catalina Josefa consideró que el castigo que derivó en la muerte de Nila sería suficiente, era consciente de que nunca le confesarían donde se hallaban sus hijos, y saber que permanecía al lado de Louis, seguía siendo para ella una humillación, por el momento se conformaba con saber que continuaba con vida, pero no quería saber nada de ella mientras estuviera con el esclavo mulato, tal como ella le denominaba.

Pasados dos días simularon su entierro, debían hacerlo oficial si querían tener alguna posibilidad de sobrevivir, mientras tanto Terrence escribía una carta a un lugar de Cuba, en la que les ponía al día de la situación que estaban viviendo, derivada de la imprudencia de Nila. La misiva obtuvo una respuesta inmediata. En ella llegaban billetes de barco para los padres y las hermanas de Louis, que pocos días después entregaban a la subida del barco que les trasladaría a tierras cubanas.

El traslado de los cuatro miembros de la familia se realizó con el mayor sigilo posible. Con los billetes del barco a buen recaudo, recogieron unas pocas pertenencias, las más imprescindibles para no cargar con bultos innecesarios y salieron en medio de la noche, amparados por un cielo nublado que convertía a la noche en una de las más oscuras. Amenazaba lluvia, sin embargo, nada les iba a detener. Con un poco de suerte, en unas horas estarían embarcando en el puerto de Progreso.

Los treinta y dos kilómetros que les separaban de allí se hicieron pesados, debían caminar despacio teniendo en consideración el estado físico de Nila, solo necesitaban caminar en la noche el máximo trayecto posible, de ese modo cuando amaneciera ya se habrían alejado lo suficiente de Mérida. Quizás no fuera suficiente, al amanecer Terrence debía salir a los campos con las cuadrillas y sus hijas comenzar con las tareas que tenían encomendadas en la casa de los amos desde hacía mucho tiempo, teniendo que cumplir además con las que realizaba su madre, por imposición directa del ama, pero al menos les llevarían ventaja. No estaban equivocados al pensar que les perseguirían. Cuando ascendían la rampa del barco descubrieron a uno de los capataces de la hacienda vigilando desde lejos, seguramente acababa de llegar, por suerte ya estaban a salvo, a no ser que tuviera la orden de detener el barco para que descendieran, lo que tampoco sería de extrañar. En pocos minutos sonó la bocina y el barco inició las maniobras de separación del muelle. Lo habían logrado, por el momento.

El capataz, impotente, observaba desde el muelle cómo escapaban ante sus propios ojos, pero no todo estaba perdido, aún le quedaba la posibilidad de obtener información de hacia dónde se dirigía el barco. Comprobó en el panel de la sala de espera, que se hallaba adherido a una de las amarillentas paredes que destilaban años y suciedad acumulada, que el barco se dirigía a La Habana; ya tenía algo y no era poco importante. Esa información, unida al hecho de que Nila no había fallecido, tal como les hicieron creer a todos en su momento, le proporcionaría una jugosa recompensa por parte del ama. A su regreso a la hacienda, seguro de llevar importantes noticias, se presentó ante ella y le relató todo lo que había podido comprobar con sus propios ojos. Esperaba que ella se lo agradeciera con su generosidad habitual cuando de información importante se trataba, sin embargo, lo que recibió fue una tremenda paliza por no haber sido capaz de detenerlos antes de que embarcaran. Era la forma de agradecimiento que dispensaba a quienes no habían cumplido con el cometido encomendado.

El matrimonio, junto con sus dos hijas, arribaron al puerto de La Habana donde les estaban esperando Amaia y Louis. No les acompañaba Elroy, quien se había quedado en Viñales al cuidado de Kimani. Al descender del barco, se fundieron en abrazos interminables, llenos de alegría irreprimible, pero también de pánico por todo lo acontecido recientemente, y aún con el temor de que les siguieran hasta el pueblo cubano. Sería difícil, pero no imposible. Durante el viaje hacia su residencia, ninguno quería desprenderse de los abrazos de los otros, los padres por fin disfrutaban de su hijo y Amaia, tras pasar años sin saber de ellos, con la incertidumbre de si estarían vivos, las hermanas de Louis se sentaron una a cada lado y le acribillaban a preguntas, sin dejarle apenas respirar. Nila, aún convaleciente, se movía con cierta dificultad, pero el deseo de abrazar a su hijo y no soltarle más superaba las molestias físicas que sentía.

Amaia estaba embarazada de su segundo hijo, aunque su cuerpo aún no delataba el estado de buena esperanza. Así se lo transmitió al poco de llegar a la casa. La felicidad les desbordaba a todos por momentos. A partir de aquel instante ninguno de ellos dejó que siguiera dedicando sus horas al cuidado de su hijo, el huerto y los animales, tal como lo había hecho hasta ahora, sin embargo, Amaia les relató que no debían preocuparse, hacía mucho tiempo que había abandonado el estatus que se le suponía por proceder de la familia Ortiz de Urquiza y Alvarado para convertirse en una mujer madura, trabajadora, responsable, buena madre y buena compañera para su hijo Louis. Nadie lo dudaba, en efecto, se les veía felices juntos.

Habían pasado varios días desde la llegada de la familia al pueblo de Viñales, todo en él era muy diferente a Mérida, que era lo que ellos conocían, pero estaban recibiendo tan buenas sensaciones que desearon poder asentarse allí definitivamente, junto a sus hijos y sus nietos. Todo el valle les parecía un prodigio de la naturaleza, el modo de vida de los aldeanos, el trabajo, la tan ansiada libertad…, había llegado el momento tan anhelado a lo largo de su vida y con el que tantas veces habían soñado y que les había ocupado tantas horas de charlas en la intimidad de su habitación. Apenas se lo podían creer, era cierto y lo estaban acariciando, sin embargo, aún permanecía en sus retinas la sombra de la duda, el capataz ya le habría contado al ama hacia dónde se dirigieron y no tardarían en dar con ellos. Aún no se habían atrevido a hablar con Louis y Amaia de la persecución hasta el barco, sabían que teñirían de gris su tranquila y anhelada vida, pero era necesario ponerles al corriente. Debían estar prevenidos, pero no se lo confesarían de momento. Por su parte Amaia no quería preguntar por sus padres, y tanto Nila como Terrence respetaron su silencio, todo llegaría, —concluyeron—, estaban convencidos de que no tardaría mucho.

Terrence encontró ocupación en la plantación de tabaco junto a su hijo y no tardó en conocer todo lo relacionado con el mismo para llegar a ser un buen empleado, al mismo tiempo pretendía ser uno de los mejores con el fin de no provocar las iras del amo, tal como seguía llamando al dueño de la plantación, por la costumbre de toda una vida. No sabía de qué otra manera llamarle.

No perdieron la bonita costumbre de sentarse en el porche después de cenar, allí se ponían al día de todas las vicisitudes por las que pasaban en el trabajo, o en la casa, las hermanas de Louis aprovechaban para jugar con su sobrino Elroy, al que estaban mimando en demasía. Sin embargo, todos echaban en falta un elemento importante, la guitarra de Louis que acompañaba siempre sus veladas. Ya les habían hablado de las circunstancias en las que se quemó y comenzaron a pensar en la forma de adquirir otra. En alguno de sus escasos viajes a la capital tal vez decidieran conseguir una, todo iba a depender del precio, pues ante todo debían cubrir sus necesidades básicas ahora que había cuatro miembros más y el que estaba por llegar. Después de todo, la guitarra podía esperar.

Amaia dudaba entre preguntar por sus padres o continuar sin saber nada de ellos, le estaba costando mucho mantenerse al margen y una noche lo habló con Louis, quien le aconsejó que preguntara, fueran como fueran seguían siendo sus padres y ella merecía saber algo de ellos. Había muchas posibilidades de que lo que Nila pudiera relatarle no le fuera a gustar, aun así, tomó la decisión de hacerlo. Quería y necesitaba saber algo. Resuelta, a la mañana siguiente, después de que los dos hombres se hubieran ido a los campos a trabajar, se sentó al lado de Nila y comenzó a preguntar, ahora sí, una vez que se había decidido, quería saberlo todo. Así se lo transmitió a ella, y le rogó que no ocultara nada, sabía muy bien como era su madre y que le haría sufrir cuanto pudiera contarle. Pero mostraba más preocupación por su padre, su querido padre Eneko. ¿Qué habría sido de él tras su huida del convento?, ¿seguiría removiendo cielo y tierra para encontrarla? Adoraba a su padre y era consciente de que con su actitud le había causado un profundo dolor, pero no le dejaron otra alternativa, no comprendieron que Louis era toda su vida y que renunciaría a todo por estar junto a él. Ese había sido su sueño, un sueño que con el paso del tiempo se había convertido en una adorable realidad. Volvería a actuar de la misma forma una y mil veces más si fuera necesario y se viera obligada por las circunstancias.

—Nila, háblame de mi padre.

La pregunta fue directa, hasta el punto de que la mujer se sorprendió después de escucharla y la mandó repetir.

—Quiero que me hables de ellos, sobre todo de mi padre. Le extraño tanto…

Sorprendida, Nila inició su relato empezando por el final.

—Niña Amaia, tu papá está bien, bueno, no tan bien desde que te fuiste.

—¿Qué ha pasado?, ¿qué quieres decir?, ¿está bien o no? Habla, te lo suplico.

—Déjame respirar, niña. Tu padre está bien, pero muy triste desde tu marcha.

—Cuéntamelo todo, necesito saberlo.

—Cuando volvieron a casa después de dejarte en el convento, tu madre llegó algo turbada, pero estaba fuerte y lo afrontó con mucha entereza, tú sabes mejor que nadie cómo es, en cambio, tu padre…

—¿Qué le pasó?

—Yo nunca lo vi, pero se encerraba en su despacho durante largas horas y te puedo asegurar, niña, que alguna vez le escuché llorar.

Amaia comenzó a darse cuenta de la cruda realidad, no era lo mismo pensar en lo que podría estar sucediendo que escuchar lo que en realidad sucedió. Con los ojos enrojecidos a punto de llorar, le suplicó a Nila que continuase. Ahora ya no podría quedarse con la información a medias.

—Al principio, como te digo, pasaba muchas horas encerrado en su despacho, sin embargo, poco tiempo después comenzó a salir de viaje y pasaba muchos días fuera de casa.

—Eso era normal, anteriormente también lo hacía. La Compañía Ortiz de Urquiza reclamaba toda su atención. Sabes que es una hacienda muy grande y debía mantenerse al frente de ella.

—Lo sé, niña Amaia, lo sé. Sin embargo, algo me dice que no iba a atender la hacienda, sino que pretendía escapar de la brutal realidad. Le dolió mucho dejarte en el convento.

En ese momento, Nila pensó en hablarle de las cartas que llegaban desde Ciudad de México, pero rápidamente lo descartó, le pareció más prudente ir dando la información poco a poco.

—Si le dolió tanto como dices, ¿por qué me dejó allí, al cuidado de aquellas odiosas monjas? Sabía que empleaban duros castigos con las internas, estoy segura. Ni siquiera mi tía me tuvo en consideración en ningún momento. Es más, creo que era la peor, nunca quiso saber nada de mí, le daba igual si me pegaban o me obligaban a comer por la noche lo que no quería comer a mediodía. Ay, Nila, te contaría tantas cosas…, algún día lo haré y entenderás todos los ultrajes por los tuve que pasar.

—Puedes contarme lo que quieras, niña Amaia, sabes que te quiero desde que naciste. ¿Te acuerdas de cuando eras muy chica y te escapabas para jugar con Louis?

—Lo recuerdo, claro que sí, pero ya hablaremos de eso en otro momento, ahora quiero que sigas hablándome de mi padre.

—Está bien, como quieras. A nosotros nos infligieron severos castigos por permitir que te relacionaras con Louis, porque pensaban que sería un capricho como tantos otros, y perdóname, mi niña, eso fue lo que me dijo tu madre. Cuando te dejaron en el convento, su carácter, sobre todo el de tu madre, se endureció aún más, ya no soportaba a nada ni a nadie y ya sabes con quien lo pagaba. Ella misma se encargaba de fustigarnos una y otra vez.

—Nila, siento mucho todo lo que habéis tenido que soportar por mi culpa.

—No lo sientas, niña Amaia, los esclavos siempre recibimos castigos por todo y sin razón. No es culpa tuya, no lo sientas.

—Te prometo que nunca más permitiré que haya a mi alrededor ningún esclavo. A día de hoy conozco bastante bien la vida que os ha tocado vivir y me repugna que siga existiendo esclavitud, en muchos casos encubierta, pero lo que me parece peor aún es que siga habiendo personas que se crean con el derecho de tener esclavos y les traten peor que a animales u objetos, porque ni siquiera son capaces de verlos como a personas y mucho menos como a iguales.

Tras la conversación, ambas quedaron pensativas, una pensando en su libertad y la suerte de que la niña Amaia fuera diferente al resto de blancos, y la otra en la vida que le tocó vivir habiendo nacido en una casa de ricos, tan afortunada para sus padres, pero tan desafortunada para ella. Aunque ambas situaciones diferían tanto que no había ningún punto de unión entre ambas.

—Niña Amaia, cuéntame cómo conseguiste huir del convento. Louis me ha contado algo, pero no ha entrado en detalles. Quiero saber más, cómo huisteis, qué os pasó por los caminos, hacia dónde os dirigisteis, cómo conseguisteis alimentos, cuanto tardasteis en llegar al palenque, qué pasó allí para que os tuvierais que marchar a toda prisa…

—Poco a poco, Nila, poco a poco. Es muy largo de contar.

De nuevo quedaron enfrascadas cada una en sus pensamientos, hasta que llegó corriendo Elroy a esconderse porque le perseguían sus tías.

Con el reposo y los cuidados necesarios, Nila se estaba recuperando bien, apenas cojeaba ya, aunque le quedaría esa leve cojera de por vida, y los hematomas que tenía repartidos por todo el cuerpo comenzaban a desaparecer, en cambio, los golpes del alma permanecerían a lo largo de toda su existencia. Aún había muchas noches en las que se despertaba sobresaltada al escuchar cualquier ruido, asociándolo a latigazos y voces de pánico y dolor. En este momento, viéndose más fuerte, estaba deseando empezar a trabajar, Terrence había hablado con uno de los capataces de la plantación y en cuanto estuviera recuperada podría empezar, le había dicho. Necesitaba sentirse útil, estaba acostumbrada desde niña al trabajo duro y no le asustaba cualquier cometido que pudieran encomendarle. Kimani sería su guía y mejor apoyo los primeros días de trabajo, porque todavía faltaban algunos meses para que naciera su bebé.

Nila y Kimani se hicieron grandes amigas, tenían muchas experiencias en común, y se apoyaban una en la otra siempre que se necesitaban. Sus vidas habían cambiado radicalmente y se estaban acostumbrando a esta nueva manera de vivir, ¡qué bien les sentaba la libertad!

Ahora podían soñar despiertas, sin castigos, sin reproches, sin sentimientos de culpabilidad, a sabiendas de que eran apreciadas por sí mismas y por su valía. Pasaban juntas las horas de trabajo, y siempre al regresar a la casa charlaban de lo que había pasado con tal empleado, o con aquella otra máquina que llevaba varios días fallando, o cómo los dedos se les estaban llenando de arrugas por torcer las hojas secas del tabaco. El embarazo de Kimani estaba llegando al final, se sentía más torpe cada día que pasaba y le costaba cumplir con su cometido en la sala de torcido. Tantas horas trabajando de pie le estaban provocando gran hinchazón en los pies, lo que le hacía muy costoso el caminar. Hasta tal punto apuró las horas que se puso de parto antes de volver a casa. Su hijo parecía tener prisa por nacer, no importaba el lugar ni las circunstancias que le rodearan. Nila, pendiente de ella en todo momento, se apresuró a pedir ayuda a otras mujeres y entre todas lograron aportar algo de tranquilidad a Kimani, tendieron mantas en el suelo, acercaron cubos con agua y paños limpios, unas le cogían las manos para ayudarle a calmarse, otras la animaban diciéndole que todo iba a salir bien. Después de todo, no era la primera mujer que paría en la sala de torcido. Nila era quien dirigía las maniobras mientras Kimani empujaba con todas sus fuerzas para que su hijo atravesara el canal del parto. Fue un parto rápido, su cuerpo ya tenía experiencia y se notaba. Poco después escuchó el llanto de su bebé y Nila le confirmó que había sido una niña.

De regreso a casa, tras el emotivo encuentro con Marcel, la siguiente visita que realizó con la niña en brazos fue a Louis y Amaia, todavía no le había comentado a nadie, salvo a su esposo, el nombre que había decidido ponerle a su hija y que había mantenido en secreto a pesar de las veces que se lo habían preguntado en los meses previos. Con gran satisfacción miró a los ojos a su amiga y se lo confesó: "Amaia".

—¡Quiero además que seas su madrina!

—Es un honor para mí, Kimani, nuestros hijos serán algo más que amigos.

La pequeña Amaia tenía grandes ojos azules como su madre, que contrastaban enormemente con su piel oscura, y el pelo negro y rizado como su padre. Sus mofletes parecían aumentar cada día que pasaba y se había convertido en el juguete favorito de Elroy. El niño le preguntaba a su mamá con mucha frecuencia cuándo nacería su hermanito, estaba deseando que saliera ya de su tripita, y decía que quería jugar con él. Tres meses después llegó el momento que todos estaban anhelando, el segundo hijo de Louis y Amaia estaba a punto de nacer. Cuando sintió los dolores de parto avisaron a la comadrona del pueblo y estuvo con ella hasta que su hija nació. Era una niña mulata, que llegaba a una familia donde era bien recibida y deseada. Su nombre fue decidido por Amaia, con el beneplácito de Louis, se llamaría como la tatarabuela que un lejano día llegó a México de la mano de Koldo y sus dos hijos, Iñaki y Ander. María Teresa sería su nombre.

Con Elroy y María Teresa, la familia inició una etapa de felicidad acentuada, si es que eso era posible. Los chiquillos crecían sanos, y Elroy pronto comenzaría a ir a la escuela. Durante esos años de relativa tranquilidad y mucha felicidad alrededor, Nila y Terrence no se olvidaban del secreto que guardaban celosamente, a pesar de reconocer que debían poner a sus hijos en alerta. Cada vez que llegaba un desconocido al pueblo, le miraban con mucho recelo, intentando descubrir quién era porque siempre temían que les hubieran descubierto. Esa inquietud les estaba empezando a incomodar y no tardando mucho habrían de afrontarlo, haciendo a sus hijos partícipes de sus miedos.

Un nuevo contratiempo

Echaban tanto de menos los sonidos de la guitarra que un domingo decidieron viajar a la capital con Nila y Terrence en busca de alguna tienda donde conseguir una. Louis estaba emocionado. Durante su visita a La Habana, recorrieron callejuelas y plazas, observando edificios del siglo XVI, fortalezas, conventos, y las murallas que durante siglos protegieron a la ciudad con un cerco de piedras, de la que todavía quedaban restos. Hallaron una tienda pequeñita en la que se amontonaban por falta de espacio instrumentos musicales diversos entre otras cosas, no dudaron en entrar. Los ojos de Louis se fijaron en dos guitarras que permanecían apoyadas en la pared del fondo, rodeadas de cachivaches por doquier, una la descartó de inmediato porque le faltaban dos cuerdas, sin embargo, la otra presentaba un aspecto seminuevo. Con permiso del dueño la cogió, la miró, la remiró, hizo sonar unos acordes para comprobar su sonido y correcto funcionamiento, ya estaban en tratos con el buen hombre intentando regatear el precio que le pedía por ella, cuando llegaron Nila y Terrence, que se habían quedado en la calle contemplando una bonita plaza, corriendo sofocados.

—No salgáis a la calle, que no os vean—. Era tal la agitación que apenas salían las palabras de su boca. Nila tuvo que contener la respiración cuando vio por la plaza a dos capataces de la hacienda Alvarado haciendo preguntas a paseantes que a esa hora llenaban las calles. El momento más temido por todos parecía haber llegado.

—Mamá, ¿por qué?, ¿quién no tiene que vernos?, ¿qué ha pasado?

—No miréis, continuad como si no pasara nada.

Ellos se colocaron de espaldas a la puerta de entrada para obstaculizar el acceso a la tienda si por un casual pretendían adentrarse en ella, y había posibilidades de que lo hicieran, en la hacienda conocían bien la pasión que Louis sentía por la guitarra, y las tiendas que contaran entre sus múltiples bártulos con algún instrumento en uso, serían de los primeros en ser interrogados. Era una posibilidad que no podían descartar.

—Me estás asustando. ¿Quieres hablar? Padre, pero qué ocurre… Sin dejarle terminar la frase, su padre les ordenó ocultarse.

—Guardaos, en la calle están dos capataces de la finca Alvarado haciendo preguntas a los transeúntes.

Los chicos se quedaron exánimes, un torbellino de pensamientos les soliviantaba en ese momento, sin saber qué hacer ni cómo actuar. Estaban muy cerca de perder lo que tanto tiempo les había costado conseguir: su libertad. En un gesto autómata, se escondieron tras un montón de cacharros que de momento les servirían de parapeto, sin embargo, no sabían si el hombre se vendería fácilmente por unas pocas monedas. Fue una suerte que decidieran dejar a sus hijos al cargo de Kimani, de lo contrario se estarían arriesgando de más al convertirse en objetivo fácil para todas las miradas. Ni siquiera se atrevían a levantar la cabeza para observar. Con todos los sentidos en alerta y en silencio, escucharon cómo preguntaban a unos y a otros por las zonas industriales de la isla.

Los capataces querían conocer cuál era el destino más habitual de quienes llegaban a la isla en busca de trabajo. Unos les hablaban de las zonas de cultivo de caña de azúcar, otros de las plantaciones de tabaco, y les indicaban las principales zonas productoras y cómo llegar a ellas. Si querían iniciar el recorrido por las zonas de cultivo de la caña de azúcar deberían dirigirse al este de la isla, en la zona de Camagüey, bastante alejada, en cambio, si se dirigían a las zonas tabaqueras, debían dirigirse al oeste de la capital. En cuanto a distancia a recorrer, el oeste estaba mucho más cercano. "Sería como buscar una aguja en un pajar", hablaban entre sí los capataces, pero era lo único que tenían para seguir con la búsqueda. Para decidir qué dirección tomar, utilizaron una lógica que les pareció la más acertada, si alguien estaba huyendo y no quería ser encontrado, se refugiaría en el lugar más alejado. Así que, de acuerdo con su lógica, se dirigieron a las plantaciones de azúcar.

Louis y Amaia tardaron algunos minutos en asomar por encima de los cachivaches de la tienda después de que los capataces se hubieran alejado lo suficiente. Con el miedo aún metido en el cuerpo, los cuatro se dirigieron a toda prisa, pero vigilantes, hacia la estación del ferrocarril donde tomarían el tranvía eléctrico que les llevaría de regreso a casa. De nuevo agradecieron no haber llevado a los niños con ellos, tal había sido su primera idea, quizá a estas horas ya estarían en manos de los capataces iniciando el regreso a Mérida. Cuando el tranvía partía en dirección a Pinar del Río, vieron a lo lejos a los dos hombres que les buscaban. De momento habían podido librarse de ellos, lo que no sabían era hasta cuándo.

De regreso, sentados los cuatro frente a frente, no pudieron admirar los maravillosos paisajes que se presentaban ante ellos, la preocupación que sentían en esos momentos hizo que desearan llegar cuanto antes a su destino. Había llegado el momento de que Terrence y Nila se sinceraran con sus hijos y le pusieran al corriente del secreto que celosamente habían guardado desde su llegada a Cuba.

—Hemos de hablar, hay algo que tenemos que relataros.

—¿Qué ocurre?, ¿tiene que ser hoy? No es buen día para relatos, estamos todos muy nerviosos.

—Es que lo que tenemos que contaros está directamente relacionado con lo que ha ocurrido hoy.

—No es posible. ¿Qué está pasando? ¡Hablad!

—Verás hijo, —fue Nila quien comenzó a hablar—,

cuando partimos del puerto de Progreso, los hombres del ama, de tu madre, Amaia, nos persiguieron y casi nos alcanzan, caminábamos lento porque yo aún no estaba recuperada, y llegaron al puerto justo en el momento en el que el barco se separaba del muelle. Ya no pudieron subirse a él, pero estamos seguros de que me vieron, con lo que confirmaron que no había fallecido tal como les hicimos creer a todos, también creemos que se dirigirían a información a preguntar por el destino del barco que acababa de zarpar. Como veis, atando cabos llegaron a la isla, tal como sospechábamos que podría ocurrir. No quiero ni imaginar, niña Amaia, la cara de tu madre cuando le dieran la noticia de que seguía con vida. No me equivocaría nada al pensar que la rabia le hizo enfurecer y descargaría con la fusta contra cualquiera de los sirvientes. Sentirse engañada nunca entró en sus planes, y nosotros lo hicimos. Si nos llegan a dar alcance… —Al hablar en estos términos, Nila miró directamente a los ojos a Amaia, no sabía hasta qué punto le podía afectar esa manera de referirse a su madre, ella le devolvió una mirada sincera y con un gesto de los ojos le instó a continuar hablando. Conocía bien a su madre y sabía de lo que era capaz. Lo que no podían saber era que en ese momento su madre vivía inmersa en su mundo interior sin ser consciente de lo que estaba ocurriendo a su alrededor.

El psiquiátrico de Ciudad de México

Tras los acontecimientos sucedidos después de la huida de Amaia y la culpabilidad que tanto Eneko como Josefa Catalina sintieron, ella se fue encerrando cada vez más en sí misma. La situación la llevó a un estado de desesperanza total y sentimientos de culpa, que provocaron que dejara de ser la mujer orgullosa y soberbia que siempre fue y hundirse en un abismo del que parecía imposible que pudiera salir. Fue visitada por los mejores médicos de la ciudad, y todos coincidían en el mismo diagnóstico, las pastillas ayudaban, pero lo que mejor le vendría sería un internamiento temporal en un manicomio, donde tendría a los mejores especialistas y se le aplicarían los mejores tratamientos. Eneko no sabía qué decisión tomar; por un lado, estaba de acuerdo en llevarla a la institución, sería beneficioso para ella, estaba seguro, pero, a pesar de todo, era su esposa y si la internaba se quedaría solo. Se daba cuenta de lo egoísta que estaba siendo al pensar de ese modo, en el fondo temía a la soledad, y pasar todo el día en los campos o en las fábricas de madera ni compensaba ni ayudaba. ¿Qué iba a hacer él solo al frente de un imperio?, ¿para qué lo quería si su única hija había decidido abandonarlo todo?

Después de meditarlo profundamente, valorando los pros y los contras de la nueva situación, y siguiendo los consejos de los psiquiatras, decidió internar a Josefa Catalina en un manicomio de la ciudad de México, el Manicomio General, ubicado al suroeste de la ciudad, que había sido inaugurado pocos años antes.

Mientras su hija se establecía en Cuba, ella quedaba ingresada en el centro psiquiátrico. El Manicomio General era un majestuoso edificio blanco de piedra, al que se accedía a través de la puerta principal, para llegar a ella había una impresionante escalinata con pasamanos de piedra por ambos lados, y la puerta se resguardaba del sol y la lluvia con un tejadillo que sobresalía unos metros más que el tejado superior, apoyado en dos columnas cuadradas que aportaban elegancia al entorno. Cercado por un muro también de piedra, resguardaba en sus alrededores bonitos jardines con plantas exuberantes y zonas de césped muy bien conservadas. Toda la zona permanecía iluminada con varias farolas de tres brazos. La fachada principal presentaba dos hileras de ventanas acristaladas, rectangulares, con copetes triangulares sobre ellas, dando a toda ella un aspecto portentoso, y por encima de la puerta, sobre un gran copete, habían colocado un gran reloj. En los muros laterales había más accesos, aunque no tan vistosos como los anteriores, cerrados con altas verjas, que tan solo se abrían para que pudieran pasar los carruajes del director del centro y de las ilustres visitas que de vez en cuando se dejaban caer por allí, intentando dar la mejor imagen de progreso.

Al traspasar la puerta principal se accedía a un recibidor amplio, donde estaban colocados grandes tiestos de terracota por los laterales, con plantas de hoja ancha muy llamativas y muy frescas, además de bancos de tablas donde poder mantenerse a la espera. En las luminosas paredes blancas colgaban láminas con imágenes antiguas de México y del presidente Porfirio Díaz inaugurando el psiquiátrico el uno de septiembre de 1910.

Para Eneko fue muy duro el momento de la despedida. Su mujer parecía estar viviendo en otro mundo, un mundo irreal que él no comprendía, pero cuando se despidió de ella, sentados en un banco del recibidor, observó cómo una lágrima resbalaba por su mejilla yendo a parar al suelo. A Eneko se le rompió el corazón por segunda vez en poco tiempo, primero perdió a su hija adorada y ahora a su esposa, aunque en circunstancias bien diferentes, la mujer con la que decidió formar un hogar y que por situaciones diversas no había conseguido, pero eso no cambiaba las cosas, se había casado con ella y estaría a su lado hasta que la muerte los separara, tal como había prometido ante el altar el día del casorio. La vio alejarse por el pasillo, acompañada de una cuidadora que portaba su minúscula maleta con los enseres personales. En ese momento Eneko se derrumbó, permaneciendo sentado en el banco que hasta momentos antes había ocupado con su esposa, y rompió a llorar amargamente, sin importar si alguien le observaba o se compadecía de él. En realidad, todos los que estaban allí compartían experiencias muy similares y todos lo reflejaban en sus rostros y en su angustia, fácilmente perceptibles. El silencio imperaba en un ambiente caracterizado por la desolación de los que allí se encontraban. Tuvo que esperar largo rato hasta que se vio con fuerza suficiente para mantenerse en pie antes de iniciar el recorrido de regreso a Mérida.

Durante el trayecto, su mente se mantenía ocupada con preguntas para las que no hallaba respuestas. ¿Sería capaz de recuperar a alguna de ellas? A Catalina Josefa estaba seguro de que sí, aunque tuviera que pasar mucho tiempo, en cambio a Amaia, no era capaz de imaginar qué tipo de vida estaría llevando, ni dónde, lo que sí tenía por seguro era que se hallaba en compañía de Louis, porque, conociéndola, sabía que nunca renunciaría a él. Estaba seguro de que Louis no era un capricho pasajero. Las noticias que llegaron de mano de sus hombres en las que anunciaron que habían visto cómo Nila y Terrence tomaban un barco que, tal como les informaron en la sala de embarque, se dirigía a Cuba, le aportaron cierta tranquilidad. Nunca lo reconocería ante su esposa, y menos se lo haría saber en las circunstancias actuales, pero pensar que estaba con la familia de Nila le proporcionaba un poco de sosiego. Los conocía desde que se casó con

Catalina Josefa, y estaba seguro de que cuidarían bien de su niña. Era una buena familia, trabajadores, discretos, honrados, siempre dispuestos a cumplir las órdenes que tenían encomendadas, a pesar de los malos tratos que les infligían tanto los capataces como la propia Catalina Josefa. Al conocer que Nila no había fallecido sintió un ligero alivio, y hasta comprendió que tuvieran que engañar a todos en la hacienda para sobrevivir, de lo contrario su muerte hubiera sido real y no una pantomima. Saber que el matrimonio con sus dos hijas adolescentes se había dirigido a Cuba no era un claro indicio de que allí se hallaran Louis y Amaia, pero quería pensar que sí, por esa razón ordenó a dos de sus hombres que se fueran a la isla el tiempo que consideraran necesario hasta obtener alguna pista, alguna respuesta. Eneko nunca cejaría en la búsqueda de su hija por mucho tiempo que transcurriera.

En el manicomio, Catalina Josefa era sometida a diferentes tratamientos destinados a mejorar su situación. Al principio estuvo mucho tiempo estancada, ningún tratamiento resultaba eficaz, los primeros días parecía mejorar ligeramente, pero muy pronto volvía a su estado mental anterior. Ella actuaba solamente por inercia o imposición, su apatía era absoluta; sus rutinas diarias dentro del manicomio eran ocuparse de algunos trabajos compatibles con su estado, que no empezó a asimilar hasta salir del estancamiento inicial. Como parte del tratamiento para recuperar la salud, salía con el resto de los pacientes a los alrededores de la ciudad, acompañados por sus cuidadores, donde encontraban un agradable clima y mucha vegetación, porque los psiquiatras estaban convencidos del importante beneficio que las salidas aportaban en la progresión de la enfermedad de estos pacientes. Todos los domingos, pasado el primer mes, Eneko la visitaba para permanecer con ella todas las horas que le permitieran en el centro. El regreso a casa se le hacía muy costoso emocionalmente, no lograba entender cómo su esposa pudo llegar a una situación de pérdida absoluta de identidad y autonomía. A veces tenía la impresión de que los tratamientos no eran eficaces porque ella no quería salir de ese estado ausente. Quizá fuera la justificación de la naturaleza humana para no sucumbir ante graves acontecimientos. Muchas preguntas y ninguna respuesta.

Transcurridos largos meses, al fin, algo pareció empezar a cambiar en su estado mental. Poco a poco fue tomando conciencia del lugar donde se hallaba y lentamente comenzó a responsabilizarse de su medicación, de la forma de tomarla y la dosis correspondiente en cada ocasión, se adaptó bien al control de los cuidadores para la comprobación de la toma de medicación y la ingesta de comidas, era requisito indispensable para el correcto seguimiento y evolución de los pacientes. Ahora ya se detenía a contemplar los maravillosos jardines que rodeaban el edificio, los ventanales que tanta luz transmitían a las habitaciones, las fuentes de piedra natural que había por diferentes lugares del entorno. Aprendió a convivir con sus compañeros de internamiento y a respetarles, definitivamente Catalina Josefa no era la misma mujer que había ingresado tiempo atrás en el manicomio. Durante las visitas de su esposo, en los paseos que daban por los jardines, ya era capaz de mantener charlas cortas con él, preguntarle por la hacienda, por la casa, por los negocios, pero tardó mucho tiempo en preguntar por su hija. Él tenía la sensación de que no quería saber nada de ella y de vez en cuando comentaba algún recuerdo, pero Catalina Josefa no reaccionaba al escuchar su nombre. Sin embargo, llegó un día en el que al pronunciarlo reaccionó como si estuviera despertando de un mal sueño, y a partir de aquel momento siempre que estaba con él le preguntaba por Amaia, por si sabía algo de ella, por si seguía buscándola. Lo que todavía no era capaz de decir en voz alta era lo mucho que la quería y cuánto la extrañaba.

En sus ratos en la soledad de su cama, en el pabellón que compartía con más de cien internas, repasaba mentalmente cómo había sido su vida, desde su infancia hasta que contrajo matrimonio, apenas podía recordar algún momento en el que sus padres le dirigieran una sonrisa o le hablaran como iguales cuando ya se había hecho adulta. Aprendió a vivir con la frialdad de los que se ocupan exclusivamente de negocios y actos sociales, sin dejar ni un solo resquicio para la convivencia familiar, para las charlas distendidas, para las salidas a fiestas de familiares o amigos. Con su ejemplo consiguieron forjar en ella ese carácter frío, desapegado, autoritario, violento a veces, fue con lo que convivió durante veinticinco años. Le enseñaron a ser la más recta, la más seria, la más importante, la más altiva y la más soberbia y a no hincar jamás la rodilla ante nadie. Sus actos debían reflejar siempre ese carácter que la convirtió en la persona más odiada de su entorno. Nunca tuvo amigos, y los que tuvo lo fueron más por interés que por ella misma. Le dolía pensar en ello; ahora que disponía de todo el tiempo del mundo le gustaría poder cambiar infinidad de cosas, pero sin duda, lo primero que tendría que hacer era pedir perdón a su marido, le había despreciado tanto que no entendía cómo él era capaz de seguir a su lado, mirándola a la cara, dedicar las horas de domingo a estar con ella, cogerla de la mano para salir a pasear por el jardín.

Cuando Catalina Josefa ingresó en el hospital psiquiátrico, Eneko se quedó totalmente solo. Agotado mentalmente, se replanteó su vida, cuestionando la continuidad de sus negocios. ¿Para qué los quería si le sobraba para vivir holgadamente? Sin descendientes que continuaran con el legado familiar, decidió dar un carpetazo a su vida y romper con todo lo que poseía. Entendió que su sitio estaba en la ciudad, al lado de su esposa, pronto saldría del manicomio en el que llevaba ingresada tres años y quería estar con ella, volver a ser la pareja que un día fueron, pedirse perdón mutuamente y comenzar de nuevo, sin ocupaciones, sin obligaciones, sin agobios. Estaba seguro de que ella lo aceptaría. A lo largo de esos tres años fue testigo de los cambios que se produjeron en la personalidad de su esposa, habiendo pasado de ser la mujer más soberbia a la más humilde, sin reproches, sin voces, acatando las normas impuestas por una sociedad que ya no era la misma, igual que ella. En ese momento tomó una decisión que cambiaría por completo el destino de sus vidas.

Días después se hallaba ante un notario de la ciudad de Mérida firmando la venta de todas sus propiedades. Fue una transacción de gran magnitud, de la que se habló mucho durante un tiempo en los círculos de la alta sociedad meridana. Con la venta, Eneko se deshacía no solamente de todas las pertenencias materiales, sino de un modo de vida que ahora, echando la vista atrás, le parecía una locura. Había recapacitado mucho acerca de la vorágine de vida que había llevado hasta el momento, y desde luego no compensaba en ninguno de los aspectos. Él también necesitaba un importante cambio en su vida. Recordó con cierta amargura el compromiso que se había transmitido de padres a hijos desde que Koldo llegó a México, de crear la mejor hacienda de toda la comarca, y le entristeció romperlo, sin embargo, necesitaba olvidar el pasado. Ese compromiso le había reportado unas consecuencias desastrosas para su familia y ahora, por fin, empezaba a sentirse libre de ataduras. Pensar en ello le hizo recordar otra promesa que iba asociada a la heredad de la compañía, pero esa no tenía visos de cumplirse, al menos por el momento. No obstante, pensaría en ello, tal vez estuviera más cerca de ponerla en práctica. Lo pensaría detenidamente y vería qué se le ocurría al respecto.

Finalizados los trámites burocráticos, se trasladó a vivir a Ciudad de México, allí adquirió una vivienda pequeña, al tiempo que muy confortable, en las afueras de la ciudad, rodeada de jardines. Sería suficiente para ellos dos, en la que pensaba que podrían pasar lo que restaba de sus vidas. Definitivamente era una ruptura con el pasado. Eneko en el fondo pretendía romper también con el doloroso recuerdo de la ausencia de su hija, pero eso no sería posible, ni que vivieran mil años o se trasladaran al otro extremo del planeta. Después de un tiempo en el que la prensa se hizo eco de los movimientos y las decisiones tomadas por el empresario, el último descendiente de una familia de vascos llegada un siglo antes a la península, su apellido, Ortiz de Urquiza, desapareció de la historia de la península. La prensa hacía tiempo que se había olvidado de su hija Amaia y, en sus páginas, la habían dado por muerta, ni siquiera contemplaron la posibilidad de considerarla desaparecida.

Un nuevo revés

Tras los acontecimientos vividos en La Habana, Louis y Amaia junto al resto de la familia comenzaron a replantearse si estaban a salvo en Cuba, lo que no precisaba de tiempo para la respuesta; no, definitivamente no estaban seguros, sin decirlo en voz alta lo sabían muy bien. El siguiente paso, el que nunca llegaron a pensar que tendrían que realizar, era salir de la isla. Aquel lugar, al que llegaron a querer como propio y en el que vivían felices, se convirtió de la noche a la mañana en una trampa de la que era preciso escapar, y cuanto antes lo hicieran mejor para todos. Pero, ¿a dónde irían? Debían pensarlo muy bien, en principio habría de ser un lugar muy alejado, aunque no se les ocurría uno mejor que otro. Quizás pudieran irse a Florida, la opción que ya contemplaron cuando al fin se dirigieron a Cuba, aunque ese lugar en este momento se les antojaba demasiado cercano. Si les siguieron hasta Cuba, sería posible que también les siguieran a Estados Unidos. Habrían de pensar en otro lugar.

Amaia recordó entonces una conversación que tuvo con su padre varios años antes, en la que le habló de Bermeo, villa natal de su bisabuelo, en España, y la promesa que le hizo a la bisabuela que hasta ahora nadie había cumplido. Quizás fuera el momento de cerrar el ciclo. En aquella conversación, ambos sentados frente a frente a la sombra de una imponente ceiba, en la casa de campo de Campeche, Eneko fue desgranando todo lo que su padre le había transmitido, quien a su vez lo había recibido a través del suyo, hasta llegar al tatarabuelo Koldo, quien había hecho una promesa a su esposa Maite en el muelle de Bermeo, a punto de poner rumbo a América. Amaia creía que se trataba de la promesa de hacer de la suya la hacienda más importante y poderosa de la península de Yucatán, en cambio se extrañó cuando Eneko le dijo que no se trataba de esa promesa. Extrañada, se dispuso a escucharle.

—Cuéntamelo todo, me muero por saber cosas de tus antepasados.

—Pues verás, hija, mi padre me contó que, en el año 1820, cuando viajó a este país mi bisabuelo Koldo, a punto de partir de la tierra vasca que le vio nacer hacia estas tierras mexicanas, le juró a su esposa Maite que algún día volverían a su tierra natal, y si ellos no podían hacerlo, confiaban en que alguno de sus descendientes pudiera hacerlo por ellos. Sus palabras fueron las siguientes: *"Maitechu, te prometo que si nosotros no podemos regresar a nuestro pueblo, que sean nuestros hijos o los hijos de nuestros hijos quienes vuelvan a pisar la tierra que nos vio nacer para permanecer en ella, la tierra que en este momento dejamos atrás"*.

—¿Y cómo es que ninguno ha vuelto? —preguntaba Amaia que lo quería saber todo.

—La promesa iba asociada a la compañía, el primogénito recibiría la hacienda en herencia, además debería regresar a Bermeo, y si él no podía, transmitiría a su hijo mayor el compromiso incumplido. No solo eso, en Bermeo tenemos una casa que heredamos de nuestros antepasados. Desde que murió mi bisabuela, la casa ha pasado junto con la hacienda a manos del primer hijo. Así que tenemos una casa en Bermeo.

—¿Y para qué queremos una casa en Bermeo? —preguntó, sorprendida, Amaia.

—Prométeme que, si un día puedes, irás a conocer la villa marinera. Dicen que es preciosa. La casa, con más de cien años, es posible que no exista, o al menos que no estará habitable, pero quedará el lugar donde estuvo construida. Tenemos además un caserío, o lo que quede de él, que recibió en herencia Itziar, la hermana de Koldo que vivió aquí en México y, al morir sin descendencia, sus propiedades pasaron a manos nuestras por decisión de ella. En mi despacho conservo los documentos que acreditan ambas propiedades.

—¿Y por qué no habéis ido vosotros?

—Quién sabe, tal vez por desidia, o por no abandonar nuestras obligaciones, o porque está muy lejos, no sé qué decirte. Han pasado tantos años que te confieso que casi me había olvidado. Creo, además, que a tu madre no le agradaría en absoluto realizar un largo viaje para conocer aquellas tierras, y mucho menos para quedarnos a vivir allí.

—Pues podríamos ir tú y yo a visitarlo. Si quieres organizas un viaje de varias semanas para conocer aquello. Pero sin mamá, ella no tiene tiempo para esas cosas, ni para nosotros —musitó Amaia con tristeza.

—Lo pensaré, aunque en este momento no es viable.

—Entonces piénsalo, yo te acompañaría encantada. Haríamos tú y yo un viaje por toda Europa, conoceríamos ciudades como París, Londres, Roma o Madrid antes de viajar a Bermeo. Yo me compraría un montón de ropa bonita en todas esas ciudades. Anda, papi, dime que lo pensarás.

Amaia volvía a ser por momentos la niña consentida y zalamera que conseguía todo aquello que se proponía. Poco tiempo después inició relaciones con Louis y el recuerdo de Bermeo se diluyó en el vacío. Acababa de recordar la conversación y no descartaba la posibilidad. Se presentaba como una posible solución digna de tener en cuenta. Aunque, pensándolo mejor, tal vez su padre también la tuviera en cuenta y se fuera a España directamente a buscarla. Hablaría con Louis y tomarían conjuntamente una decisión. En todo caso, obraba a su favor que la documentación pertinente y la llave de ambas propiedades seguía en manos de su padre, de ese modo no conseguirían seguirle el rastro.

Por la noche, después de que toda la familia se hubiera

recogido a sus habitaciones, Amaia habló con Louis de Bermeo, la bonita localidad de la costa vasca en España, en la que poseían una casa y un caserío, aunque después de tantos años había muchas posibilidades de que ninguno de los dos se mantuviera en pie. Para él era algo totalmente desconocido, nunca escuchó antes hablar del lugar. Sin embargo, comenzaron a tantear esa posibilidad; si no existían las propiedades, al menos contarían con solares en los que poder construir una vivienda nueva. Habían ahorrado dinero a lo largo de estos años y contaban con que sus principios no fueran muy difíciles, además siempre quedaría la posibilidad de rentar una casa que estuviera en buenas condiciones de habitabilidad. Y tal vez algún otro familiar.

A lo largo de varios días repetían la misma conversación, intentando asegurarse un poco de lo que iban a acometer. Sería una nueva huida, hacia un lugar muy alejado, desconocido totalmente, que no sabían si valdría la pena. Tenían que pensar también en Terrence y Nila, en sus hijas y en los hijos propios, si decidían al fin irse sería con toda la familia, no soportarían volver a separase. Estaba también Kimani, que les había prometido que iría donde ellos fueran. Pero Kimani se había casado con Marcel y no estaban seguros de si querrían abandonarlo todo para emprender un nuevo camino, a pesar de sentirlo como una obligación moral. La conocían lo suficientemente bien como para saber que si hacía una promesa, intentaría cumplirla a toda costa.

Una vez hubieron decidido que debían irse y que su destino sería Bermeo, hablaron en primer lugar con los padres de Louis, ellos estaban ya demasiado preocupados por no tener alguna solución, con el temor de ser localizados en cualquier momento. La propuesta les pareció muy acertada. No les daba miedo trasladarse a la otra parte del planeta, cuanta más distancia hubiera por medio menos posibilidades de encontrarles. Aceptaron de inmediato, por ellos, por sus hijos y por sus nietos.

Kimani se encontraba en la sala de torcido de la hoja de tabaco y Nila se le acercó para hablarle del viaje. Hablaban muy bajo, no querían que trascendiera nada de la conversación que iban a mantener, ya llegaría el momento de hablar con el capataz para comunicar su decisión de dejar la empresa. Kimani, a quien no habían puesto en antecedentes de lo sucedido aquel fatídico domingo que se les ocurrió viajar a la capital para adquirir una guitarra, estaba tan abrumada que apenas podía reaccionar, estaba recibiendo mucha información que no era capaz de procesar. Después de un largo rato, comenzó a hacer preguntas a Nila, parecía que ya no podía pensar en otra cosa. Pesaba mucho en su pensamiento la promesa que le hizo a Amaia hacía tiempo, cuando estaban próximos a emprender un viaje sin destino prefijado de antemano que terminó, por azar, en la isla de Cuba. Si tenía que irse ahora, tendría que hacerlo sin su marido y su hijo, ambos eran nacidos en la isla y no tenían por qué dejarlo todo atrás por una promesa realizada en momentos muy difíciles. Pero, ¿lo entenderían Amaia y Louis? ¡Cómo le gustaría en este momento poder renunciar a esa promesa! En la isla había encontrado una gran paz, la libertad, una familia, y se sentía feliz. No quería renunciar a todo ello. Pensándolo bien, a ella no la buscaba la familia de Amaia, no tenía por qué huir junto a ellos. Pero una promesa es una promesa, y Kimani era consecuente con ello. Sumida en sus pensamientos, no veía el momento de hablar con Amaia a solas para confesarle que no se quería ir. Pasaron dos días en los que no vivía, no dormía, estaba con el carácter agriado, ella, la que siempre tenía la sonrisa a flor de piel y alegraba a cuantos estaban a su alrededor. Ya lo tenía hablado con su esposo, y también a él le embargó la tristeza. "No obstante, si tú te vas, nosotros nos iremos contigo", le dijo Marcel con voz pausada.

Había que tomar la decisión de inmediato. La mañana siguiente se dirigirían al puerto de La Habana para obtener los boletos de barco, y habrían de saber para cuántas personas. La noche previa, Kimani se dirigió a hablar con Amaia a solas, el asunto requería cierta confidencialidad y no había hallado mejor momento. Cuando estuvieron a solas, una vez que Marcel y Louis se dirigieron al jardín, iniciaron la conversación que tenían pendiente. Kimani no sabía cómo expresarle a Amaia que no se quería marchar de la isla, allí había encontrado todo lo que había soñado. No obstante, si ella se lo pedía, se iría con ellos, eso sí, con la compañía de su marido y de su hijo, y también del hijo que estaba por llegar. Le confesó a Amaia que se encontraba de nuevo en estado de buena esperanza, pero aún no se lo había confiado a su marido. Un motivo más para no emprender un largo viaje en esas circunstancias. Amaia la miró a los ojos y, sin dejarla continuar, le habló como se habla con el corazón.

—Mis felicitaciones, querida amiga. Me alegro muchísimo por vosotros. Ya era hora de que le dieras un hermanito a la pequeña Amaia, a veces tengo la impresión de que se aburre sin un hermano con quien jugar. Pero déjame decirte una cosa, te veo nerviosa y eso no es propio de ti. ¿Va todo bien?, ¿te ocurre algo que deba saber?, ¿es por el embarazo?

—No, Amaia, no es por el embarazo, en ese sentido estoy bien y muy ilusionada por la llegada de un nuevo hijo, pero…

—Habla de una vez, Kimani, me estás empezando a preocupar.

—No quiero preocuparte, solo que en estos momentos no me gustaría irme de la isla.

—¿A dónde pensabas irte?

—Con vosotros, te prometí que te acompañaría siempre, donde tú fueras.

—Ay, amiga mía, ¿acaso pensabas que te iba a obligar a cumplir con tu promesa? Sé lo bien adaptada que estás y nunca te perdonaría que abandonaras todo lo que has conseguido a fuerza de tesón y sacrificio por embarcarte en una aventura que no sabemos cómo terminará. Tu obligación y compromiso no son para conmigo, tu prioridad tienen que ser tu marido y tus hijos, tu sitio está donde estén ellos.

—Pero eso implica que nos tendremos que despedir para siempre.

En esos momentos, Kimani sintió una gran liberación, Amaia entendía que se quisiera quedar en la isla y no fue necesario dar más explicaciones.

—¿Quién dijo que para siempre? Nunca se sabe las vueltas que da la vida. Quizá algún día tengamos la posibilidad de embarcarnos para venir a veros o al revés.

—Ya me gustaría que tuviéramos ocasión de reencontrarnos algún día, en algún lugar, pero…

—Nada de peros, amiga mía. El tiempo será testigo de que lo vamos a intentar. Te lo prometo. Ahora soy yo la que te hace una promesa y la hago porque confío en que algún día la podremos realizar.

—Nos escribiremos cartas, muchas cartas, y enviaremos fotos de nuestros hijos, así podremos comprobar cómo van creciendo y haciéndose hombres y mujeres de provecho.

Al hablar de cartas, una mueca de tristeza se apoderó de Amaia; por culpa de una carta que cayó donde no debía estaban ahora a punto de escapar de nuevo, aunque también fue gracias a una carta que Louis pudo averiguar el convento donde la habían recluido. ¡Cuánto tiempo había pasado!, al pensarlo se sintió envejecer, sin embargo, desterró de inmediato esos pensamientos, eran muy jóvenes y aún tenían toda la vida por delante y mucho que aprender y descubrir.

Al día siguiente, a primera hora de la mañana, Louis y Amaia iniciaron viaje a La Habana para adquirir los boletos del barco que les llevaría a Bermeo. El primero en salir lo haría en dos semanas, lo que le proporcionaba el tiempo suficiente para poner en orden todas sus cosas y preparar los baúles que habrían de acompañarles hacia su nuevo destino. Esperaban que esta vez fuera definitivo, aunque no lo pronunciaron en alto. Cada uno tenía un temor diferente; Louis, a pesar de ser un hombre decidido y hasta testarudo a veces, temía no encontrar un trabajo que le permitiera ganar el sustento para toda la familia, conocía muy bien el trabajo de la tierra y el cuidado de los animales, pero, en una villa marinera, no sabía si habría alguna posibilidad para ello. El pueblo, tal como le había relatado Amaia, se dedicaba a la captura de pescado, ¿qué conocía él del mar y las faenas relacionadas? A pesar del temor, reaccionó rápidamente, aprendería, no sería la primera vez que tenía que enfrentarse a trabajos desconocidos y siempre consiguió adaptarse. Había algo que le inquietaba aún más, ¿sería tratado como los blancos o se encontraría con el rechazo de la población? Eso no lo averiguaría hasta no encontrarse allí.

Amaia, en cambio, sentía otro tipo de recelo, iba a viajar a la tierra de sus antepasados, allí, tal como le había comentado su padre, tenían una casa y un caserío, pero posiblemente se encontraran en estado ruinoso. Intentaría buscar a algún descendiente de la familia, su padre le había dicho que allí permaneció una hermana del tatarabuelo Koldo, era de suponer que sus descendientes, alguno al menos, se hubiera quedado en la villa. Necesitaba contactar con ellos, serían en todo caso quienes podrían asegurar que la casa y el caserío les pertenecían por herencia, si no querían correr el riesgo de que les tacharan de aprovechados por ocupar una vivienda cerrada desde hacía tanto tiempo. Aun así, ¿la creerían cuando les dijera que era tataranieta de Koldo? Ese temor la acompañaría durante un tiempo.

Louis y Amaia hicieron el viaje casi en silencio, cada uno entregado a sus propios pensamientos y a sus temores. Al llegar a la capital, sin pérdida de tiempo, pero con todos los sentidos en alerta, se dirigieron al puerto. En la ventanilla pidieron seis billetes para adultos y dos para sus hijos. Mientras Amaia recogía los billetes, Louis observaba a todas las personas que se movían a su alrededor por si reconocía a alguno de los hombres de Eneko. Lo que ellos no podían saber era que el padre de Amaia había vendido la compañía y que los hombres que seguían supuestamente en la isla intentando dar con ellos ya no trabajaban para la familia. De haberlo sabido…

Al día siguiente, Louis, en nombre de sus padres y hermanas, habló con el capataz de la plantación para comunicarle que en unos días dejarían el trabajo. Con un gesto de la cabeza por debajo del sombrero, el hombre asintió sin más. Estaba acostumbrado a las idas y venidas de los peones, muchos volvían después de un tiempo solicitando la reincorporación al trabajo, pero fueran ellos u otros, siempre había personas dispuestas a trabajar en la plantación. Por eso no le preocupaba que se fueran cinco peones, otros llegarían y ocuparían sus puestos. Desde hacía casi dos años, las hermanas de Louis se habían integrado también al trabajo en la plantación.

Durante los quince días que restaban para su viaje, todos ellos fueron preparando sus equipajes, no eran muchas sus pertenencias, pero llevarían todo lo que pudieran. Quien más espacio necesitaba eran Louis y Amaia para la ropa y algún juguete de sus hijos, a ellos le importaba poco irse con lo puesto y nada más. En breve iniciarían una nueva andadura y querían viajar sin lastres.

Las veladas nocturnas comenzaron a tener sabor a despedida, siempre se reunían en su porche con Kimani, Marcel y su hijo, y ninguno podía disimular su tristeza. Cada día que pasaba era uno menos para la despedida. Tampoco las hermanas de Louis querían irse porque habían entablado relaciones con muchachos del pueblo, pero ellas no tenían elección, irían donde fueran sus padres mientras no estuvieran independizadas. Por unas u otras razones, todos ellos iban cargando en sus corazones los motivos que les frenaban para iniciar nuevas aventuras.

Más deprisa de lo que hubieran querido, llegó el día del embarque. Desde muy temprana hora se encontraban en el puerto, nerviosos, desazonados, tristes, llorosos. Marcel y Kimani se prestaron a acompañarles, estarían con ellos hasta que partieran para decirles adiós con los brazos en alto mientras atisbaran el barco en la lejanía. Estaban siendo horas muy difíciles. Solamente reían y correteaban los hijos de Amaia, ajenos al momento que estaba a punto de llegar, aún no entendían de huidas ni de sufrimiento, aunque al ver a toda la familia entristecida, ellos no pudieron por menos que acercarse a su madre y, recogiéndole con sus deditos una lágrima, Elroy le preguntó:

—Mami, ¿por qué lloras?

La respuesta no se hizo esperar, ella, que intentaba controlar ese sentimiento de pérdida, rompió a llorar desconsoladamente, ahora ya no era preciso disimular. Abrazada a su amiga Kimani, ambas lloraron y humedecieron sus ropas con las lágrimas que ya no podían reprimir.

En la bodega del barco, arrimado al muelle, se cargaron todas las pertenencias de los pasajeros y, al finalizar, colocaron la rampa de ascenso, dando así inicio a la acogida de los pasajeros. ¡Había llegado el momento!

Para Amaia nunca una despedida había sido tan triste. Su separación de Louis, cuando sus padres la arrastraron al convento, no fue una separación corriente, muy dolorosa sí, porque no pudo verle ni siquiera para despedirse, por eso ahora esta se le antojaba la más triste de todas. Desde la cubierta del barco, todos ellos se volvieron hacia el muelle, donde quedaban, a pie firme, sin querer despegarse de allí, Marcel y Kimani. En todos pesaba el desánimo que les acompañaría a lo largo de muchos días.

Cuando el barco solamente era un punto en la lejanía, toda la familia, con el alma rota, se dirigió a los camarotes que les habían asignado. Los niños, acompañados en todo momento por sus tías, pronto se hicieron al nuevo habitáculo que se convertiría, por la novedad, en otro lugar de juegos para ellos. Las agotaban, todo el tiempo corriendo, escondiéndose, su diversión no parecía tener fin.

Fue una travesía larga, aunque nada comparable a la que habían realizado Koldo y Maite hacía cien años; los barcos habían mejorado tanto que el viaje se les hizo corto, incluso cómodo. Toda la familia estaba impaciente al tiempo que ilusionada por el cambio que estaba a punto de experimentar en sus vidas. Los temores que sentían permanecían ocultos dentro de cada uno.

Destino Bermeo

Tras intensos días de viaje, en los que tuvieron que sufrir grandes vendavales y más de una tormenta tropical, arribaron al puerto vasco de Bermeo, en la costa cantábrica. Por fin estaban en el lugar al que habían decidido trasladarse. A partir de ahora volverían, una vez más, a empezar desde cero. De algún modo ya se estaban acostumbrando.

Al llegar se encontraron con un precioso pueblo, muy verde, de un verde para ellos desconocido, con una intensidad que les sorprendió, una costa abrupta, de acantilados y un mar de aguas frías, y bravo en ocasiones. A medida que se aproximaban a la costa, observaron grandes diferencias respecto a lo que conocían, pasaron de tierras llanas a tierras montañosas que descendían de forma brusca hasta llegar al mar, presentando en algunos lugares grandes acantilados.

Nadie les esperaba a su llegada, era lo más normal, nadie conocía de su existencia, eso era al menos lo que ellos creían. Una vez hubieron descargado los baúles, los dejaron en la consigna del puerto y salieron al pueblo en busca de algún familiar lejano. Se dirigieron al Ayuntamiento a preguntar. Cuando Amaia se identificó, el gesto serio del alcalde, que recorrió con su mirada a cada uno de los presentes, se transformó en una mueca que pretendió ser una primera sonrisa, a la que siguió una sonrisa plena y sincera.

—¿Puedo saber por qué se ríe, buen hombre? No creo haber dicho nada gracioso por el momento.

—Disculpe, señorita, he creído reconocer en usted un gesto que me ha parecido familiar.

—¿Por qué habría de reconocerlo si es la primera vez que viajo a este lugar?

—¿No me acaba de preguntar si conozco a algún descendiente de la familia Ortiz de Urquiza, que vivieron aquí hace unos cien años?

—En efecto, eso le pregunté. Por eso no comprendo su sonrisa.

—Amaia, me ha dicho que se llama así, ¿cierto? Amaia Ortiz de Urquiza y Alvarado.

—¿Cómo sabe usted mi nombre? No recuerdo haberle dicho mi filiación completa.

—Antes de continuar, permíteme Amaia que te tutee, y que responda a tus preguntas. Mi nombre es Antxon Ortiz de Urquiza, y soy un descendiente lejano de tu familia y la mía, que son la misma al parecer. Mi tatarabuela se llamaba Arantxa y era hermana de Koldo, tu tatarabuelo, si me han informado bien.

Al escuchar estas palabras, Amaia perdió la coraza que había presentado hasta ese momento, dispuesta a que nadie pudiera aprovecharse de su frágil situación y la de los suyos. Lejos de tener que dar explicaciones una y otra vez, intentando darse a conocer, con el riesgo de que no creyeran quién era y de dónde procedía, se encontró frente a frente con un familiar lejano. ¿Cómo era posible?, por un momento tuvo la sensación de que la estaban esperando y así se lo hizo saber a Antxon.

—No es que te estuviéramos esperando, pero había posibilidades de que algún día te presentaras en este lugar, como así ha sido. Hace unos dos años llegó a este Ayuntamiento una carta en la que se informaba de tu situación y de la posibilidad de que un día te presentaras en el pueblo. En la carta, muy extensa por cierto, se comunicaba quienes sois, quienes eran vuestros antepasados, las propiedades que habíais recibido como herencia en el pueblo y tus posibles acompañantes, aunque nunca precisaron cuántos podríais ser. Observándoles de nuevo añadió:

—Familia numerosa, por lo que veo.

—Antxon, esta es mi familia, te presento a Louis, mi marido, a mis dos hijos y a los padres y las hermanas de mi marido. —Amaia no quiso aclarar en ese momento que Louis y ella no se habían casado, por si no estuviera bien visto en la sociedad vasca y comenzaran con el pie izquierdo. Pero si todo iba como esperaban, habrían de hacerlo, hasta ahora ni se lo habían planteado. Tras las presentaciones oportunas, se olvidó por completo de preguntar quién había escrito la carta.

Antxon dejó el Ayuntamiento a cargo de un concejal y se dispuso a acompañar a la familia recién llegada, encaminándoles hacia su casa. Al llegar, extrajo de un pequeño llavero una llave que abriría, sin resistencia, la puerta de la vivienda. Extrañada, Amaia preguntó si en realidad era esa la casa, le sorprendía verla en pie y, además, tan bien conservada, cuando su padre daba por hecho que solo permanecerían las ruinas. Todavía le quedaba mucho por descubrir.

La llave se deslizó por la cerradura, dando paso a una bonita casa, de aspecto colonial, que trasmitía sosiego en cualquiera de sus dependencias. No se le acababan las preguntas a Amaia, le parecía estar viviendo un sueño.

—¿Qué ha sucedido aquí? Llegué pensando encontrarme una casa derruida y me encuentro no solo con que no lo está sino que ha sido rehabilitada y modificado su aspecto por completo. No recuerdo que mi padre me hubiera hablado de la casa en estas condiciones.

—Tenemos mucho que contarnos. Y sí, te daré respuesta a todas esas preguntas que me planteas y a más que irán surgiendo, pero por el momento vamos a comer a mi casa, la que a partir de ahora encontraréis siempre abierta.

Al llegar a su domicilio, Antxon hizo las presentaciones a su mujer e hijos, que correteaban por la casa y apenas se detuvieron al ver a otros niños de piel muy oscura que llegaban agarrados de la mano de una mujer blanca y una adolescente también de piel oscura, resguardándose con timidez tras las faldas de ellas. Les sirvieron un almuerzo típico, como no podía ser de otra manera, basado en el producto estrella, el pescado. Tras la comida, recorrieron entusiasmados el pueblo y se dirigieron de nuevo al puerto, ahora ya sin equipaje. Antxon se había encargado de enviarlo a su casa. Con más detenimiento, Terrence y su hijo Louis observaron los trabajos del puerto, la llegada de los barcos de pesca, el pescado que se subastaba en la lonja, para ellos todo era desconocido en un lugar desconocido. Pero debían adaptarse, saber que tenían una casa donde quedarse era algo con lo que inicialmente no habían contado y era un gran avance, lo siguiente sería iniciar la búsqueda de un trabajo.

—Antxon, sigue contándome por qué la casa está arreglada, tal como hemos podido comprobar. Aún no salgo de mi asombro.

—Verás, Amaia, como ya te adelanté, hace unos dos años tu padre escribió una carta a este Ayuntamiento indicando en ella sus credenciales, su filiación familiar, los datos del bisabuelo Koldo para que pudiéramos comprobar que era en realidad quien decía ser.

—¿Fue mi padre?

—Sí, Amaia, sí, fue tu padre quien se puso en contacto con nosotros. Posiblemente no sabía si permanecía aquí algún familiar lejano, pero tanto si era cierto como si no, daba instrucciones acerca de la casa y el caserío. Sí, también el caserío está restaurado. Solicitaba al ayuntamiento los permisos necesarios para iniciar la restauración de ambos edificios, y, si estábamos de acuerdo, enviaría a una persona de su confianza para ponerse al frente de los trabajos. Tras las comprobaciones oportunas, aceptamos concederle los permisos a sabiendas de que se trataba de quien decía ser, no solo el ayuntamiento respondería, también lo haríamos los familiares que hemos vivido aquí desde siempre. Yo mismo le respondí a la carta y desdc entonces hemos mantenido una correspondencia asidua. Envió a una persona que fue la encargada de dirigir los trabajos y abonar todos los costes.

—¿Quién era esa persona?

—Era su hermano Aitor.

—El tío Aitor. Cuánto hace que no le veo. ¿Sigue aquí?

—No. Hace más de medio año que se fue, aunque he de decirte que siempre albergó la esperanza de que te pudiera encontrar. Me habló mucho de ti, de tus padres, del imperio que consiguieron levantar entre todos los herederos, de tu historia más reciente, hasta que huiste del convento de ciudad de México. A partir de allí no supieron más. Tu padre debió sufrir mucho con ello.

—Continúa, caso ni me puedo creer que mi padre hiciera todo esto pensando en que yo volvería.

—Bueno, no era esa la única posibilidad. Después de todo lo que pasó con tu madre, pensaba que quizás fueran ellos mismos quienes pudieran venir aquí para quedarse.

—¿Qué le pasó a mi madre?

—¿Acaso no lo sabes? Por tu gesto veo que no. Pues tu madre, después de que huyeras del convento, se encerró demasiado en sí misma y empezó a sentirse culpable por todo lo que pasó, hasta el punto de caer en una depresión de la que pensaban que no se iba a recuperar nunca, y tu padre la internó, aconsejado por diferentes psiquiatras que la visitaban, en un sanatorio mental de Ciudad de México. Poco después él vendió todo lo que poseía, y se trasladó a vivir a la capital, cerca del sanatorio y de ella. Ahora están juntos de nuevo.

—¿Están bien?

—Por lo que yo sé, sí. Tu padre y yo hemos mantenido correspondencia desde entonces y me dice que, a pesar de que les ha costado a ambos mucho esfuerzo, al fin están bien. Que se han perdonado y que ahora llevan una vida apacible, sin sobresaltos, sin disputas.

—¿Y tú crees que me habrán perdonado a mí también?

Soy consciente de que les hice mucho daño.

—Eso tendrás que preguntárselo a ellos.

Amaia quedó pensativa. Todo parecía indicar que la situación familiar era muy diferente a la que ella conoció y vivió en primera persona. ¿Por qué habría dicho Antxon que se lo preguntara a ellos?, ¿acaso estaban allí y no sabía nada?

—Antxon, no me ocultes nada, ¿están aquí mis padres?

—No, no lo están, pero es una posibilidad que están contemplando.

En ese momento no sabía si sentir alegría o decepción, eran sentimientos encontrados que batallaban por salir, si estuvieran allí podría pedirles perdón, si fuera necesario hincaría su rodilla ante ellos para demostrarle su arrepentimiento y según la respuesta que obtuviera sabría a qué atenerse, pero, si no estaban, seguiría con las dudas acechando en cada momento.

—¿Tú querrías que vinieran?

—Reconozco que me da miedo, pero sí, después de lo que me has contado, me gustaría mucho que vivieran.

—Pues eso tiene solución, escríbeles y pídeselo, en realidad ellos están esperando noticias de aquí, puedes enviarlas tú directamente.

Entre tanto en Ciudad de México, Eneko y Catalina Josefa estaban viviendo una vida tranquila y apaciguada, solamente tenían con ellos un gran pesar, no saber nada de su hija. Cuando Catalina Josefa regresó a casa tras el alta hospitalaria, hablaron largo y tendido de los sucesos acaecidos, y ambos estaban deseando poder abrazar a su hija y pedirle perdón, tal como se lo pidieron ellos uno al otro. Ahora habían llegado a un punto de entendimiento que necesitaba prolongarse hasta Amaia. Eneko seguía recibiendo noticias de Bermeo, habían pasado ya dos años desde que se comunicó con sus parientes y siempre le contestaban lo mismo: no sabemos nada de ella. ¿Dónde estará? Lo último que conocieron fue el mensaje que le trasladó el capataz a Catalina Josefa cuando vio que Nila seguía con vida y se dirigía, con sus hijas y su marido, a Cuba. Poco después, Eneko vendió todas sus posesiones y se trasladó a la capital, por lo que perdió la pista de los dos capataces que había enviado a la isla en busca de su hija. Estaba tan agotado mentalmente que no tuvo fuerzas para continuar con su búsqueda y decidió tirar la toalla. Sin embargo, la fortuna se puso de su parte cuando, transcurridos varios días, recibió en su casa de Ciudad de México una carta de Antxon, pero esta vez no era una carta cualquiera. Además del folio manuscrito de él, se acompañaba de otro en el que pudieron apreciar las letras de su hija. No fueron capaces de terminar de leer la carta, se abrazaron llorando y, dirigiendo su mirada al cielo, dieron gracias a Dios por poner a su hija de nuevo en su camino. En ese momento no podían sentirse más dichosos.

Una boda pendiente

Habían transcurrido varios meses desde su llegada a Bermeo y las cosas comenzaban a enderezarse. Louis y Amaia con sus hijos vivían en la casa de Bermeo, mientras que Terrence junto a Nila y sus hijas se habían asentado en el caserío de Sollube. Amaia esperaba su tercer hijo, mientras que Louis y Terrence se habían hecho a la mar. Les había contratado el patrón de un barco de pesca de bajura, y todos los días salían a faenar. Nila y sus hijas encontraron trabajo en una de las conserveras cercanas al puerto, las adolescentes, ya casi mujeres en edad de casar, fueron las que mayor esfuerzo debieron realizar para adaptarse al cambio, intentaban hacer amigos en los ambientes del puerto o salían al baile en las fiestas patronales. A veces, al salir del trabajo, quedaban charlando con marineros llegados de otras partes del mundo, quienes les narraban grandes aventuras vividas en sus travesías, historias cotidianas a bordo del barco y otras excepcionales.

Tal como habían decidido cuando llegaron a Bermeo, había pendiente una boda. Louis y Amaia tenían todo preparado para casarse en un mes. Estaban terminados los trajes de los novios, a falta de los últimos detalles, elegidos los padrinos, que serían Antxon y Nila, reservada la iglesia, comprados los anillos, contratados cocineros para el festejo que se celebraría en la vivienda familiar y una orquesta para bailar hasta que el cuerpo aguantara. Las invitaciones habían sido entregadas en mano, ya solamente quedaba esperar. Se les estaba haciendo un poco larga la espera.

Mientras tanto seguían sin noticias de Ciudad de México. Amaia esperaba ansiosa una carta de su padre que parecía no llegar nunca. En la única que le había escrito, le comunicaba su intención de casarse en fechas próximas, pero no había recibido contestación alguna, por lo que empezó a sospechar que sus padres seguían sin aprobar su matrimonio con Louis; a pesar de ello, seguiría adelante con los planes de boda.

Solamente faltaban tres días para la boda. En la ermita de San Juan de Gaztelugatxe estaba todo preparado para la ceremonia, el tiempo de primavera prometía días de sol y calor anticipado para un mes de mayo esplendoroso. Los trajes de los novios se mantenían ocultos bajo una funda que no dejaba verlos, no querían atraer la mala suerte que, según decían por el pueblo, daría el que los novios vieran el traje de su pareja antes de la boda.

El día previo al enlace, un barco arribó al puerto de Bermeo. En él viajaba un matrimonio procedente de México, que había dado indicaciones para que nadie supiera de quién se trataba. No sería difícil, después de todo allí no les conocía nadie, o casi nadie. En el muelle les esperaba Antxon, tal como habían acordado por carta, quien les acompañó directamente a su casa. Serían sus invitados, al menos hasta el día siguiente.

Aquel veinte de mayo amaneció claro y muy templado. El suave cielo azul se confabuló con las nubes para que se mantuvieran ausentes. Prometía ser un día muy dichoso. Los invitados comenzaban a ascender los doscientos cuarenta y un escalones, los mismos que un día muy lejano recorrieron Koldo y Maite, y que les llevarían hasta la ermita donde esperarían la llegada de los novios. Le siguieron poco después Louis, acompañado de sus padres y hermanas, y finalmente, haciéndose esperar como marca la tradición, la novia acompañada del padrino y la familia de este. La novia lucía radiante, llevaba un vestido de gasa y tul en color blanco níveo, cubierto por un velo de dos metros, llevaba el pelo recogido en un elegante moño que a su vez sujetaba el velo, y un maquillaje muy sutil. Amaia había esperado noticias de México hasta el último momento, pero no llegaron. Sus padres no se habían dignado ni siquiera a enviarles una felicitación por el matrimonio. Hoy pensaba que sería el día más feliz de su vida, sin embargo, no había visto cumplido su deseo y un halo de tristeza cubría su rostro. Pensaba en ello mientras, con la cola del vestido sujeta entre sus manos y acompañada de un ramo de flores realizado en la floristería de la villa, ascendía los escalones donde ya la estaba esperando su querido Louis, sus hijos y el resto de la familia. El sacerdote esperaba su llegada para iniciar la ceremonia.

Iniciaron su entrada en la ermita, Louis, del brazo de su madre, iba delante, Amaia del brazo de Antxon les seguían muy de cerca, recorrieron los metros que les separaban del altar donde estaba todo dispuesto para los novios y los padrinos, mientras los invitados se volvían en sus bancos para observar más de cerca a los contrayentes. Al llegar al altar, Antxon se separó de Amaia, dejando sitio al que iba a ser el padrino oficial de la boda. Cuando Amaia vio a su padre tomando posición a su lado, un grito retumbó en toda la ermita y comenzó a llorar como le parecía que nunca antes lo hubiera hecho, después se abrazó de él tan fuerte que los sollozos se entremezclaban. No podían separarse. Se le estropeó el peinado, el maquillaje, se le manchó el vestido tan blanco que deslumbraba por sí mismo, nada de ello logró evitar que se mantuvieran abrazados hasta quedar sin lágrimas. Louis observaba la escena como si no terminara de creérselo, pero viendo a su mujer dichosa, todo lo demás estaba bien. Al fin, Amaia logró que saliera la voz de su interior y preguntó por su madre, momento en el que ella se le acercó y se fundieron en un intenso abrazo que implicaba el perdón tan largamente deseado.

Finalmente pudieron dar por cumplida la promesa expresada por Koldo ante su esposa Maite cuando abandonaron esas costas hacía más de cien años.

FIN

